HOFFMANN
ODER
DIE VIELFÄLTIGE LIEBE

PETER HÄRTLING

HOFFMANN
ODER
DIE VIELFÄLTIGE LIEBE

EINE ROMANZE

KIEPENHEUER & WITSCH

1. Auflage 2001

© 2001 by Verlag Kiepenheuer & Witsch, Köln
Alle Rechte vorbehalten. Kein Teil des Werkes
darf in irgendeiner Form (durch Fotografie, Mikrofilm
oder ein anderes Verfahren) ohne schriftliche
Genehmigung des Verlages reproduziert oder unter
Verwendung elektronischer Systeme verarbeitet,
vervielfältigt oder verbreitet werden.
Umschlaggestaltung: Rudolf Linn, Köln
Umschlagmotiv: Juan Lascano, ARTOTHEK
Gesetzt aus der Walbaum Standard
bei Kalle Giese, Overath
Druck und Bindearbeiten: GGP Media GmbH, Pößneck
ISBN 3-462-02970-3

INHALT

Warschauer Vorspiel 13

Berliner Vorspiel 44

Bamberger Hauptstück 70

Coda für Julia 223

Sächsisches Nachspiel 226

Berliner Nachspiel 241

Die Liebe des Künstlers.
Der kühle Augenblick.
Klang aus dem Norden.
Klang aus dem Süden.
Mystik der Instrumente.
Musikalisches Helldunkel.
TonArten.
Ahnungen der Musik des Himmelreichs.

E.T.A. Hoffmann

Für M.

WARSCHAUER VORSPIEL

Komm. Geh. Komm.

Jetzt, zu Beginn, weiß ich mehr als er, doch es könnte sein, daß er am Ende mehr weiß als ich.

Am 1. September 1808, gegen Abend, kommt Hoffmann in Bamberg an.

Doch bis dahin, bis Julia, nehme ich mir Zeit, hole ihn in Warschau ab.

Wie finde ich, wie erreiche ich sein Tempo? Welche Wörter sind schnell genug, mit welchen Sätzen kann ich ihn bewegen? Er ist rasch, er ist sich voraus. Kreisler steckt schon in ihm, »der Kapellmeister Johannes Kreisler, bloß deshalb seines Amtes entlassen ..., weil er standhaft verweigert hat, eine Oper, die der Hofpoet gedichtet, in Musik zu setzen; auch mehrmals an der öffentlichen Wirtstafel von dem Primo Huomo verächtlich gesprochen und ein junges Mädchen, die er im Gesange unterrichtet, der Primadonna in ganz ausschweifenden, wiewohl unverständlichen Redensarten vorzuziehen getrachtet«.

Das ist bereits eine Geschichte, ein Anfang, der vom Ende her angeschaut werden kann oder, um genauer zu sein: von Hoffmann, der sich in Kreisler gefunden hat, von dem andern, der seine Liebste unaufhörlich verwandelt, durch seine Erzählungen treibt und seine rastlose Begierde in Anreden und Anschauungen befriedigt. Er zählt nicht zu jenen, die Spuren verwischen. Er sorgt, im Gegenteil, dafür, daß sie deutlich bleiben, allzu deutlich, weil seine Wirklichkeit immer in der Phantasie aufgeht.

Seit Monaten lese ich in seinen Werken, aber ich habe es längst aufgegeben, hinter jeder seiner Maskeraden eine Bedeutung zu suchen, die andere, die gemeinte Person. Er ist nicht nur einer, in seinen Erzählungen steckt er überall: Dapertutto, der durch die Zeit und den Raum springt. Lese ich ihn, höre ich Musik. Nicht unbedingt die seine. Aber ich höre Mozart vor allem, und in einem mich rührenden Nachhall Carl Maria von Weber.

Im Grunde suche ich nach Hoffmann nur in Bamberg. Im Zeitraum von fünf Jahren. Dort empfängt ihn, den Theaterdirektor, der eingeladen wurde, aber nicht angestellt ist, eine Person, die er erwartet, schon erfunden hat. Eine schmerzliche, um so köstlichere Inkarnation der Liebe.

Ich bin ihm in seinen Tagebüchern gefolgt, habe seine Briefe gelesen, habe die Metamorphosen Julias in »Berganza«, in den »Abenteuern der Sylvesternacht« und in anderen Erzählungen studiert. Wobei das Wort »studiert« nur auskühlen soll, was mich erhitzte: die Gedanken an ein Geschöpf, das geliebt wurde, um sich in ungezählten und unendlich anregenden Bildern aufzulösen. In Gefühle, die nach Gestalt verlangen.

Noch bin ich nicht soweit mit ihm. Meine Ungeduld, endlich Julia zu treffen, drängt mich. Aber Hoffmann taucht ja nicht aus dem Nirgendwo auf. Er hat gelebt, vielleicht schon für Julia, obwohl er die Erwartungen, die ihr galten, oft genug und verzweifelt an andere verschwendete.

Auf Bamberg wäre er, während seiner Zeit als Regierungsrat in Warschau, nie gekommen. Es war ein Name, den er noch nicht kannte, eine Stadt, die er sich noch nicht auszudenken brauchte. Er hatte sein Einkommen. Michalina, die Polin, seine Frau seit zwei Jahren, erwartete ein Kind.

Er konnte sich an der Gesellschaft messen, in die er nun eintrat, nicht besonders geübt, aber zu jeder Verstellung fähig: ein etwas eigenwilliger, vielleicht sogar verdrehter, aber überaus gewissenhafter Beamter. Warschau gefiel ihm. Er fand in der Stadt eine Bühne, die ihm paßte. Was für ein Unterschied zwischen dem preußischen »alten Land«, aus dem er kam, und dem preußisch verwalteten Warschau. Das Bizarre, die Gegensätze bestimmten das Leben der Stadt. Paläste à la Versailles standen neben brüchigen Holzhütten. Die Reichen traten auf wie Schmierenkomödianten, die Armen wie Gelehrte oder Propheten. Auf den Straßen quirlten sie durcheinander, die Juden im Kaftan und die Mönche, die Lebenslust und Gotteslob nicht trennten, die polnischen Mädchen, schön und provokant, die uniformierten Beamten, berufene Gockel, und die alten polnischen Adligen, die ihren Stolz aus den Knien in den gekrümmten Leib drückten – ein großes Theater, das Hoffmann herausfordert, nicht nur aufzutreten, sondern aufzufallen: Hier bin ich, Dichter, Musiker und Maler.

Hippel, dem Freund aus Königsberger Kindertagen, schildert er in seinem ersten Brief aus Warschau sein Entree: »Ich bin in Warschau angekommen, bin heraufgestiegen in den dritten Stock eines Palazzo's in der Freta-Gasse No 278, habe den freundlichen Gouverneur, den Präsidenten, der die Nase 1/8 Zoll über den Horizont emporhebt und drei Orden trägt, und ein ganzes Rudel Collegen gesehen und schwitze jetzt über Verträgen und Relationen! Schriftstellern und komponieren wollte ich, und nun? Erschlagen von acht und zwanzig Conkurs-Akten wie von Felsen, die Zeus' Donner herabschleuderten, liegt der Riese Gargantua...«

Der er auf keinen Fall war. Vielmehr ein dürrer, stets hastiger, durstiger Hüpfer und Springer. Bewegungssüchtig. Die Gliedmaßen unruhig und aus der Kontrolle. Dazu kommt der Musiker, der mit gierigem und empfindlichem Gehör geschlagen war.

Wie? Hinter der lakonischen Frage verschanzte er sich.

Wie? fragte er den Gouverneur und stieß mit ihm und den anderen an:

Auf den Anfang!

Wenn der Gouverneur ahnte! Er plante gleich mehrere Anfänge. Eine Erzählung, ein Libretto, eine Oper, eine Klaviersonate – und das genügte noch nicht. Denn jedem einzelnen Stück mußte Erfahrung vorausgehen,

Geschmack auf der Zunge, ein Blick, ein aufreizend begonnenes Gespräch, zwei, drei himmlische oder alberne Sätze, die er zufällig las und die aufquollen wie Hirsekörner.

Ihre Arbeit erwartet Sie.

Wie?

Die Arbeit, die Akten, die Fälle.

Prosit!

Er hat die Gesellschaft, die Ministerialräte gezeichnet. Mehrfach. Die meisten Blätter warf er fort, augenblickliche Reflexe seiner Wut, seines Ekels. Popanze auf Stelzen, bereit zu einem phantastischen Puppenspiel.

Sie sollten sich vor allem der Konkurse annehmen, Rat Hoffmann.

Aber gewiß, Euer Exzellenz, obwohl die natürlich schon passiert sind.

Jetzt fragt Exzellenz: Wie?

Und Hoffmann prostet.

Die Verwalter von Warschau, das nach der Teilung Polens zwischen Preußen, Rußland und Österreich als Hauptstadt von Süd-Ostpreußen bestimmt wurde, richteten sich, wie auch anders, für die Ewigkeit ein.

Er arbeitete oft zu Hause in der Senatorgasse, im Rösslerschen Haus. Mischa, darauf bedacht, ihn nicht zu stören, flanierte in der Stadt, genoß das bunte Treiben rund um die Teiche im Lazienko Park, vernachlässigte den Haushalt, was ihn weniger ärgerte als ihr Vergnügen daran, daß fast ganz Warschau polnisch sprach, ihre Sprache.

Mach es nicht zu deiner Gewohnheit, Mischa, ich bitte dich.

Und du, Hoffmann, du vertiefst dich ins Italienische. Wozu und wofür? Hier spricht kein Mensch italienisch.

Er schwieg. Er verriet sich nicht, dachte nicht daran, ihr von Venedig zu erzählen, seinem Venedig, und einer Italienreise, die er plante, aber nie antrat, was ihn nicht daran hinderte, sein Venedig zu finden, Doge und Dogaresse.

Daß du dich immer wieder...

Was? Er mischte die Akten wie ein Kartenspiel, lief zum Klavier und schmeckte vor, was ihr auf der Zunge lag.

Über die Schulter schaute er zu ihr hin. Sie stand vorm Fenster, im Licht. Das machte sie leichter, graziöser, als sie war. Aber er liebte ja ihre Rundungen, ihren schwer werdenden Leib. Und vergaß ihn auch wieder, wenn ihn der Anblick eines Mädchens fesselte, das er immer gleich beim erfundenen Namen nannte, nicht schon Julia, oder womöglich doch schon.

Manchmal, in Gesellschaft, fand sich die Gelegenheit, eine junge Dame anzusprechen, sie mit Poetischem, Musikalischem so zu verwirren, daß er sie für betört hielt. Es genügte ihm die Sensation des Anfangs, die Liebe in Phantasie. Seine Gier führte Selbstgespräche.

Mischa konnte ihn erlösen. Wenn er von einem Schriftsatz über Hehlerei zum Klavier wechselte, um wenigstens die ersten Takte einer Sonate auszuprobieren, wenn er, nachdem er einen gestisch verstärkten

Monolog über die Wichtigtuer unter seinen Kollegen gehalten hatte, diese politischen Seimspeier, wenn er dann doch wieder auf Mozart kam, aus der »Zauberflöte« zitierte, im Zimmer hin und her schoß, immer wieder eine Phrase auf dem Klavier wiederholte, wenn er schließlich, aus Übermut fast schon erschöpft, Verse aus dem neuesten Drama seines Freundes Zacharias Werner zitierte, diese erhabenen Albernheiten – »Hochbedrängt sind wir in Nöten,/Feind und Hölle will uns töten,/Wollest uns vor Gott vertreten,/Hochgelobter Adalbert« –, dann konnte es passieren, daß er Mischa plötzlich ins Auge faßte, sie in seine Arme riß, mit ihr ein paar Walzerschritte tanzte, ihr mit fistelnder Stimme nahelegte, sie sollte sogleich, nein, sie müsse unverzüglich sein Adalbert sein.

Wogegen sie sich sträubte, er verwechsle sie, noch dazu mit einem Mann, was ihn wiederum entzückte: Hochbedrängt in meinen Nöten! Und sie wußte, was folgen würde: Er hielt sie umschlungen, trippelte, tänzelte, drängte sich an sie, sie bewegten sich von einem Zimmer ins andere, von der Bühne zum Bett. Er warf sie hin. Sie zog sich, um seinen wildernden Händen zuvorzukommen, von selber hastig aus, vergaß dabei nicht, ihn vor Elena, der Köchin, zu warnen: Sie könnte uns überraschen, Hoffmann! Nur störte es ihn nicht, wenn sie hinter der Tür lauschte und an der Liebe teilnahm.

Mischa ließ ihn, spielte die Ergebene, wehrte sich nur mit Seufzern gegen seine knochigen Attacken. Sie ahnte, daß Hoffmann in Gedanken eine andere liebt, stets wechselnd, eine neue, ein Ideal, dem sie nie entsprach. Diese Mädchen, diese jungen Sängerinnen, denen er den Hof machte, im Spaß und aus Vergnügen, die er in seinen Träumen heimsuchte.

Manchmal rächte sich Mischa, wenn sie erschöpft aufgaben, sie sich anzog und er sich hastig atmend auf einen Sessel fallen ließ. Dann konnte sie Sätze sagen, ebenfalls in Gedanken, die ihn aus seinen Träumen rissen und zurechtwiesen, sehr lässig: Du hüpfst auf mir herum, Hoffmann, daß ich am liebsten weinen möchte.

Und diese Sätze gelangen ihr, zu seinem Verdruß, fehlerlos.

Wie kommt es, Mischa, daß du mir nichts, dir nichts die Grammatik beherrschst? Ist es die Liebe, die Eifersucht? Darauf bekam er nie eine Antwort.

Er sagt: Ich liebe. Er sagt nicht: Ich liebe dich. Obwohl Mischa es so versteht und immer verstehen wird, bis an sein Ende.

An diesem Warschauer Anfang ist er mir nicht geheuer. Er schlottert in seinen Kleidern. Aus seinen Briefen höre ich nicht seine Stimme. Er erzählt Hippel, was er vorhat, was er schon wieder hinter sich hat, plant mit ihm eine Reise, deren Ziel er offenläßt, nur gemeinsam müßten sie unterwegs sein, und Hippel müßte sich mit einfachen Unterkünften zufriedengeben, da er sich eine Reise eigentlich nicht leisten könne. Er ist achtundzwanzig, probiert ständig Anfänge, ist lustlos in Fortsetzungen. Zweifellos plagt ihn seine Phantasie. Sein Amt in Warschau – immerhin trägt er schon den Titel eines Regierungsrats – erscheint ihm als eine haltbare Grundlage. Er trinkt viel und gern, schätzt Kumpaneien, denen er sich jedoch blitzschnell entzieht, sobald er die Depressionen nutzen kann, zeichnend und komponierend. Manchmal läßt er, wenn er allein ist, schon bekannte oder befreundete Personen sprechen, verwandelt sie, treibt ihnen Ängste ein und die letzten Sicherheiten aus, gibt ihnen neue Namen. Noch haben sie keine Sprache, oder die verflüchtigt sich, ehe er sie endgültig formulieren kann.

Immer wieder hat er sich porträtiert, spiegelnärrisch, auf den Doppelgänger scharf. In solchen Momenten spüre ich ihn endlich. Natürlich betrüge ich mich, mache mir etwas vor, indem ich ein altes Bild belebe. Viel dazu braucht es nicht. Er kennt, was ihn auszeichnet: die Nase wie ein überdimensionierter Raubvogelschnabel, gekrümmt und mit scharfem Grat. Dazu die eng stehenden, dunklen, wohl auffallend großen Augen. Ich schreibe »dunkel« und frage mich: War es ein tiefes Blau, waren es durch den Rausch vergrößerte Pupillen? Über dem vorspringenden Kinn, das der starken Nase gleichsam parodistisch antwortet, ein verkniffener Mund, die Lippen eingesogen. Ein alter Mund in einem jungen Gesicht. Wie klang, frage ich mich, seine Stimme, wie hat er gesprochen? Auf alle Fälle singt er oft. Seine Musikalität wird schon in seiner Kindheit gefördert. Nun, in Warschau, komponiert er die Messe in d-Moll und die Sinfonie in Es-Dur. Er ist fleißig, traktiert das Klavier auch nachts, was Mischa beunruhigt, denn er ölt seine Inspiration mit Mengen von Bier und Wein. Vorher, in den ersten Warschauer Monaten, ehe er sich zusammen und die Musik ganz ernst nahm, komponierte er Arien und Chöre für »Das Kreuz an der Ostsee«, ein Trauerspiel von Zacharias Werner. Ein paar Notizen für die Messe hat er nach Warschau mitgebracht. Das Kyrie gelingt ihm, das Gloria ebenso.

Ich höre, während ich schreibe, diese Musik, unterbreche die Arbeit, um mich zu konzentrieren. Auf ihn, auf Hoffmann, auf seine »erste« Sprache. Er wechselt nicht nur die Tonarten, sondern den Tonfall. Er zitiert, erinnert sich an Mozart, Haydn, Gluck, an Beethoven. Er bereichert und verstellt sich, und doch könnte ich ihn unter anderen heraushören. Es ist seine Gestikulation, sein Tempo. Bald wird er seine Sinfonie dirigieren. Bis dahin entlasse ich ihn wieder in meine Erzählung, die ich beschleunigen werde, da es mich nach Bamberg drängt (und er sich ohnehin noch in Berlin aufhalten muß, eine elende Strecke), um endlich mit ihm Julia und das Gesetz der Liebe zu entdecken.

Er befreundete sich mit Hitzig, dem Assessor Julius Hitzig, der ihm schon ein paar Tage lang bei Sitzungen im Kollegium am Tisch gegenübersaß, aber nicht weiter auffiel. Den er, wie alle Vorgesetzten, übersah, falls sie ihn nicht ansprachen. Sie begegneten sich vor dem Präsidium, zufällig, stellten fest, in der Senatorgasse Nachbarn zu sein, gleiche Bekannte zu haben, Zacharias Werner zu schätzen, die Musik sowieso, und Hitzig wurde von einem Tag zum andern innigster Freund. Ein Genießer, ein Freßsack, in kürzester Zeit Kenner der Warschauer Lokale.

Erinnerst du dich, mein lieber Hoffmann, an unser erstes Gespräch?

Aber ja, vor dem Portal des Präsidiums. Du verbeugtest dich mehrfach.

Du ebenso.

Du sagtest deinen Namen.

Du ebenso.

Und du fragtest mich, ob ich denn der abendliche Klavierspieler in der Nachbarschaft sei, in der Senatorgasse.

Worauf du eher mürrisch reagiertest, keine deutliche Antwort gabst, bis –

Ja, bis?

Ich mich über die steifleinernen Figuren in unserem Kabinett beklagte –

Steifleinern, ja, du sagtest das Stichwort, Hitzig –

Und wir gaben uns als Partei zu erkennen –

Gegen die Steifleinernen, Hitzig, gegen eine gewaltige Mehrheit.

Hoffmann nahm ihn von diesem Augenblick an in Anspruch.

Hippel und Hitzig – ein Freundesduo, eine einsinnige Zweistimmigkeit oder eine zweigeteilte Einstimmigkeit. Immer werden sie ansprechbar, meistens anrufbar sein, verständnisvoll auch dann, wenn die Vernunft des geliebten Hoffmann flöten geht.

Die Frauen fanden ebenfalls Gefallen aneinander. Eugenie Hitzig schaute, wenn es paßte, nach nebenan, half Mischa, die bald niederkommen würde. Und die Sommerabende gehörten der Musik. Hoffmann, der früher als die anderen zur Arbeit ging, ein Kurzschläfer mit wüsten Träumen, streifte nachmittags durch die Stadt, die Kneipen, und nach dem Abendessen legte er sich ins Fenster, versicherte sich mit einem Blick, daß Hitzig und Eugenie ebenfalls im Nachbarhaus auf gleicher Höhe ihre Beobachterposition eingenommen hatten, wartete, bis sich unten auf der Gasse Ruhe eingestellt hatte und die Laternen angezündet waren, lief ans Klavier und hämmerte das Signal, die ersten Takte der »Figaro«-Ouvertüre.

Hitzig hatte ihm geholfen, das Klavier nahe ans Fenster zu rücken.

Ständig war er unterwegs zwischen Instrument und Fenster.

Was habe ich gespielt? fragte er. Was wird gewünscht? fragte er.

Mischa, die Arme auf einem Kissen gebettet, machte den Rücken rund, wagte ab und zu Zwischenrufe: Du wirst noch hinschlagen, Hoffmann, wir werden deine Gliedmaßen einzeln auflesen müssen.

Paß auf, daß du mich wieder richtig zusammensetzt, Mischa.

Er erinnerte sich, spielend, variierend, folgte eigenen Einfällen. Der Applaus aus dem Nachbarhaus kam regelmäßig und heftig. Wenn sein öffentliches Konzert, wie er es nannte, ein Ende gefunden hatte, überkam es ihn, er liebte Mischa, liebte die Musik, die sich ihm verkörperte.

Ich liebe, sagte er.

Mich, ergänzte sie.

Dich, korrigierte er.

Das Kind wird bald kommen. Er spüre nicht nur seine Bewegungen, behauptete er, er höre es wispern.

In der Musik verwarf er einen Plan nach dem andern und wurde immer schneller.

Hitzig blieb ihm auf den Fersen. Zwar vergrößerte sich Hoffmanns Freundeskreis, nicht zuletzt durch seine musikalischen Unternehmungen – er sammelte Bewunderer und Förderer um sich –, aber Hitzig vertraute er sich an. Am 7. September 1807 porträtierte er die Hitzigs. Die Zuneigung hinderte ihn nicht, dennoch zu karikieren. Zwei verschränkt gestellte Büsten, die sonderbar aufgedunsen wirken. Mann und Frau gleichen sich geradezu geschwisterlich in ihrer Pausbäckigkeit und in ihrer Bereitschaft zu staunen.

Sind wir das? fragte Hitzig, mit dem fertigen Blatt vor den Spiegel tretend. Komm, schau dich an, rief er Eugenie.

Sie standen nebeneinander, betrachteten sich auf dem Aquarell, danach im Spiegel, mehrmals, und Hoffmann beobachtete sie dabei, in Gedanken schon wieder woanders.

Wir sind es, stellte Hitzig zögernd fest.

So, wie er uns sieht, fand Eugenie.

Hoffmann nickte zustimmend und sagte das Gegenteil: Ich müßte es noch mal versuchen.

Als Wehen die Geburt des Kindes ankündigten, erschien Hoffmann bei Hitzigs, er habe die Köchin schon zur Hebamme geschickt. Ob Frau Eugenie Mischa nicht beistehen könne? Er müsse ins Amt.

Hitzig begleitete ihn. Er arbeitete zügig wie üblich, verschwand gegen Mittag aus dem Büro, nicht ohne Hitzig seine Adresse zu hinterlassen, die Kneipe, in der er nach einem ausgiebigen Spaziergang das Weitere abwarten werde. Dort kam er gar nicht dazu, seiner Anspannung nachzugeben. Er trank und plante, gemeinsam mit einem Beamten aus dem Präsidium, Elias Krumbiegel, dem er zufällig über den Weg lief. Er schätzte ihn als Musikliebhaber, mied ihn jedoch, wenn er sich in seinem Enthusiasmus überschlug. Dieses Mal war Hoffmann ganz Ohr: Krumbiegel hatte vor, eine musikalische Vergnügungsgesellschaft zu gründen, die nicht nur Konzerte und Bälle veranstalten, sondern auch Sänger und Sängerinnen ausbilden sollte. Die beiden feuerten sich gegenseitig an, setzten einen Entwurf auf den andern in einem atemlosen Crescendo:

Und wenn nur eine Handvoll zu Beginn –
Musiker wüßte ich genug –
Jaja, Violinisten gleich ein Dutzend –
Und Sie als Komponist –
Ich, wenn nötig, dann –
Und wissen Sie, Hoffmann, das Höchste wäre mir ein Konzerthaus –
Ein Saal, ein glänzender Saal –
Ja –
Ein Zentrum, Krumbiegel, ein Musikhaus –
Das fehlt Warschau noch –
Wir müßten also einen Verein gründen –
Wenn wir das nicht könnten, wer sonst?
Da sitzen wir an der Quelle –

Eben, eben –
Hören Sie, bester Krumbiegel?
Was?
Wie sich die Stimmen hier im Gasthaus bündeln zu einem grotesken Chor?
Und wir die Solisten –
Die nicht akzeptierten –
Sie tranken und planten, und irgendwann, gegen Abend, unterbrach sie ein atemloser Bote, ein Junge aus Hoffmanns Haus, der dem Herrn Regierungsrat mitzuteilen hatte: Ich soll Ihnen sagen, im Auftrag von Madame Hoffmann, und Herr Assessor Hitzig hat mich geschickt, ich soll Ihnen sagen, daß Sie ein Herr Vater geworden sind.

Hoffmann trank in einem Zug das Glas leer, überhörte die Gratulation Krumbiegels, sprang auf, drückte dem Jungen eine Münze in die Hand: Und kannst du mir sagen, ob Sohn oder Tochter?

Das konnte er nicht.

Womit er Hoffmann anspornte, hinter ihm herzusausen. Dem Wirt rief er noch zu, die Rechnung werde er morgen begleichen, doch von Krumbiegel bekam er zu hören, daß er ihn eingeladen habe – unter diesem Umstand natürlich sowieso!

Er überholte den kleinen, flinken Boten, triumphierte, der setzte ihm nach und hüpfte wieder vor ihm her. Das Spiel vergnügte ihn, er vergaß beinahe das Ziel des Laufs. Schließlich erreichte er taumelnd, doch vor dem Boten, die Haustür, wurde begrüßt von Eugenie Hitzig, die aus dem Fenster lehnte: Sie haben eine Tochter, Hoffmann!

Nun wußte es die ganze Gasse, die Gratulanten würden sich melden.

Ein Kind! Eine Tochter. Über ihren Namen mußte er nicht nachdenken. Die Wirtshausunterhaltung mit Krumbiegel legte ihn nahe.

Hitzig umarmte ihn im Treppenhaus, ein Kindchen, ein Seelchen, Hoffmann, und ich sage Ihnen, eine Stimme hat sie, geeignet für Koloraturen.

Das Kindchen plärrte und krähte.

Die Hebamme hielt es auf dem Arm ihm entgegen. Gratulation, Herr Regierungsrat.

Er beugte sich über Mischa, die vor Erschöpfung und Stolz glühte, strich ihr über die Stirn und fragte nach ihrem Befinden.

Sie sagte: Das Kindchen hat es mir nicht leichtgemacht.

Er sagte: Cäcilia.

Sie sagte: Aber schau sie dir doch wenigstens an. Und nach einer Pause, in der sie nach dem Namen suchte, den er schon gefunden hatte, fuhr sie fort: Unsere Cäcilia.

Seine Tochter! Ich will von einer Liebe schreiben, die der Leidenschaft zu Julia vorausgeht. Ein Arioso mit Zwischentönen, Strophen väterlicher Anbetung. Endlich eine neue Tonart und ein anderes Tempo – Andante.

In seinen Briefen suche ich nach wenigstens einem Satz, der mit Stolz dem Kind gewidmet ist. Es hätte seinen Alltag verändern können. Vermutlich aber hat er es kaum wahrgenommen, ist vor seinem Geschrei geflohen, hat es Mischa überlassen, die ihm in der neuen

Rolle sowieso nicht ganz geheuer war, beansprucht von dem Kind. Mehr noch: Sie belästigte ihn mit diesem Wesen.

Hörst du sie atmen, Hoffmann? fragte sie ihn, wenn er nachts neben ihr lag und seine Wachträume zu steuern versuchte.

Hörst du sie? fragte er zurück.

Ich glaube, ja.

Bist du nicht sicher, Mischa, schau nach ihr.

Er hat Cäcilia nicht festgehalten, sage ich mir. Und erst, als sie ihn verlassen hatte, vernahm er die Stimme, die er ihr zugedacht hatte, Cäcilia, die Schutzheilige seiner Musik.

Mit zwei Jahren starb das Kind. Er war nicht dabei. Er hatte Frau und Tochter nach Posen gebracht und versuchte in Berlin Fuß zu fassen. Dort bekam er die Nachricht von Mischa. Weil nichts klappte, weil keiner seiner Einfälle Echo bekam und er in seinem Elend den Atem verlor, konnte er, freilich weiter um sich kreiselnd, nur für einen Augenblick trauern: »Sie fanden mich«, schreibt er, »bei Ihrem letzten Hiersein in einer etwas fatalen Stimmung – indessen müssen Sie diese dem äußeren Druck der Umstände zuschreiben – ich bin in einer Lage, über die ich selbst erschrecke, und die heutigen Nachrichten aus Posen sind nicht von der Art mich zu trösten – Meine kleine Cecilia ist gestorben und meine Frau ist dem Tode nahe!« Es ist ein einfacher Satz, mit dem er das verschwundene und wenig beachtete Wesen endlich erkannte, in die Arme nahm und für einen Augenblick an seine Brust drückte: »Meine kleine Cecilia«, um sie einen Halbsatz weiter schon wieder zu vergessen: »Am liebsten wünsche ich mir ein Unterkommen als Musik-Direktor bei irgendeinem Theater...«

Ich lese ihn, entlasse ihn wieder in die wirre Vorgeschichte zu einer Liebe, die Cäcilia ohnehin vergißt: sie war zwar als Ideal getauft worden, konnte aber nie eines sein.

Krumbiegel schaffte es in kürzester Zeit, genügend Mitglieder für die Musikalische Vergnügungsgesellschaft zu werben. Hoffmann zierte sich anfänglich, nahm nur selten an den wöchentlichen Treffen teil, fand den Enthusiasmus von Knochenköpfen lachhaft und wurde erst aktiv, wirbelte und warb, als der Oginskische Palast gemietet werden konnte, die Gesellschaft eine Bleibe hatte, mit Konzertsaal, Probe- und Unterrichtsräumen sowie zwei Lehrern für Solostimmen und Chor zu einem Institut avancierte.

Um seinen Dämonen nicht freien Lauf zu lassen, wie Hitzig bemerkte, ging Hoffmann morgens noch früher ins Büro, arbeitete sich mit manischer Akkuratesse durch die Akten, schrieb Kommentare und Gutachten und entließ sich, wie er Krumbiegel sagte, am frühen Nachmittag aus dem Dienst.

Er komponierte wieder, genauer, er komponierte weiter an seiner Es-Dur-Sinfonie, die er noch in Plock begonnen hatte, erinnerte sich im Adagio an Don Giovanni, diesen freiesten der Mozartschen Geister, den er in Gedanken nachspielte und in der Wirklichkeit mitunter ausprobierte. Die melodischen Einfälle wurden zu Gesten, warfen Schatten. Manchmal überwältigte ihn Don Giovannis Nähe, er sprang vom Klavier auf, hüpfte durchs Zimmer, zündete Kerzen an, stand, wurde steif, reckte sich und ließ die Glieder wieder beben. Nun konnte er singen: »Non l'avrei giammai creduto/Ma far quel che potrò.«

Mischa durfte dabei sein, mußte aber auf dem Diwan stillhalten – sie ärgerte ihn dennoch, wenn sie die Rotweinflasche versteckte. Morgen plagen dich wieder die Kopfschmerzen.

Meistens hielt er eine zweite Flasche in Reserve, hinterm Klavier oder zwischen den Büchern.

Mischa machte aus ihrer Abneigung gegen Don Giovanni kein Hehl. Er ist kein guter Mensch, fand sie, und sie konnte nicht begreifen, wieso Mozart eine solche Musik für ihn erfunden hat.

Womit sie Hoffmann nur bewies, daß sie die Liebe nicht verstand, nach der Don Giovanni sich vergeblich sehnte. Du hast keine Ahnung von der Liebe, sie ist wandelbar, vielgestaltig.

Aber ich liebe dich doch, pflegte sie dann zu beteuern, als wäre es der Refrain eines Liedes, und er ergänzte ihn schulterzuckend: Ich dich auch, Mischa, doch das ändert nichts daran, daß du sie nicht besitzt. Wenn überhaupt, besitzt sie dich, und wer weiß, ob auf Dauer.

Sobald er sang, dirigierte er ein unsichtbares Orchester. Er war sicher, daß dies bald in Wirklichkeit geschehen würde. Mischas Zweifeln fiel er sofort ins Wort: Du wirst es erleben!

Wie so oft, eilte er sich voraus. Die Zukunft schenkte ihm ein vollkommenes Musikhaus. Der Oginskische Palast könnte dem Musikalischen Verein genügen, aber mit einem Mal reizte eine größere Aufgabe: Der opulente Mniszecksche Palast war von einem Brand beschädigt worden, stand zum Verkauf. Dort erst, in dem großen, weitläufigen Bau mit dem riesigen Saal könnten sie der Stadt ein musikalisches Zentrum bieten, ein Musikschloß, ein Refugium der schönsten Stimmen und Instrumente.

Hoffmann kam nur noch, um zu schlafen, nach Hause. Morgens diente er wie gewohnt und pflichtbewußt der Regierung, die restliche Zeit widmete er seinem Traum. Er trat, von den Mitgliedern der Gesellschaft unterstützt, gleichsam als Bauherr auf. Er zeichnete die Pläne für den inneren Ausbau, leitete die Handwerker an, verwirrte und verärgerte sie durch Korrekturen und Retuschen.

Solange jedoch im Oginski-Palais Gesangstunden erteilt wurden, zog es ihn auch noch dorthin. Ich bin närrisch auf Stimmen, entschuldigte er seine unangekündigten Besuche bei den Gesangslehrern, die allerdings annahmen, daß Hoffmann weniger die Stimmen als die jungen Sängerinnen anzogen. Einen der beiden Lehrer, Monsieur Leydecke, der seinen Verdacht andeutete, versetzte Hoffmann in einen dauerhaften Schwindel:

Sie irren, mein Herr, wenn Sie mich einer derart platten Neigung für junge und schöne Damen verdächtigen, anfällig für ihre Reize, womöglich ein Wadenstreichler, ein Anbeter von langen und schlanken Hälschen, Sie irren sich, Monsieur, und ich bedaure Sie, schäme mich für Ihre allzu direkten Gedanken. Wobei er sich Leydecke mit kleinen, heftig aus den Knien gedrückten Schritten näherte, sich eng vor ihm aufstellte, mit seiner Nase die Nase des Angegriffenen touchierte, ihn an den Schultern faßte, vor sich her schob und auf einen Stuhl drückte: Es sind die Stimmen, weswegen Sie mich so häufig zu Gast haben, ihre Kraft, ihre Fähigkeit zu schwingen, ihr Leuchten, Stimmen, die sich von der Sängerin entfernen und in einem Echo wenden, ihre Entfaltung im Crescendo, ihre Biegsamkeit im Legato, Stimmen zwischen Dunkel und Hell, Stimmen – und nun hören Sie genau zu, Monsieur (er drehte vor Leydecke eine Pirouette) –, Stimmen, die ihren Körper haben, schmal oder üppig, die aus einem Grund kommen, aus einem Seelenloch gewissermaßen, die gefärbt sind von Erinnerungen, Erfahrungen und Wünschen, Stimmen, die ihr Wesen brauchen, mein Herr, denn ist Ihnen bei Ihren Lektionen noch nicht aufgefallen, daß die Sängerin sich singend verändert, schön und anziehend wird und zugleich schrecklich abweisend, daß sie Alcine oder Fiordiligi in sich aufnimmt, nicht nur deren erfundene Substanz als ein belebendes Elixier, nein, deren Existenz, deren Unvergleichbarkeit, eben weil die Musik Händels oder Mozarts sie erfüllt, verwandelt. Capito? Sie haben recht, ich bete diese jungen Damen an, erlaube mir sogar anzügliche Gedanken, die ich aber nie in ihrer Gegenwart äußern würde, denn ich liebe nicht Alexandra oder Hermine, ich liebe Zerline und

Donna Anna, ich liebe ihre Liebe, ich bin ihnen verfallen, und meine Phantasie kennt keine Hemmungen, nein.

Was Leydecke ahnte und Hoffmann ihm auszureden versuchte, traf freilich zu: Die Stimmen erotisierten ihn, ein Sopran anders als ein Alt, sie verführten ihn, das singende Wesen in Besitz zu nehmen, den Körper der Stimme zu streicheln, ihn an sich zu pressen, atemlos zu werden aus Sehnsucht.

Leydecke gab nicht auf: Und warum stellen Sie Alexandra nach oder Mascha, der verwegenen Polin, wie Sie sie zu bezeichnen pflegen? Warum schenken Sie den jungen Damen Rosen und Konfekt, lesen ihnen Gedichte vor, produzieren sich am Klavier?

Auch dafür hatte Hoffmann seine Antwort: Stimmen steigern sich, wenn sie bewundert werden, Leydecke, sie brauchen die Liebe, den Applaus, und bei diesen beiden habe ich auch noch das Vergnügen, Unterschiede hören zu können, wozu auch Sie in der Lage wären, die Königsberger Stimmlage und die Warschauer, den preußischen Sopran, leuchtend und zugespitzt, den polnischen Alt, warm aus der Gurgel.

Leydecke erhob sich abrupt, drückte Hoffmann zur Seite und sagte ärgerlich: Das ist nichts als Einbildung, Herr Regierungsrat, und hat nichts mit Ausbildung zu tun. So, wie ich sie verstehe.

Hoffmann stellte tatsächlich der siebzehnjährigen Mascha nach, genoß ihre verlegene Abwehr. In den Konzerten hielt er nach ihr Ausschau, verschlang sie mit Blicken, und Mischa warf ihm vor, sich zum Gespött der

Leute zu machen: Sie kennen dich doch alle, Hoffmann. Du benimmst dich, wie soll ich es anders ausdrücken, daneben.

Womit sie ihm ein Stichwort gab und er wieder spielen konnte: Du hast recht, Mischa, ich benehme mich daneben, ich stehe neben mir, das Entzücken hat mich aus mir ausgehebelt. Du solltest das Kind hören.

Er konnte sie nicht überreden.

Es genügt mir, dich von ihrer Stimme schwärmen zu hören. Sei nicht so geschmacklos, mich, wenn du in Gedanken abwesend bist, Mascha zu nennen.

Ist das nicht ein sonderbarer Zufall? Mascha, Mischa? Er legte seinen Kopf auf Mischas Schulter und verzehrte Mascha mit seinen Blicken: Sie wird eine mitreißende Dorabella sein, bestimmt und zugleich kapriziös.

Die Stimmen setzten sich in seinem Kopf fest. Er fand eine Gelegenheit, sich abzulenken und gleichzeitig den Sängerinnen zu huldigen – ganz nach seiner Weise. Er stellte fest, daß einige der Salons im Mniszeckschen Palast ganz und gar ungeschmückt seien, die weißen Wände nach Bildern verlangten. Er ließ sich Gerüste bauen, und an den Nachmittagen turnte er in luftiger Höhe, in der Rechten den Pinsel, in der Linken die Flasche mit Ungarnwein, stolz auf die weiße, von Farbspritzern und Klecksen übersäte Jacke, die ihn als Maler auswies.

Zuerst übte er sich im Bronzieren von Stukkaturen, danach verwandelte er, ausdauernd, bis das Tageslicht schwand, einen kleinen Saal in ein ägyptisches Kabinett, zögerte nicht, neben Gottheiten, denen Schwänze und Schnäbel an den verkehrten Stellen wuchsen, seine Sängerinnen zu verewigen, Begleiterinnen der Kleopatra, redete mit ihnen, schmeichelte ihnen, attackierte sie, wenn er sich allein glaubte, mit zotigen Anträgen, pinselte inbrünstig an ihren Brüsten und Hinterteilen, und Mischa, die er, noch bevor seine Malerwochen endeten, einlud, die Werke zu betrachten, begriff sofort: Jetzt rede mir, ich bitte dich, Hoffmann, nicht von den Stimmen, sondern von den Weibern, jedes dieser Bildchen verrät dich. Du bist ein Schwein. Sie kehrte sich zornig von ihm ab.

Mischa! rief er ihr nach.

Sie zog die Schultern hoch und erwartete, daß er, einem Affen gleich, das Gerüst herabkletterte, sie in die Arme nehme. Was er, weil er ihre Gedanken lesen konnte, auch tat.

Mischa schickte ihm Klienten, die ihn im Amt oder in der Wohnung suchten, in den Malersaal. Hoch oben auf dem Gerüst saß er, die Mandanten unter ihm auf Stühlen starrten zu ihm hoch. Er studierte die Papiere, riet, schrieb und unterschrieb.

Nebenbei beendete er seine Sinfonie.

Während einer Konzertpause gelang es ihm, seine Wünsche so heftig auszusenden, daß sich Mascha für ein paar Augenblicke an ihn drückte, er vor Glück erstarrte, bis Mischa ihn unterm Arm faßte: Komm zu dir, Hoffmann.

Die Freunde überredeten ihn, so bald wie möglich seine Sinfonie zu dirigieren. Er genoß die allgemeine Bewunderung.

Rede mir nicht von der Liebe. Mischas Zwischenrufe unterbrachen immer wieder seinen Lauf.

Er tänzelte, schlug mit den Händen in die Luft, trank, war betrunken: Ich werde dir von der Liebe erzählen, Mischa, von ihrer Verkörperung, ich schwöre es dir, und nicht ein Satz wird ohne Musik auskommen.

Ich denke an seine, an Kreislers Begegnung mit Donna Anna, die unversehens, in ihrem Kostüm, in seiner Loge erscheint. Nachdem er den Schreck überwunden hat, fragt er sie: »Wie ist es möglich, Sie hier zu sehen?« Worauf sie, wie er schreibt: »sogleich in dem reinsten Toskanisch erwiderte, daß, verstände und spräche ich nicht Italienisch, sie das Vergnügen meiner Unterhaltung entbehren müsse, indem sie keine andere als nur diese Sprache rede«.

Er hat tatsächlich in Warschau eine Zeitlang Italienisch gelernt und Mischa damit aufgebracht: Warum lernst du hier nicht Polnisch, Hoffmann? Weil ich mit Hitzig nach Venedig reisen möchte. Wann? Morgen, im nächsten Jahr. Auf alle Fälle, Mischa.

Nun, in der Loge, im Traum, helfen ihm seine Italienischkenntnisse. »Wie Gesang lauteten die süßen Worte. Es war Donna Anna unbezweifelt. Die Möglichkeit abzuwägen, wie sie auf dem Theater und in meiner Loge habe zugleich sein können, fiel mir nicht ein. So wie der glückliche Traum das Seltsamste verbindet und dann ein frommer Glaube das Übersinnliche versteht und es den sogenannten natürlichen Erscheinungen des Lebens zwanglos anreiht: so geriet ich auch in der

Nähe des wunderbaren Weibes in eine Art Somnambulism, in dem ich die innigen Beziehungen erkannte, die mich so innig mit ihr verbanden.« Hoffmann läßt Donna Anna am Ende dieser somnambulen Begegnung aussprechen, was er sich in seinen virtuosen Liebesversuchen mit Stimmen immer wieder einredet: »Ging nicht der zauberische Wahnsinn ewig sehnender Liebe in deiner neusten Rolle aus deinem Innern hervor? Ich habe dich verstanden: dein Gemüt hat sich im Gesange mir aufgeschlossen! Ja (hier nannte sie meinen Vornamen), ich habe *dich* gesungen, so wie deine Melodien *ich* sind.«

Er folgte den Stimmen, hastete zwischen wenigen Orten hin und her, es ist im wörtlichen Sinn sein Tageslauf. Der morgendliche Abschied von Mischa in der Wohnung, die Arbeit bis zum frühen Nachmittag in der Regierung, ein kürzerer oder längerer Aufenthalt in einer Weinstube und endlich das Ziel, die beiden Musikpaläste, der Oginskische zu Beginn und der Mniszeckische Palast danach, die Besuche bei den Sängerinnen, die Malereien auf dem schwankenden Gerüst und, jetzt, die Proben für seine Sinfonie.

Am 3. August 1806 sollte der Bau eingeweiht werden, mit der Uraufführung seines Werkes. Eine Zeitlang hörte er nur sich. Was rundum geschah, was auch ihn bedrohen konnte, die Welt veränderte, nahm er nicht zur Kenntnis. Hitzig war der einzige unter seinen Freunden, der regelmäßig Zeitung las und Napoleons Siegeszug verfolgte. 1805 hatte er bei Austerlitz die Russen und Österreicher besiegt und nun bei Jena, wiederum die Russen und Preußen.

Hoffmann probte.

Plötzlich tauchten russische Truppen, Kosaken und Baschkiren, in der Stadt auf, von den Franzosen vor sich hergetrieben. General Suworow empfing vor der Stadt, in Praga.

Mischa flehte Hoffmann an, auf sich aufzupassen. Den Russen sei alles zuzutrauen.

Seine Scherze beruhigten sie nicht. Du wirfst mir vor, immer wieder, ich befände mich schon dort, wenn ich noch hier sein sollte. Liebe, ich bin schneller als jede Kugel, jeder Säbel. In der Tat: Mit seiner Musik war er dem Warschauer Finale um ein paar Takte voraus.

Hitzigs würden Mischa zum Konzert mitnehmen.

Er probte den ganzen Nachmittag vor der Aufführung, dann zog er sich in einen Salon zurück, mit einer Flasche Roten, schloß die Tür hinter sich ab. Auf Klopfen, auf Rufen reagierte er nicht.

Er wußte, wer neben dem Gouverneur in der ersten Reihe sitzen würde, hatte für die Freunde gesorgt, Plätze reserviert: Hitzigs, Zacharias Werner, Krumbiegel, Leydecke, Mischa und Mascha mit ihren Eltern. Das Abendlicht schmolz durch die großen Fenster, sammelte sich in Nestern, bewegte Schatten.

Er trat vor das Orchester, vor seine Musiker.

Die eintretende Stille im Saal forderte seine Antwort. Er gab sie, riß sich hoch, sprang, auf den pochenden Auftakten reitend, ging in die Knie, fing sich federnd auf und wußte, daß er, nur wenige Takte später, in Dreivierteln tanzen, sich wiegen konnte: Adagio majestoso. In Gedanken eilte er bereits voraus, zum Andante, seinem Meisterstück, wie er Mischa versicherte: Wenn es mir gelungen ist, Beethoven und Mozart zu vereinen, dann hier, Liebste, dann im Andante.

Hier, bei seinem Konzert, wird er sichtbar: Der Gliedermann im Frack, ein Anzug, der für ihn gemacht ist, für ihn, der sich immerfort bewegt, der zappelt, tänzelt, sich verrenkt, springt und zittert. Er muß es, als er zum ersten Mal in die schwarzen Hosen und in den Rock mit dem geteilten Schwalbenschwanz schlüpfte, gespürt haben. Da wuchs ihm die zweite Haut an, da verwandelte er sich in sein Alter ego, den Kapellmeister Kreisler: »Ich wie Du.«

Es ging ihm alles zu schnell. Nach dem Finale schlug er noch die Luft. Das Licht in den Fenstern reichte eben noch aus, um die Noten lesen zu können. Er rannte dem Applaus nach von der Bühne auf die Bühne. Seine Blicke sprangen von Mischa zu Mascha. Sie oder sie?
    Mischa erkannte sehr früh, was sie erwartete.
    Siehst du, Hoffmann, wie viele schon die weißen polnischen Kokarden an ihren Hüten tragen? Bald werden die Franzosen hier sein, die Russen vertreiben und dich auch, und die Polen haben ihr Warschau wieder.
    Du siehst Gespenster.
    Nein, Kokarden.
    Er hörte nur Musik.

Gegen Mischas Widerstand zogen sie noch um, in eine noble Wohnung in der Krakauer Vorstadt. Die Akten in seinem Büro begannen sich zu stapeln, nicht weil er weniger fleißig arbeitete, sondern weil, wie er dann doch feststellen mußte, die unruhiger werdenden Zeiten die Leute zum Händeln herausforderten und die Gerichte strapazierten.

Er traf sich mit Freunden zum Quartett, sang in der Bernhardinerkirche die Messe mit und frühstückte danach mit den Mönchen, er hörte, französische Emissäre hätten sich mit den Russen getroffen, und wunderte sich nicht über das Verschwinden der russischen und preußischen Truppen.

Vom kommandierenden französischen General bekam die preußische Regierung die Weisung, daß ein jeder Beamter, der mit seinen Vorgesetzten in Königsberg Verbindung halte, mit dem Tode bestraft werde.

Damit die Kasse nicht an die Franzosen falle, teilten sie die Gelder untereinander auf. Wovon sollten sie in der kommenden Zeit leben?

Man hat mich vom Dienst befreit, erklärte er Mischa, die ihm wiederum erklärte, daß sie die Wohnung unverzüglich verlassen müßten, da sich ein französischer Offizier einquartiert habe. Das beunruhigte ihn nicht weiter, sie könnten ins Konzerthaus ziehen, in eine Kammer unterm Dach. Dort sei er wie zu Hause, und die Konzerte würden auch unter den Franzosen weitergehen.

Die Geselligkeiten wurden fortgesetzt. Nur wurde jetzt polnisch und französisch gesprochen. Die Deutschen, die geblieben waren, hielten sich zurück.

Die neuen Lustbarkeiten genoß er mit Ironie, lud jeden Morgen Freunde und Bekannte in ein Restaurant, von wo aus sie die tägliche Parade der napoleonischen Truppen beobachten konnten. Ein Affentheater.

Hitzigs verabschiedeten sich. Sie zogen um nach Berlin.

Wir haben keine Zukunft, sagte Mischa und weinte.

Er schickte sie und die winzige Cäcilia mit einem französischen Militärtransport nach Posen und beschloß, krank zu werden.

In einem Konzert, das ihn erboste, weil der französische Kapellmeister nur Banalitäten auf dem Programm hatte, begegnete er ein letztes Mal Mascha. Er beobachtete sie aus der Ferne und holte sie in seine Phantasien. So begann sein Fieber, ein Nervenfieber, wie die Ärzte feststellten, das ihn schwächte und sein Leben bedrohte, so daß die übriggebliebenen Freunde Tag und Nacht an seinem Bett wachten. Eine ganze Nacht lang sprach er, entwarf eine Oper, die allein einer einzigen Stimme gewidmet war, ihrer Stimme, diesem vollkommensten Ausdruck von Leib und Seele. Was er singend andeutete, erkannten seine besorgten und erstaunten Zuhörer als die »Zauberflöte«, doch was er ihnen erzählte, eine überaus mysteriöse, nur von der Liebe handelnde Geschichte, hatte nichts mit Mozarts Oper zu tun.

Kaum wieder auf den Beinen, entschloß er sich, Warschau zu verlassen. In Posen besuchte und beruhigte er Mischa, danach reiste er weiter nach Berlin, wo er Hitzigs wußte und sich endlich den Künsten widmen wollte.

Das ist seine Stadt. Ist es seine? Nicht auch Bamberg, Venedig, Dresden? Ich haste ihm voraus und baue die Kulissen auf: Die Wohnungen, die sie wechseln, die Kneipen, die er nicht wechselt, das Kammergericht und das Opernhaus, in dem »Undine« aufgeführt wird, das Musikhaus, das im Feuer untergeht samt der »Meerfrau«. Aber dieses Berlin, in das es ihn drängt, auf das er setzt, in das er sich mit seinen hoffnungsvollen Phantasien hineinwirft, ist noch nicht sein Berlin. Es wird ihn beschmutzen und abstoßen.

Geh, Hoffmann, geh!

BERLINER VORSPIEL

Undine singt.
Ich lasse sie zu früh auftreten. Fouqué hat sein Märchen noch nicht geschrieben. Und das Schauspielhaus ist noch nicht abgebrannt.
Hoffmann kommt zum zweiten Mal nach Berlin, in eine Stadt, in der der Krieg gegen Napoleon Invaliden, Arbeitslose und Verelendete hinterließ. Sie kommt ihm vor wie unters Wasser gesunken. Ein schäbiges Vineta. Die Menschen bewegen sich träge. Manche werden von Strömungen aufeinander zu oder voneinander weg getrieben. Kein Laut ist zu hören. Die Fassaden der Häuser an den Unterwasser-Boulevards scheinen von Pilz, von Fäulnis überzogen.
Das Tempo verlangsamt sich. Es fällt mir schwer, mich daran zu gewöhnen. Mein Hoffmann war schnell, sich fortwährend voraus. Dieser widerspricht ihm, was ich von ihm lese, wie ich ihn höre.
Sein Gepäck ist schmal, eine Tasche mit etwas Wäsche, Zeichnungen, Partituren. Die Zeichnungen hofft er verkaufen, die Partituren bei Verlagen unterbringen zu können.

Die Fahrt der Kutsche von Posen nach Berlin hat ihm zugesetzt. Immerhin weiß er die Hitzigs in der Stadt, rechnet mit ihrer Hilfe.

In den ersten Tagen logiert er in einem Gasthof in der Nähe der Friedrichstraße. Mit Hitzigs hofft er sich in den nächsten Tagen zu treffen, er sucht nach einer Wohnung.

Er trinkt.

Er redet mit sich selber und, wenn es ihm danach ist, überraschend andere an, denen er angst macht.

Er sieht Gespenster, nachts, wenn er Unter den Linden umherstreicht, und das »Öde Haus« besiedelt mit wüsten Wesen, die ihm, dem heimkehrenden Trunkenbold, nachstellen. Er treibt sie durch die durchlässige Fassade. Der Stein funkelt und blitzt in der Nacht. Er gibt ihnen Namen und spricht mit ihnen, aus einer Laune, nur italienisch. Euch gibt es nicht mehr, wenn ich euch nicht denke.

Er kostet die Einsamkeit wie eine Krankheit aus.

Während er in der Gaststube zu Mittag ißt, anfängt zu trinken, sägt in seinem Zimmer ein kundiger Dieb die Rückwand des verschlossenen Sekretärs auf und stiehlt ihm die restliche Barschaft. Er hat nichts mehr. Es kann gar nicht anders sein, erklärt er dem Wirt.

Überall, allerorts, entdeckt er ausgefallene Haare, oft ganze Büschel, auf Fensterbänken, Schwellen, auf dem Gehweg, unter und auf dem Tisch, im Weinglas, auf dem Teller, auf der Bettdecke – graue, braune, rote, blonde Haare, dünn und verklebt. Ein Wind könnte sie zu einem widerwärtigen Knäuel zusammenwehen, der ihn wie in einen Kokon einschließt.

Bald werde ich eine Wohnung gefunden haben, versichert er dem Wirt, doch er bemüht sich nicht um sie. So wartet der Wirt mit ihm, daß der Freund, auf den er immer wieder zu sprechen kommt, ihn auslöse. Hitzig tut es.

Warum haben Sie mich warten lassen?

Ihre Post hat sich verspätet. Und, Lieber, wieso sind Sie nicht zu uns gekommen?

Diese Stadt, sie braucht mich nicht.

Er kann wieder spielen. Leben fährt in seine Glieder, und er bewegt sich so vertrackt und bizarr, wie Hitzig es kennt. Jeder Muskel in seinem Gesicht springt und schlägt Falten. Er führt den Freund in seinen Verschlag, erzählt ihm die Geschichte des Diebstahls. Was für ein Halunke. Ich kann nur bewundern, mit welcher Findigkeit sich der zu meiner Barschaft bohrte, lautlos, rasch. Wahrscheinlich saß er nach seiner Tat im Restaurant an einem Nachbartisch, genoß meine momentane Unschuld und zahlte aus meiner Schatulle.

Er zerrt Hitzig am Ärmel an die Wand neben dem Fenster: Sehen Sie die Stockflecken in der Tapete. Ich fixiere sie manchmal so lange, bis sie sich als Gestalten von der Wand lösen und ein kurzes Leben anfangen, eine Existenz zwischen Larve und Lemure.

Kommen Sie, Hoffmann. Die Hitze hat seit gestern nachgelassen. Die Glut sitzt nicht mehr in den Straßen fest, es weht ein angenehmer Wind. Kommen Sie!

Mir fehlt die Liebe. Das ist es.

Darüber schweigt sich Hitzig aus. Er setzt aber ein hilfreiches Spektakel in Gang, in dem Hoffmann für ein paar Wochen vergißt, wie wenig ihm geholfen werden kann. Hitzig überredet Verwandte und Bekannte, Hoffmann für ein Porträt zu sitzen. Nicht alle zahlen, wenn das Bild fertig ist. Eine Cousine Hitzigs verkauft Zeichnungen, nicht besonders erfolgreich.

Eine Verwandte Hippels, Madame Levy, führt den Gast in die Berliner Gesellschaft ein. Da ist er längst aus dem unwirtlichen Wirtshaus ausgezogen in zwei Zimmer im Hause Friedrichstraße Nr. 179, armselig möbliert und abgewohnt. Er ist ein Gast bei sich selber, der ständig unterwegs ist, säuft, von einem Schatten begleitet wird, einem durchlässigen Doppelgänger, der ihm nicht nur mit einem Echo antwortet, sondern ihn mit Einsichten und Beschimpfungen überfällt, vor allem zu später Stunde, auf dem Weg nach Hause.

Was ist von dir geblieben, Hoffmann?

Immerhin du.

Noch ist er seiner Natur gewachsen.

Vom Musikverlag Peters, dessen Direktor Kühnel, bekommt er den Bescheid, daß seine Kompositionen nicht angenommen würden, er selbst aber als Commis für monatlich vierzehn Taler beschäftigt werden könne.

Aber ja. Wieso nicht?

Er liest den Brief Unter den Linden, verbeugt sich in alle vier Himmelsrichtungen und verschweigt Hitzig die Demütigung.

Er lernt Varnhagen kennen, und Chamisso gefällt ihm: ein gelehrter Kopf, der seiner Phantasie nachgibt und von Hoffmann erwartet, daß er schreiben werde.

Zacharias Werner liest ihm eines seiner neuen Schauspiele vor, aber er hört einen anderen Text, den er, Werner überraschend, mit größtem Eifer auslegt. Du bist verrückt, Hoffmann, das ist doch nicht mein Stück.

Es könnte eines werden.

Die Briefe, die er an Mischa schrieb, sind alle verlorengegangen. Ihre an ihn ebenso, auch der, aus dem er erfährt, daß Cäcilia gestorben und Mischa, nicht nur aus Kummer, todkrank sei.

Seit Tagen hat er nichts mehr gegessen, die wenigen Einnahmen spart er auf für Wein und Lektüre. Bei Hitzigs schlingt er hinunter, was ihm vorgesetzt wird.

Warum lassen Sie sich nicht öfter sehen, Hoffmann? Sie können sich auch bei uns zurückziehen, wann immer Sie wollen. Wir haben ein Klavier.

Er plant eine Oper, die er, um sicher zu sein, auch gleich dem Schauspielhaus anbietet, das prompt ablehnt.

Für das Berlin, das er braucht, zieht er die Grenzen und macht sich die Gegend vertraut: Unter den Linden, Friedrichstraße, Gendarmenmarkt, Werderscher Markt, Fischerviertel, Hausvogteiplatz und nicht zuletzt der Tiergarten. Ungern stemmt er sich gegen den ständigen Wind. Er zieht es vor, sich treiben zu lassen. Ohne Mühe gelingt es ihm, Fassaden zu verschieben, Straßen zu verlegen. Manchmal, im Rausch, erkundigt er sich bei Passanten nach seiner Adresse: Friedrichstraße Nummer 179, wo kann ich sie finden? Einmal fragt ihn ein mißtrauischer Passant: Wen suchen Sie denn da? Ich kenne mich nämlich aus. Und er findet eine Antwort, die ihm gefällt, die ihn selbstverständlich verdoppelt und sein Gegenüber verwirrt: Mich, Monsieur.

Oft hat er den Eindruck, er schickt sich aus sich fort, bleibt an Ort und Stelle und spürt, wie der Doppelgänger anderswo gegenwärtig ist. So kann er, da ihm die Liebe fehlt, vor allem abends, nach einer musikalischen Soiree, einer Sängerin nachstellen, natürlich nur mit der abgespaltenen Hälfte seines Wesens, die aber um so heftiger von Sehnsucht erfüllt ist.

Nicht immer ist er imstande, Einladungen zu folgen, oft packt ihn ein Ekel vor Gesellschaften, und er empfindet seine Armut und Erfolglosigkeit als Makel. Er möchte sich weder ausstellen noch Mitleid auf sich ziehen. Er weiß, wer er ist, und er weiß, die Zeit wird kommen, daß diese Bagage ihn fürchten und bewundern wird.

Ich lebe neben mir. Eugenie Hitzig hat ihn gebeten zu bleiben. Ihr Mann werde noch eine Weile auf sich warten lassen. Bleiben Sie, Hoffmann. Wir können Sie unterhalten. Wenn es Ihnen lieber ist, lasse ich Sie auch alleine. Sie stellt ihm eine Karaffe Rotwein und ein Glas auf den Tisch, einen Teller mit Kuchen. Salzkuchen: Ich habe ihn frisch gebacken. Er schmeckt zu dem Wein.

Ich wünsche mir etwas von dem Warschauer Leben nach Berlin, sagt sie.

Und ich hätte meine Musiker.

Er geht im Zimmer auf und ab, berührt die Möbel, als könnten sie Energie abgeben, stellt sich ans Fenster, beobachtet die Passanten und entläßt sie aus seinen Blicken.

Es ist gar nicht auszudenken, daß Warschau nun Herzogtum geworden ist.

Er pocht einen Marsch gegen die Scheiben. Und Münster avanciert sogar zum Königreich, damit der Bruder des Kaisers seine Pfründe hat.

Immerhin hat der Allmächtige, der uns aus Warschau warf, nun mit Preußen Frieden geschlossen.

Mit uns? Mit uns womöglich nicht, meine Liebe. Der Kaiser führt lieber Krieg.

Buonaparte, sagt sie und schaut ihm zu, wie er vom Fenster zum Tisch eilt, das Glas hebt und es in einem Zug leert. Ich muß fort. Das ist noch nicht meine Stadt.

Wie meinen Sie das, Hoffmann?

Ich bin ihr noch nicht gewachsen, oder – er zögert, stellt das Glas ab, füllt es von neuem – ich bin noch nicht in sie hineingewachsen. Meine Ungeduld ist zu groß.

Die auswärtigen Regierungsräte, meint Hitzig, werden mit der Zeit wieder eingestellt.

Das geht mich nichts an. Ich will versuchen, ans Theater zu kommen.

Hier in Berlin?

Sagte ich nicht, meine Liebe, daß es mich fortdrängt? Er setzt sich wieder, schweigt. Sie merkt, daß er allein gelassen sein will, geht aus dem Zimmer, und er fängt das Gespräch von vorn an, mit verstellten Stimmen, mit Vogelstimmen, alle diese schwebenden, bodenlosen Sätze, die er in Wortbändern über die Straßen spannen möchte.

Ohne sich von Eugenie Hitzig zu verabschieden, schleicht er sich, nachdem er die Karaffe geleert hat, aus der Wohnung. Du bist ein unanständiger Gast, wirft er sich im Treppenhaus vor.

Mit Hippel setzt er seine mutlose Korrespondenz fort: »Vor wenigen Tagen hatte mich der Mangel der notwendigsten Bedürfnisse halb wahnsinnig gemacht, und in diesem Zustande erinnere ich mich an Dich geschrieben zu haben! – Eine gute Mahlzeit und eine ruhige Nacht haben mich jetzt mehr zu mir selbst gebracht, indessen um mein Elend um so stärker wieder zu empfinden. – Es gehört wirklich eine Stärke der Seele dazu, die an Heldenmut grenzt, um all das bittre Ungemach zu ertragen, welches mich zu verfolgen nicht aufhört.«

Er flieht in die Liebe. Nein, es ist keine Zuflucht, allenfalls eine Ausflucht, und an Julia ist noch nicht zu denken, an die Liebe, die ihre Stimme hat, an die verkörperte Musik, wie sie ihn schon die Warschauer Mädchen ahnen ließen.

Die Dame zieht ihn nicht an. Sie verlangt entschlossen seine Aufmerksamkeit. Das gelingt ihr auch.

Sie paßt nicht in die Abendgesellschaft, in die Chamisso ihn mitgenommen hat: Kommen Sie, Hoffmann, unser Gastgeber wird sich über Ihre Anwesenheit freuen, und wir können uns dort weiter unterhalten, versorgt mit Delikatessen und vorzüglichen Weinen.

Chamisso muß ihn nicht überreden. Er hat Hunger. Er ist allein. Mischa hat in einem knappen Brief ihn angefleht, sie zu sich zu holen, und ihm seine Hilflosigkeit noch deutlicher gemacht. Hitzigs Versuch, eine Verbindung zu Iffland herzustellen, ist gescheitert.

Hoffmann erzählt Chamisso von dieser Pechsträhne, als ginge es um einen andern. Kaum hört ihm einer zu, überkommt ihn schon wieder die Lust, sich zu verstellen.

Sie ist, scheint es, als erster Gast gekommen, längere Zeit vor den andern. Sie wirkt wie eingewachsen in dem begonnenen Abend, thront für sich auf einem Stuhl mit hoher Lehne, üppig in jeder Hinsicht: Die hohen Wangen unter auffallend hellen, großen Augen, die aufgeworfenen Lippen über einem prallen Kinn, der mächtige Busen, die den Rock bedrängenden kräftigen Hüften, »Mitte der dreißiger Jahre, sonst eine gebieterische Schönheit«, porträtiert er sie später, nachdem er sie in die Rätin Benzon verwandelt hat, und rühmt auch ihren »hellen Verstand, vorzüglich aber eine gewisse Kälte des Charakters, die dem Talent zu herrschen unerläßlich«.

Sie zieht ihn an.

Er hält auf Distanz.

Der Gastgeber stellt ihn vor, er verbeugt sich, atmet etwas hastiger, hofft, daß sie es nicht bemerkt, wendet sich mit einer Entschuldigung einem Herrn zu.

Stets beginnt in solchen Situationen in seinem Kopf geradezu mechanisch ein Wortband zu laufen. Er erzählt sich, was er erlebt hat. Wenn es ihm nicht paßt, wenn ihm eine Person mißfällt, er sich bedrückt und bedrängt fühlt, erzählt er in einem zweiten Anlauf das Geschehen, die Bewegung neu und um.

Er trinkt viel zu schnell. Sauf nicht, rügt er sich.

Der Gastgeber bittet ihn zum Klavier. Ich höre, Sie haben sich um eine Kapellmeisterstelle beworben, sagt er und setzt mit einem Seufzer hinzu: Ach, unsere stellungslosen Regierungsräte.

Ja, ein solcher bin ich. Hoffmann verbeugt sich vor dem Klavier, nimmt Platz, zerrt an seinen Fingern, daß sie knacken, und erklärt den aufmerksam gewordenen Gästen, er werde die Introduktion seiner A-Dur-Sonate spielen, ein Andante, das keine zehn Minuten daure, da er die Zuhörer nicht übermäßig beanspruchen wolle.

Er hat schon eine Weile nicht mehr Klavier gespielt. Seine Finger haben kein Gedächtnis mehr. Er verschleppt das Thema des Anfangs und hört erstaunt, wie selbstverständlich Mozart mitredet.

Nein, die ganze Sonate wolle er nicht spielen. Er sei etwas aus der Übung, obwohl das Klavier ihm gnädig gestimmt gewesen sei.

Es sei brandneu, von Franz Münzenberger in Wien.

Nichts fällt Hoffmann leichter, als eine Gesellschaft durch Pirouetten in Bewegung zu versetzen. Keiner bleibt an seiner Stelle. Bis auf jene auffallende Dame, die sich auf ihrem Stuhl reckt und nicht allzu laut nach dem »Herrn Regierungsrat« ruft. Worauf sich ein halbes Dutzend Herren angesprochen fühlt, nicht aber Hoffmann, den sie wohl meint.

Der Gastgeber klärt ihn freundlich auf: Die Rätin Berlepsch wünscht, daß Sie sich ihr ein wenig widmen.

Er läßt sich nicht anfordern. Mit einem Blick zur thronenden Rätin stiehlt er sich davon. Adieu, jetzt nicht.

Nur wird er die Dame nicht los. Sie hat sich in seinen Vorstellungen festgesetzt, folgt ihm in seine Träume, bedrängt ihn, wird obszön, führt ihm ihre Brüste vor, deckt ihn zu, und er wacht daran auf, daß er ihre Haut riecht.

Er redet mit ihr, redet auf sie ein, beschimpft sie, nennt sie tollwütig, sehnt sich nach ihr, möchte sich in ihr verkriechen, ist ständig erregt, und wenn er trinkt, begehrt er sie noch heftiger.

Ein Brief Mischas verwirrt und beschämt ihn derart, daß er ihn nicht zu Ende lesen kann und in einem Buch versteckt.

Nach einer Woche, in der immer wüstere Bilder seinen Verstand bedrohen, hält es ihn nicht mehr zu Hause, schafft er nicht mehr die üblichen Briefe an Hippel und Hitzig.

Er muß die Dame finden. Wobei er nicht daran zweifelt, daß ein paar Worte von ihr genügen werden, ihn von seinen fatalen Halluzinationen zu befreien.

Jeden Abend erscheint er nun in Salons, kleinen Konzerten, oft uneingeladen, bleibt nie lang, sucht, beginnt Unterhaltungen und bricht sie unvermittelt ab, dreht sich um sich selbst, und bald ist bekannt, daß der Regierungsrat Hoffmann aus Warschau die dortige musikalische Szene beherrscht und sogar ein Orchester dirigiert haben soll. Einer dem nicht zu trauen ist, der sich offenbar selber nicht traut.

Haben Sie eine Verabredung, Herr Rat?

Das auch.

Und was noch?

Ich bin auf der Suche, Exzellenz.

Nach wem? Kann ich Ihnen helfen?

Die Person weiß nichts von meinem Wunsch.

Wie dann?

Das ist es ja.

Er kann so lachen, daß dem andern das Lachen vergeht.

Nie verabschiedet er sich. Er taucht ab in der Menge, verschwindet.

Auf dem Gendarmenmarkt laufen sie sich über den Weg. In diesem Augenblick hat er nicht an sie gedacht, sondern den ersten Satz des Streichquintetts in C-Dur memoriert, diese aus dem Herzschlag des Cellos aufsteigende Kantilene der Violine. Er singt vor sich hin, achtet nicht auf die Passanten. Sie kommt ihm, begleitet von einer Dame, entgegen. Es sieht sie zwischen zwei Cellostrichen, bleibt stehen, verbeugt sich, wobei er die rechte Hand auf die Brust legt: Frau Rätin.

Worauf sie ihrer Begleitung etwas ins Ohr flüstert, offenbar eine Erklärung, mit der sie sie verabschiedet, denn die Dame eilt lächelnd an ihm vorüber.

Ich freue mich, Sie wiederzusehen.

Ja, antwortet sie, als halte sie dieses Bekenntnis für selbstverständlich. Er geht neben ihr her, wie von Gliederkrämpfen geplagt, seine Muskeln verspannen sich in wütender Gier.

Sie schweigen, stellt sie fest und hakt sich bei ihm ein. Er hat das Gefühl, ihr Arm schwelle erhitzt an.

Sie wohnen übrigens ganz in meiner Nähe. Ihre Stimme beginnt zu schwingen.

Vielleicht könnte sie singen, denkt er sich, und fragt: Wie sind Sie darauf gekommen?

Ich habe mich erkundigt.

Sein Wahn hat sie erreicht. Sie will, was er will. Er weiß so gut wie nichts von ihr und ist längst mit ihr vertraut.

Ich habe Zeit, sagt sie.

Seine Schultern schieben sich krampfhaft zusammen, er torkelt, worauf sie ihn noch fester hält: Ich weiß, Sie haben Ihre Stellung in Warschau aufgeben müssen, und hier in Berlin haben wir allzu viele arbeitslose Juristen. Sie spricht, als beschäftige sie sich täglich mit solchen Problemen.

Ich suche keine Anstellung mehr. Ich brauche Verleger, die sich meiner Arbeit annehmen.

Schreiben Sie?

Ich habe es vor. Ich bin dabei. Ich komponiere.

Sie sind ein vielseitiger Mann, Monsieur Hoffmann.

Vielseitig? Ich hänge erschöpft und mißlaunig an Ihrem Arm.

Und Ihre Frau?

Ich habe sie in Posen lassen müssen. Dort sorgen Verwandte für sie. Da Sie so viel über mich in Erfahrung gebracht haben, verehrte Rätin, was mir natürlich schmeichelt, wissen Sie wahrscheinlich, daß sie Polin ist und daß ich kürzlich meine einzige Tochter verlor.

Vorsichtig befreit er sich von ihrem Arm, hüpft zur Seite, hebt das dreieckige Hütchen von seinen gepuderten Haaren, deutet eine Verbeugung an, die offenläßt, ob er das Gespräch beenden und sich verabschieden will. Er ist nicht erpicht auf eine Unterhaltung mit ihr. Bloß ihre Nähe ist ihm wichtig. Sie kann nicht ahnen, daß er sie in Gedanken berührt und seine Begierde für

Momente so heftig ist, daß er seinen verspannten Körper bloß noch neben ihr herschleppen kann.

Sie nimmt seinen angedeuteten Abschied nicht zur Kenntnis. Wir haben, wie ich schon sagte, denselben Weg.

Jaja, er faltet die Hände auf dem Rücken, ich weiß, ich weiß, und geht, nach vorn eingeknickt, ihr ein paar Schritte voraus.

Ihre Sonate – versucht sie das Gespräch fortzusetzen.

Nicht jetzt. Er läßt sich auf ihre Höhe zurückfallen, wechselt mehrfach wie ein Tänzer den Schritt. Ich habe wenig Interesse an Sonaten, an denen niemand Interesse hat.

Ich bitte Sie. Sie umfaßt seinen Arm. Er ist so dünn, daß ihre Hand ihn umschließt, ein Reif, der ausstrahlt und ihn bändigt.

Ist Ihnen denn wohl? Sie erwartet keine Antwort, zieht ihn näher an sich. Mein Mann, das ist eine sonderbare Parallelität unserer Umstände, hält sich bereits seit Wochen in Königsberg auf. Wie Sie ist er Regierungsrat, Jurist. Sie können sich ausmalen, wie mich die Langeweile plagt. Zur Zeit versuche ich mir selbst das Klavierspiel beizubringen.

Doch sie fragt nicht: Wollen Sie mein Lehrer sein? Sie sagt vielmehr: Ich bin nicht besonders musikalisch, nein, das bin ich nicht, aber wenn ich eine Taste anschlage, kommen mir Gedanken, die ich mir sonst nicht erlaube, und ich finde Melodien, die mich gewissermaßen verführen.

Sie meinen, sagt er nach einer Pause, vermutlich entführen.

Nein. Sie haben mich schon richtig verstanden, Monsieur.

Er läßt sich mitnehmen, gibt nach, stolpert auf eine Geschichte zu, die ihr Maul schon geöffnet hält. Wieso soll er sich widersetzen?

Sie gehen den Kupfergraben entlang, am Lustgarten vorüber und biegen Unter den Linden ein. Es ist Nachmittag. Viel Volk ist unterwegs. Ein starker Wind treibt sie vor sich her.

Vor einem vierstöckigen Haus, das ihm wegen seines originellen Fassadenschmucks schon aufgefallen war, hält sie an.

Ich weiß nicht, ob es etwas taugt, sagt sie.

Er schaut sie fragend an.

Sie müssen sich mein Klavier ansehen.

Energisch schiebt sie ihn durch die Haustür. Sie steigen die Treppe in die Beletage hoch. Die Wohnungstür öffnet sich auf einen leisen Ruf der Rätin: Lina!

Eine junge Frau nimmt ihm Hut und Cape ab. Madame stellt sich vor den Spiegel, mustert sich, legt den leichten Mantel über einen Stuhl. Durch den Spiegel spricht sie Lina an: Der Ministerialrat Hoffmann habe sich bereit erklärt, ihr das Klavierspiel beizubringen. Sie solle den Kaffee im Salon servieren und könne sich dann zurückziehen.

Er muß sich fügen. Die Frau schreibt ein Stück, in dem sie ihm seine Rolle zuweist. Aber damit könnte sie, was er sich vornahm, was er vorausdachte, falsch fortsetzen und verderben.

Nun, sagt er.

Ja?

Jetzt –

Sie schüttelt den Kopf, er spürt ihre Erwartung wie einen galvanischen Schlag.

Das Mädchen huscht an ihnen vorbei durch die halb geöffnete Tür, auf dem Tablett Kanne und Tassen. Die Rätin senkt zufrieden den Kopf. Als sie in den Salon treten, ist Lina durch eine andere Tür bereits wieder verschwunden.

Sie zeigt auf ein Klavier, das an der Längswand des Zimmers steht. Hier herrscht zu jeder Zeit Dämmerung. Die schweren Vorhänge und die dunkle Seidentapete schlucken das Licht, das nur ein türkischer Schal, der über eine Stuhllehne hängt, auf sich zieht. Er glüht.

Sie nimmt ihn an der Hand. Er zieht sie zurück. Wenigstens für den Anfang geht sie damit zu weit.

Ich wollte nicht – sagt sie verlegen.

Aber er will ja. Nur handelt sie gegen seine Regie. Er möchte keinen Schritt, keine Bewegung abgeändert sehen.

Möchten Sie das Klavier ausprobieren, Monsieur Hoffmann?

Ohne ihr zu antworten, durchquert er das Zimmer, gerät, immer leichter und sicherer, in eine Art Trance, in eine Hochstimmung, die sich von selbst einstellt, obwohl ihm kurz der Verdacht kommt, daß sie die Gabe besitzt, dazu beizutragen.

Er zieht den Stuhl ans Klavier, setzt sich, wie immer fast ohne Abstand zum Instrument, und beginnt, ohne einen Augenblick nachzudenken, mit Mozarts Sonate in c-moll. Er spielt die ersten Takte, diesen nachdrücklichen Auftakt so, als müsse er sich gegen den stummen Anspruch der Frau stemmen. Und mit dem Adagio widerruft er.

Sie hat sich Schritt für Schritt lautlos genähert, steht hinter ihm. Er spürt ihre Wärme, riecht ihre Haut. Vor dem dritten Satz zögert er.

Sie legt die Hand auf seine Schulter, berührt mit der Brust seinen Rücken. So könnte sie für ihn atmen.

Der Kaffee!

Es fehlt noch das Allegro.

Ich bitte Sie.

Der Kaffee, ich weiß. Er beugt sich nach vorn, legt die Hände auf die Knie und versucht sich ihrer Nähe zu entziehen. Doch sie folgt seiner Bewegung, lehnt sich spürbarer an ihn. Er schließt die Augen, atmet mit ihr, drückt den Rücken gegen ihre Brust und versucht, sich die Szene so zu erzählen, daß sie lächerlich wird. Das gelingt ihm nicht. Sie hält seine Gedanken besetzt, hat ihm die Vernunft ausgetrieben. Was er wollte, bekommt er nun ohne sein Zutun. Sie drängt, reibt sich an ihm, und er antwortet ihr mit einem runden, bebenden Rücken.

Unvermutet entfernt sie sich.

Er wartet, legt die Hände wieder auf die Tasten, ohne zu spielen, lauscht ihrem Atem, ihren Bewegungen.

Auf einem Stich, der über dem Klavier hängt, hebt eine üppige Ariadne, der Bacchus nachstellt, mit gespreizter Hand ihren Busen. Er starrt auf die nackte Schöne. Sein Magen knurrt, er hat den ganzen Tag über nichts gegessen.

Seine Regungslosigkeit scheint ihr nicht zu passen.

Er hört sie hin und her gehen. Offenbar hat sie ihre Schuhe ausgezogen.

Kommen Sie, Monsieur Hoffmann, der Kaffee wartet.

Er zögert.

Sie waren anders gestimmt, als sie kamen.

Er will nicht denken, was gleich geschehen wird, weil ihm auf einmal die Sprache dazu fehlt, ihm, der Wörter wie ein Jongleur wirft und fängt. Zwei Körper werden aufeinanderprallen, ineinander aufgehen. Sie kennen sich nicht und wollen ungeduldig alles voneinander wissen. Doch diese Liebe hat keine Stimme, sie kann nicht singen. Das ist ihr Mangel.

Sie macht es ihm leicht.

Ich habe Sie eingeladen. Der Kaffee wartet. Und ich auch.

Ihre Stimme ändert sich, kommt dem Gesang nah.

Er steht auf, wirft einen Blick zu Ariadne, die sich im Schwung brüstet, und wendet sich seiner Gastgeberin zu. Spielerisch wiederholt die, was er eben noch betrachtet hatte, ein Spiegelbild: das Dekolleté geöffnet, eine Brust entblößt und den Arm, etwas zu theatralisch, einladend gehoben.

Er tritt aus sich hinaus, trennt sich von dem, der ihn plagt, von dem Schwindel, der ihn vor Hunger und Angst überkommt. Er sieht sich zu.

Wie schön Sie sind, Madame.

Lassen Sie sich nicht bitten, Monsieur Hoffmann. Wir vergeuden nur Zeit.

Welche Zeit? Ihre? Seine?

Sie scheint jeden Schritt geübt zu haben. Er folgt ihr mechanisch. Sie läßt sich auf das Sofa fallen, faßt nach seiner Hand, zieht ihn zu sich hinunter, nimmt ihren Rock hoch, streift die Hosen über die Füße und läßt ihn dabei nicht aus den Augen. Sie duftet nach Vergangenheit, nach Erinnerung, nach Minna, seiner ersten Braut. Er hilft ihr nicht, als sie an seiner Hose nestelt. Ich bin ein unartiges Kind, denkt er und wundert sich, wieso ihm das gerade einfällt.

Er liebt sie in einer Art Krampf, wütend und hastig, was sie verblüfft, denn ihre Art zu lieben ist ausladend und gefräßig.

Sie sind ein Zappler, Hoffmann, doch ich kann mich an Sie gewöhnen.

Er hält still, lauscht diesem Satz nach, einem Echosatz, und will nicht wahrhaben, daß die Liebe keine Unterschiede kennt, hier die Rätin und dort, weit fort in einem verlorengegangenen Warschau, Mischa, und beide verbünden sich in einer Empfindung, bezeichnen den Geliebten als Zappler, halten seine Mühe, sein Selbstvergessen für lächerlich.

Seien Sie mir nicht gram, Hoffmann. Sie zieht ihn an sich, drückt seinen Kopf zwischen ihre Brüste, als wolle sie seinen Verdruß ersticken.

Er gibt ihr nach, bleibt aber liegen wie ein Brett, macht sich schwer, bis sie ihn zu wiegen beginnt.

Versuchen Sie, sich zu vergessen. Während sie ihn streichelt und drückt, fällt ihm ein, daß er nicht einmal weiß, wie sie mit dem Vornamen heißt. Das erfährt er erst Tage danach. Konstanze. Nur ruft er sie nie so. Sie bleibt die Rätin, und er besteht darauf.

Mischa schreibt er, Berlin trockne ihn förmlich aus. Je mehr Leute er kennenlerne – und alle hielten eine Menge von sich –, um so mehr vereinsame er. Nur eine Dame der Gesellschaft, die er zufällig durch Hitzig kennengelernt habe, vertreibe ihm ein wenig die Zeit, indem sie sich von ihm auf dem Klavier ausbilden lasse.

In Wirklichkeit spielt sie nicht ein einziges Mal auf dem Klavier.

Wieder gelingt es der Cousine Hitzigs, eine Serie seiner Warschauer Zeichnungen zu verkaufen. Das Geld ist rasch ausgegeben. Sein Weinverbrauch nimmt unmäßig zu.

Alle zwei Tage besucht er die Rätin. Die Stunden vor dem Abend, vor dem getrennten Ausgehen, laufen nach dem gleichen Ritual ab. Die Köchin oder die Zofe öffnen ihm, wobei es ihn vergnügt, sie zu verwechseln, und verschwinden lautlos, nachdem die eine noch Wein serviert hat. Nachdem der Kaffee beim ersten Besuch kalt geworden und stehengeblieben war, haben sich beide für diese Änderung entschieden.

Er muß mit dem Rücken zu ihr stehen oder sitzen, wenn sie das Kleid öffnet, die Brüste entblößt und aus den Hosen schlüpft.

Ich bitte Sie, ist dann das Stichwort für ihn, sich umzuwenden und ihr und sich so wenig wie möglich Zeit zu lassen, sie entweder auf das Sofa oder später auf den Teppich zu betten und unverzüglich zu lieben. Einige Male versagt er und fürchtet, allerdings unnötig, ihren Spott; manchmal trinken sie noch vor der erprobten Szene im Stehen ein Glas Wein.

Er fragt sie nie nach ihrem Mann, ob er ihr schreibe, wie es ihm in Königsberg ergehe.

Sie fragt ihn nie nach Mischa.

Sie verschweigen, wo sie sich in Gedanken aufhalten, geben so gut wie nichts von ihrer Geschichte preis, haben sich so gut wie nichts zu erzählen, höchstens die wenigen Erfahrungen, die sie miteinander teilen. Was sie sich sagen, hat mit der eben erfahrenen Sekunde zu tun, mit der Haut, mit einer Gemeinsamkeit, die auf Sprache verzichtet.

Ein einziges Mal streiten sie sich. Sie wirft ihm vor, daß er sich gehenlasse, nicht um seine Zukunft kümmere und ungehemmt trinke. Diesen allzu vertraulichen Ton hat sie bisher vermieden. Er springt auf, beginnt stumm gestikulierend im Zimmer auf und ab zu rennen.

Darauf können Sie nichts antworten, sagt sie leise und scharf.

Er stellt sich ans Fenster, legt die Hände über dem Kopf zusammen, als ergebe er sich einem Feind. Doch, Verehrte, nur habe ich keine Lust, mich unnötig anzustrengen.

Sie sind ein Feigling, Hoffmann. Sie wartet auf eine Antwort. Sein Schatten am Fenster scheint noch dünner zu werden. Ich schäme mich für Sie. Sie lassen sich gehen, geben sich auf, Sie, mit all Ihren Begabungen.

Sie haben recht, Madame, ohne Zweifel, aber Sie haben kein Recht, so mit mir zu reden.

Auch nicht aus Liebe? Der Schatten verformt sich, Hoffmann nimmt die Hände vom Kopf, legt sie an den Leib und krümmt sich.

Aus Liebe bestimmt nicht.

Sie werden unverschämt.

Sie waren es schon, Verehrte, und ich Esel habe es erst einmal nicht bemerkt.

Was sollen diese albernen Andeutungen.

Sie haben mir weh getan, Madame.

Ich? Das behaupten Sie nach allem. Sie ist ihm lautlos nachgekommen, steht hinter ihm, und ihr Atem wärmt seinen Nacken.

Und das wohl auf Dauer.

Wie undankbar Sie sind.

Er dreht sich aus den Knien zu ihr, stößt sie mit hartem, gestrecktem Zeigefinger auf Distanz, reißt die Hose auf, und sein von eitrigen Pusteln und Wunden überzogenes Geschlecht wird sichtbar.

Nein, nicht undankbar. Ich werde Ihnen ewig zu danken haben. Oder ist die französische Krankheit nicht Ihr Geschenk? Er bringt die Hose wieder in Ordnung, geht an der Frau vorbei, die sich nicht rührt, durch das Fenster starrt, in dem sie sich sieht und auch Hoffmann, der aus dem Bild verschwindet.

Er geht, hüstelt, verabschiedet sich mit einem Adieu, das nicht erwidert wird.

Ein paar Tage zuvor hatte die Plage begonnen. Ein Arzt, den ihm ein Trinker, der ihm in seiner Weinstube schon öfter Gesellschaft leistete, empfahl, hatte ihm eine Quecksilbersalbe verkauft, die ihm, fand er, bisher nicht half.

Das Elend droht ihn vollends zu lähmen. Da kommt ein Zuruf, ein Angebot, das einen Anfang verheißt.

Er hat die Anzeige, die er vor einiger Zeit im Reichs-Anzeiger aufgab, schon wieder vergessen. Damals war er kühn genug, sich zu entwerfen, sich als jemanden vorzustellen, der er noch nicht gewesen ist:

»Jemand, der in dem theoretischen und praktischen Teil der Musik völlig erfahren ist, selbst bedeutende Compositionen, die mit Beifall aufgenommen, geliefert und bis jetzt einer wichtigen Musikalischen Anstalt als Direktor vorgestanden hat, wünscht, da er seinen Posten durch den Krieg verlor, bei irgendeinem Theater oder einer Privat-Capelle als Direktor angestellt zu werden. Er ist mit der Anordnung der Dekorationen und des Costüms betraut, kennt überhaupt das Theaterwesen in seinem ganzen Umfange, spricht außer dem teutschen das französische und italienische, und ist überhaupt nicht allein künstlerisch sondern auch literarisch ausgebildet, er würde also auch mit Erfolg der Regie eines Theaters vorstehen können. Jede nähere Verbindung mit ihm wird leicht zum Nachweis der gerühmten Talente führen, und um diese anzuknüpfen wendet man sich in postfreien Briefen an den R.R. Hrn. Hoffmann in Berlin Friedrichstraße No 179.«

Im Frühjahr 1808, nach dem Megärenwinter, überrascht ihn ein Angebot des Reichsgrafen von Soden, der das Bamberger Theater leitet: Er könne als Kapellmeister und Komponist antreten. Er ist alarmiert, ändert sein Tempo, komponiert in kürzester Frist eine Oper zur Probe, »Der Trank der Unsterblichkeit«, bittet um Vorschuß, bekommt aber keinen, leidet ärger denn je unter Hunger und Elend, da die Besuche bei der Rätin ausfallen, er nicht mehr wenigstens für ein paar Stunden versorgt ist. Um so entschlossener beginnt er sich in der Zukunft anzusiedeln, korrespondiert rundum, mit Soden, den er sogleich zu seinem Gönner erklärt, mit Hippel und Hitzig, sendet knappe Botschaften an Mischa, die er in Sprüngen darauf vorbereitet, daß er sie bald abholen werde, entwirft zum ersten Mal eine Erzählung, den »Ritter Gluck«, schaut in ihr zurück auf Berlin, auf die Liebe, die ihn krank gemacht hat, baut sich eine Kulisse, in die er wiederkehren kann, denn er hat gelernt, sich alle Fluchtwege offenzulassen, schreibt: »Der Spätherbst in Berlin hat gewöhnlich noch einige schöne Tage. Die Sonne tritt freundlich aus dem Gewölk hervor, und schnell verdampft die Nässe von der lauen Luft, welche durch die Straßen weht. Dann sieht man eine lange Reihe, buntgemischt – Elegants, Bürger mit der Hausfrau und den lieben Kleinen in Sonntagskleidern, Geistliche, Jüdinnen, Referendare, Freudenmädchen, Professoren, Putzmacherinnen, Tänzer, Offiziere usw. durch die Linden nach dem Tiergarten ziehen.« Diesem Ton folgt er nicht weiter. Worauf er hinaus will, was ihm gelingt, ist ein Doppelbildnis, ich und das Genie, meine Seele und die Musik, und am Ende der trostlosen Berliner Jahre erscheint ihm in »einem gestickten Galakleide, reicher Weste, den Degen an der Seite, mit dem Lichte in der Hand« der Schöpfer von »Orpheus und Euridike«, der »Iphigenie in Aulis« und der »Armide« und »faßte mich sanft bei der Hand und sagte sonderbar lächelnd: ›*Ich bin der Ritter Gluck!*‹«

Er beginnt seine Literatur, wie kann es anders sein, mit einem Selbstversuch, läuft in das, was er denkt, hinein, versetzt sich in seine Sätze, probiert den Zauber aus, verliert sich aber nicht an ihn. Er ist auf dem Sprung und verwundert sich nicht darüber, daß der Freiherr von Soden, der ihn einlud, ganz ohne Erklärung die Intendanz an Heinrich Cuno abgibt, mit dem er nun korrespondiert, als gäbe es ihn schon immer, und wieder seine Oper schickt und wieder kein Honorar dafür bekommt.

Der Reichsgraf von Soden schlägt ihm vor, ein paar Sommerwochen auf seinem Gut zu verbringen – er sagt zu und gleich wieder ab. Er hat keinen Groschen.

Hippel wird, er ist sicher und überwindet seine Scham, aushelfen. Doch vorher erfährt er, was er sich ausgedacht hat, ein Märchen à la Hoffmann, das er Hippel schildert, um auch ihn spendabel zu stimmen: »In einer solch hülflosen Lage, wie die letzten acht Tage über, bin ich noch nie gewesen; zufällig wurde sie von einem meiner Bekannten, dem ehemaligen Regierungsrat Friedrich, welcher mich trostlos im Tiergarten fand, erraten; und selbst in Verlegenheit teilte er doch sein letztes Geld mit mir.«

Hippel hilft. Er kann die Postkutsche bezahlen, die Reise über Frankfurt an der Oder nach Posen. Er sehnt sich nach Mischa.

Ohne sich umzusehen, verläßt er Berlin.

Er flieht.
Ihn erwartet eine Stimme.
Er wird, verändert, wiederkehren.
Und Undine wird singen.

BAMBERGER HAUPTSTÜCK

Er kennt Bamberg schon, bevor er ankommt. Er hat die Stadt aufgebaut, wieder verworfen, geweitet, verengt, hat sie alt werden lassen und danach blitzblank und neu, hat sie mit Spießern besetzt oder mit urbanen Phantasten. Immer sind die Straßen etwas abschüssig, weil sie wie auf einer Wippe liegen und sich unter seinen Schritten heben und senken. Zum Wasser auch, den schmalen Kanälen, zu dem offeneren, oft von Mauern, von Häusern und Höfen begleiteten Lauf der Regnitz, dort, wo der Kanal an der Unteren Brücke in den Fluß findet. Oder er wirft seinen Schatten auf den Platz vorm Theater, den er in Gedanken bevölkern und in Wut leer fegen wird und dessen Pflaster dann nur seine Schritte wiedergibt.

Es ist der 1. September 1808, früher Nachmittag, die Stadt hatte sich allmählich aus dem welligen Land gehoben, was ihn aus dem Tagtraum weckte. Er stieß Mischa an, deutete hinaus, doch in diesem Augenblick fuhr die Kutsche in eine Kurve, und die ferne Stadt verschwand aus dem Blick.

Auch wenn du es mir nicht glaubst, ich habe Bamberg gesehen.

Als die Kutsche an der Post hielt, die Koffer vom Dach und aus dem Gepäckkasten geholt wurden, die Passagiere sie ungeduldig einsammelten, häuften und ordneten, wurden sie umringt von Neugierigen und Hilfsbereiten, die für ein paar Münzen bereit waren, die Bündel und Koffer zum Ziel zu transportieren.

Er hatte Mühe, die Leute zu verstehen, musterte Mischa, deren Gesicht sich verschloß. Sie war nun wieder in einem fremden Land angelangt, hörte eine Sprache, die sich ihr entzog.

Als sie seine fragenden Blicke spürte, brach ein Lächeln neben ihren Augen auf. Geh ihm nach, sagte sie, deutete auf den Buben, der mit ihren Koffern über die Straße lief, nachdem ihm Hoffmann die Adresse genannt hatte: Zinkenwörth No. 56.

Und du mir, sagte er, schaute nicht nach rechts, nicht nach links, denn er wollte nicht, daß die Fassaden und Gassen der erdachten und erhofften Stadt hinter einer falschen Wirklichkeit verschwänden.

Der Aufruhr, den ihre Ankunft bewirkt, ist ganz nach seinem Geschmack, obwohl er im Grunde zu müde dafür ist, verstärkt er ihn noch, denn er wartet nicht, bis die eine, der andere ausgeredet hat, er spricht dazwischen: Aber ja, aber natürlich, und er ahmt, weil es ihm gefällt, das fränkische R nach, was wiederum seine Gastgeber amüsiert.

Der Herr Musikdirektor und seine Gemahlin! Herr Cuno ist schon hier gewesen, hat uns auf Sie vorbereitet. Er sei der Hauswirt, Schneider heiße er, und Färber sei er von Beruf, und dies sei seine Frau Barbara.

Und Herr von Soden, der Reichsgraf von Soden? fragt Hoffmann, womit er Herrn Schneider etwas verwirrt: Ja, der Herr von Soden, der wäre ebenfalls zu erwähnen, aber er hat wohl diese Angelegenheit Herrn Cuno überlassen, weil er sich selbst, der Reichsgraf, bereits zurückgezogen hat, wiederum nicht ganz, denn am Theater, das wisse er genau, habe Herr von Soden noch ein Wort mitzureden. Der Färber geht die Stiege voraus, bleibt immer wieder stehen, dreht sich zu Hoffmann und Mischa: Die Gnädigste, habe er von Herrn Cuno erfahren, komme aus Polen.

Aus Posen, erwidert Hoffmann.

Aus Posen, wiederholt Mischa, um nicht für stumm gehalten zu werden. Aus Posen.

Aus Polen, sagt Schneider.

Aus Posen in Polen, verbessert Mischa.

In Preußen, fügt Hoffmann hinzu.

Aus Preußen, sagt Schneider.

In stockender Prozession erreichen sie die Wohnung in der zweiten Etage. Hoffmann späht durch die offene Tür: Und ein Klavier?

Nein, nein, das nicht, ruft Frau Schneider von der Treppe. Das kann ich nicht brauchen, erklärt sie mit Nachdruck, und weil es günstig scheint, fährt Herr Schneider fort: Den Monat zwölf Gulden Mietgeld.

Was Hoffmann mit Schweigen quittiert. Er tritt in die Wohnung: Wie Sie wissen, komponiere ich. Er mustert Herrn Schneider, beginnt zu zwinkern, zieht die Schultern hoch: Sie verstehen. Ich komponiere. Ich erfinde Musik.

Laß dich auf nichts ein, ruft Frau Schneider, die mittlerweile die Wohnungstür besetzt hält, nicht hereintritt und keinen hinausläßt: Auf nichts!

Hoffmann mißt die drei kleinen Zimmer mit kurzen, schnellen Schritten, hüpft im Wechselschritt, drängt den Färber zur Seite, hält vor dessen Frau an, die nicht über die Schwelle gekommen ist: Madame, Sie haben keine Ahnung.

Hören Sie –

Es ist, wie ich es behaupte –

Sie sind –

Das bin ich auch –

Wie können Sie –

Ich kann es. Fragen Sie meine Frau.

Die sagt ja nichts.

Weil sie es weiß. Ich warne Sie.

Mich? Mich warnen Sie?

Sie haben ja keine Ahnung, beste Frau, was Sie mit einem Komponisten ohne Klavier erleben müssen. Fortwährend fallen ihm die Noten auf den Boden, schockweise, sie poltern wie Sargnägel. Und erst die Violinschlüssel!

Sollen wir...? fragt Färber Schneider.

Nein, das müssen Sie nicht. Hoffmann scheint zu schweben.

Sollen wir uns, bringt Schneider seinen Satz zu Ende, diesen Unsinn weiter anhören?

Das fragen Sie mich?

Endlich entdeckt er den Jungen, der das Gepäck geschleppt hat und geduldig und in gebührendem Abstand zu Madame Schneider vor der Tür auf seine Entlohnung wartet: Ach herrje. Er kratzt sich am Hinterkopf, macht einen kleinen Satz, erschreckt Herrn Schneider:

Was soll das nun wieder?

Das soll, verehrter Herr, einen Zustand beenden.

Er nimmt uns nicht ernst, stellt Madame Schneider vorwurfsvoll und fragend zugleich fest.

Aber gewiß doch, Madame.

Zwölf Gulden! Der Färber stellt sich ihm in den Weg.

Ja. Ich hab's zur Kenntnis genommen. Er passiert wirbelnd den verdutzten Mann.

Ich meine, Herr Musikdirektor, jetzt, sofort.

So, jetzt gleich? Die Frage trägt ihn an Madame vorbei, die sich, überrascht, an den Türrahmen drückt und zusieht, wie Hoffmann dem Buben die Backe tätschelt und ihm ein paar Münzen in die Hand drückt.

Nachdem der Junge die Stiege hinuntergesprungen ist, wendet Hoffmann sich um und betrachtet, als müßte er ihn neu entdecken, Herrn Schneider: Sie verstehen. Erst kommen die Tätigen und dann – umständlich zieht er eine Geldtasche aus der Jacke, zählt ebenso umständlich nach und überreicht, nach ein paar flinken Schritten, Schneider das Geld mit der Bitte: Ich bitte Sie, Monsieur, uns beide jetzt uns selbst zu überlassen. Wir haben vor, auszupacken, uns einzurichten, auszuruhen und vielleicht den Blick aus dem Fenster zu genießen.

»Ich fand alles anders, als ich erwartet hatte«, schreibt er an Hippel.

Als ich hochsah zu den Fenstern, aus denen Mischa und er am ersten Abend die Aussicht probierten, begleitete mich ein Kenner, der im Lauf der Jahre allen Spuren Hoffmanns gefolgt war und mich mit seiner Musik bekannt machte. Das Haus gehöre jetzt einem Bildhauer, und lang hätten Hoffmann und Michalina dort nicht gewohnt. Wir spazierten durch die Stadt, nahmen uns Zeit, anders als Hoffmann, der die Stadt auf kürzesten Wegen durchmaß, zwischen Wohnung und Theater, von Wirtshaus zu Wirtshaus, von zu Hause zur Wohnung der Marcs, zum Ort Julias. Bamberg war wenige Jahre zuvor aus der Hut der Fürstbischöfe gefallen, verkam und verarmte, und sechs Jahre vor Hoffmanns Ankunft waren die bayrischen Truppen einmarschiert, die neue Ordnung Napoleons zu erfüllen. Wie immer nach derartigen Umbrüchen zehren die einen von ihren Erinnerungen an die bessere Zeit und hoffen die anderen auf neue Pfründen. Ein Gemeinwesen unter solchen Bedingungen leidet an Atemnot. Mein Begleiter erzählte mir viel, und ich brachte die geschilderten Personen durcheinander. Damals las ich am späten Abend im Hotelzimmer im »Kater Murr« und strich mir jene Stelle an, in der Julia eine sehr alte venezianische Gitarre findet, die »ein Fremder weggeworfen hat«. Von der sie begleitenden Prinzessin aufgefordert, schlägt sie »einen Akkord auf dem zierlichen Instrument an und erschrak beinahe über den mächtigen vollen Klang, der aus dem kleinen Ding heraustönte. O herrlich – herrlich! rief sie aus und spielte weiter. Da sie aber gewohnt, nur ihren

Gesang auf der Gitarre zu begleiten, so konnte es nicht fehlen, daß sie bald unwillkürlich zu singen begann, indem sie weiter fortwandelte.« Und weiter: »Sie begann eine bekannte italienische Canzonetta und verlor sich in allerlei zierlichen Melismen, gewagte Läufe und Capriccios, Raum gebend dem vollen Reichtum der Töne, der in ihrer Brust ruhte.« Da kehrt »der Fremde, wohl an die dreißig Jahre alt«, unvermutet zurück – Hoffmann war etwa so alt wie sein Contrapart im »Kater Murr« – und verwirrt Julia durch sein Doppelwesen. Er rührt sie zu Tränen – er läßt den »seelenvollen, leuchtenden Blick seiner großen, dunklen Augen auf Julia ruhen, deren Verlegenheit dadurch noch erhöht wurde, so daß ihr, wie es in dergleichen Fällen zu geschehen pflegte, die Tränen in die Augen traten«. Die Prinzessin weist den Ungestümen zurecht, und er, eben noch schmachtend, springt in sein anderes Wesen: »Vertilgt war der Ausdruck schwermütiger Sehnsucht, vertilgt jede Spur des tief im Innersten aufgeregten Gemüts, ein wohl verzerrtes Lächeln steigerte den Ausdruck bitterer Ironie bis zum Possierlichen, bis zum Skurrilen.« Mit diesem Wechsel, dem er sich ausliefert, um ergiebig existieren zu können, verwirrt er Julia, die ihn nur mit ihrer Stimme beruhigt, nicht mit ihrer Erscheinung und ihrem Wesen. Doch noch ist sie nicht erschienen, noch sind seine Erwartungen hoch gespannt, hat er vor, so bald wie möglich den Intendanten Cuno zu besuchen, und denkt nicht im entferntesten an eine spärliche Existenz als Gesangslehrer. Ich weiß es.

Mischa hat die erste Nacht in der neuen Wohnung schlecht geschlafen, ist mehrfach aufgestanden, hin und her gegangen, hat zum Fenster hinaus geschaut auf den Zinkenwörth und das Theaterhaus gegenüber und sich gewundert über Hoffmann, der reglos unter der Decke lag wie ein Stück Holz, ganz entgegen den Erfahrungen, die sie sonst mit ihm hatte, diesem Nachtwandler, der gleich zwei Weingläser im Zimmer brauchte und sich auf dem Weg von einem zum andern mit Gespenstern unterhielt oder mit seinem anderen Ich. Auf der Reise von Posen nach Bamberg hatte er ihr so gut wie nichts von Berlin erzählt, die Stadt habe ihn im Stich gelassen, sich um so heftiger über ihre polnischen Verwandten ausgelassen, die ihm Mischa nicht hätten mitgeben wollen, als habe er den Aussatz oder sei unfähig, für sie zu sorgen. Es ärgerte ihn auch, daß sie seine hochgespannten Erwartungen nicht teilte, immer wieder fragte, ob denn die Verabredungen mit dem Reichsgrafen und Herrn Cuno fest seien. Sie fürchtete sich vor Bamberg. Aber die Stadt hatte ihr beim Gang zur Wohnung gefallen, erinnerte sie in ihrer Überschaubarkeit und Enge an Posen. Sie zog die Beine hoch an den Leib und stützte das Kinn auf die Knie. So schlief sie ein, wachsam und bereit, sofort aufzuspringen.

Ein Geräusch, ein Schrei weckt ihn. Er richtet sich auf, sieht Mischa auf dem Stuhl neben dem Kleiderkasten.

Du hast geschrien, sagt sie, erstaunt, ohne jeden Vorwurf.

Ja, ich bin an mir aufgewacht.

Vorher hast du dich nicht gerührt. Ich habe dich nicht einmal atmen gehört.

Ich habe auch nicht geträumt.

Und warum hast du jetzt geschrien, Hoffmann?

Ich bin gestorben, als ich wach wurde.

Sie streckt die Beine aus, steht auf, mustert ihn mißtrauisch: Du hast schlechte Gedanken, Hoffmann, kaum bist du wach.

Er nimmt sie nicht weiter zur Kenntnis, zieht sich an, macht seine Morgentoilette an der Waschkommode, grimassiert in den Spiegel und kämmt sich die Haare, die unterm Kamm knistern.

Er hat Teufelsborsten, sagt sie leise.

Heftig wendet er sich ihr zu, schiebt dabei den Kragen übers Kinn, schließt theatralisch die Augen, so daß sein Gesicht noch vogelähnlicher wird: Es wäre mir lieber, Mischa, geliebtes Weib, du setztest den Kaffee auf, als daß du mir meine Herkunft vorhältst.

Sie versteht nicht, was er meint, und verschwindet in der Küche.

Monsieur! Er verbeugt sich vorm Fenster, das Theater im Blick, Monsieur Cuno, Sie erwarten mich, hoffe ich, mit großer Ungeduld. Ihr Theater sieht zwar neu, aber ziemlich abweisend aus.

Mischa ruft.

Er kreuzt die Hände vor der Brust, wartet.

Sie ruft noch einmal: Hoffmann.

Er klopft an die Küchentür, reißt sie mit Schwung auf, nimmt mit einem Diener Mischa den Kaffeenapf aus der Hand, setzt ihn auf dem Tisch ab, streicht ihr mit Fingerspitzen über die Wange: Mein Polenweib.

Du bist sehr verrückt, Hoffmann.

Verrückt ist man nie sehr, Mischa. Man ist es, oder man ist es nicht.

Du bist es schon sehr.

Er greift nach der Tasse, lehnt sich gegen den Türrahmen, beginnt Schluck für Schluck zu trinken, ohne sich weiter um sie zu kümmern.

Sie setzt sich an den Herd, stochert in dem kleinen Feuer, das sie nur fürs Wasser braucht, denn der September ist noch warm.

Ohne daß sie es bemerkt, verläßt er die Wohnung. Sie schaut zur Tür, wo er stand, ruft ihm gleichsam hinterher: Sehr verrückt, Hoffmann, stimmt doch.

Vorm Haus wird er gegrüßt. Das gefällt ihm. Er entschließt sich, bevor er Cuno im Theater besucht, zum Dom zu spazieren, den Ort zu erkunden. Auf der Mühlenbrücke überquert er die Regnitz. Die Herbstsonne wärmt den Stein und leuchtet die Fassaden aus. Er schwenkt den Stock, dirigiert den Sperlingen Papagenos Arie, und mitten auf dem Domplatz bleibt er stehen, um seine Gedanken als Vorboten auszuschicken: Wird er gleich arbeiten können? Wie wird er mit Heinrich Cuno auskommen? Wie mit den Musikern, dem Ensemble? Was wird seine erste Aufgabe sein?

Am Rand des Platzes lärmt eine Truppe von Uniformierten, Kokarden an Dreispitz, Hut und Kappe. Sie tragen keine einheitlichen Uniformen, geben sich aber martialisch mit Degen und Flinten und einem sich wiederholenden meckernden Gelächter. Er nimmt an, daß es sich um Mitglieder der Bürgermiliz handelt, die für Ordnung zu sorgen hat, seit Bamberg Bayern gehört, eine säkularisierte Stadt, nicht mehr unter der Herrschaft der Fürstbischöfe. Studenten gibt's auch keine mehr. Die Universität ist geschlossen worden. Darüber haben gestern schon seine Hausleute, der Färber und die Färbersfrau, geklagt. Ein Stückel Leben sei aus der Stadt verschwunden. Oder ein Stickla. Er zwirbelt den Stock. Oder ein Stöckla. Er macht sich locker, zungenfrech: Stickla, Stöckla. Was weiß er, wie der Herr Intendant gestimmt sein wird.

Es könnte, hofft er, ein Duett geben – Herr Cuno im Bass und er selber im Tenor, womit er in Tempo und Artikulation gewisse Vorteile nützen könnte, natürlich nicht zu aufdringlich. Er singt es sich vor.

Es kommt anders. Er hätte vorbereitet sein können mit einem genaueren Blick auf das Theater. Es wird umgebaut. Erwartungsvoll betritt er eine Baustelle. Keine Spur von Musikern, Komödianten oder einem Intendanten. Nur Zimmerleute, die sich ihm in den Weg stellen. Das Theater beginne erst wieder im Oktober. Nicht Soden, nicht Cuno haben ihm Bescheid gegeben.

Was soll nun werden? singt er im verödeten Foyer. Ein Dirigent ohne Orchester? Ein Anfang ohne Theater? Vor einer noch unverputzten Säule reckt er sich: Herr Cuno, Sie haben mich angeschmiert. Ich Argloser habe mich anschmieren lassen. Wie soll ich beginnen? Wo? Ich hoffe auf eine Nachricht Ihrerseits, mein Herr.

Mit meinen Finanzen steht es nicht zum besten. Ich bin auf Arbeit angewiesen. Ich bin Ihr Kapellmeister.

Unbedacht ist er laut geworden und hört aus dem Bühnenschacht die kräftige Anweisung: Treibts mir diesen Verrückten aus dem Haus.

Ja was hat der hier zu suchen, Herr Mörtel, ruft er zurück.

Er hastet über den Platz, bis er vor dem Gasthaus Rose anhält, das er ohne Zögern betritt, sich, nach einem Gruß, an einen Tisch im entferntesten Eck setzt, ihn als seinen zukünftigen Stammplatz erklärt und sich zum ersten Mal in Bamberg betrinkt.

Mischa stellt er sich am Abend als Dirigent ohne Orchester, als Intendant ohne Theater vor, von Sängerinnen und Sängern könne ohnedies keine Rede sein, also solle sie ihn als Angeschmierten begrüßen und, falls sie dafür Empfindung aufbringe, trösten.

Sie fragt nicht, bedauert ihn nicht, weiß, daß offenbar manches schiefgegangen ist, sie fordert seine Wut nicht heraus, sondern serviert ihm Brot und Fleisch, setzt sich auch nicht zu ihm, füllt ihm ein Glas mit Rotwein, denn nun kann es ihm nicht schaden, seinen Schmerz noch mehr zu betäuben, und erst als er neben ihr im Bett liegt, faßt sie seinen Kopf mit beiden Händen, küßt ihn auf die Stirn und sagt, mit vom Schweigen rauh gewordener Stimme: Du hast dich angesoffen, Hoffmann

Du redest polnisch, Mischa, sagt der Kopf zwischen ihren Händen, ich hab mir einen angesoffen.

Und wer ist einer?
Der Rausch, Liebste, der Rausch.

Ein paar Tage später erklärt er Mischa, nachdem sie stundenlang spazierenliefen, sie sich ausgiebig mit der Färberin über die Möglichkeit gestritten hat, doch ein Klavier in der Wohnung aufzustellen, ohne allerdings die Erlaubnis zu bekommen, nachdem sie ihm auf dem Weg zu St. Gangolf am Regnitzufer einen Herbst voraussagte, der überhaupt nichts Polnisches haben wird, und er nicht fragte, was sie damit meine, nachdem er ohne sie durch das Theater geschlichen war, das die Zimmerleute noch immer besetzt hielten, und Herr Cuno, wie er erfuhr, bald nach Bamberg zurückkehren werde, nach all diesen Unternehmungen, die ihn nichts kosteten, aber auch nichts einbrachten, erklärt er Mischa, daß sie sein ganzer Trost sei und er die Messe für das Kind, für Cäcilia, in Bamberg noch einmal aufzuführen beabsichtige.

Aus dem Duett wird nichts. Es kommt zu einem mißgestimmten Terzett. Neben dem dicken, sich mit rudernden Armen Raum schaffenden Heinrich Cuno tritt Herr Dittmayer auf, der erste Geiger, Konzertmeister und Organist an der Kirche Unserer lieben Frau.

Den Vertrag werde er zur Unterschrift bekommen, demnächst, verspricht Cuno und beklagt die Umstände, den Neubau, die Pause, die Schwierigkeit zu den alten Mitgliedern des Hauses neue zu engagieren, ohne daß es böses Blut ...

Hoffmann kommt nicht zu Wort, krümmt sich zu einem leidenden Fragezeichen. Mit hoher Stimme wiederholt Dittmayer die Floskel: Böses Blut.

In vierzehn Tagen, beginnt Cuno.

Am 16. Oktober, fährt Dittmayer fort.

Mit einem fragenden Ja? bringt Hoffmann die Strophen voran.

In vierzehn Tagen wird das Haus festlich eröffnet, mein Lieber, für die guten Bürger unserer Stadt.

Und was haben Euer Gnaden vor? Dittmayer sorgt für ein Ritardando.

Hoffmann entspannt sich, tritt tiefer in den Hintergrund: Ein Weihespiel.

Nein – oder doch, natürlich doch. Cuno rudert mit beiden Armen durchs Papier auf seinem Schreibtisch, fischt ein Bündel Blätter heraus: Hier habe ich mein Libretto, »Das Gelübde«, und es wartet auf Ihre Musik, Meister.

Ja? Das ist Dittmayer.

So? Das ist Hoffmann. Und der ist gemeint. Cuno drückt ihm das Konvolut in die Hand, bedauert, daß ihm zum Komponieren so wenig Zeit bleibe, beklagt die Umstände und verspricht ein weiteres Mal, daß der Vertrag ausgefertigt werde.

Worauf Dittmayer, der nichts mehr zu erwarten hat, sich hastig verabschiedet und Hoffmann die Gelegenheit gibt, eine so wesentliche wie heikle Frage zu stellen: Sie werden verstehen, Herr Intendant –

Worum geht es, lieber Hoffmann?

Ich hatte die letzte Zeit so gut wie keine Einkünfte.

Das kann ich mir denken.

Ein Vorschuß auf die Arbeit wäre also überaus hilfreich.

Aber ja. Das nächste Mal. Die Verwaltung wird erst mit der Eröffnung tätig.

Aber!

Ich bitte Sie.

Er bleibt keinen Atemzug länger, denkt nicht daran, sich billig zu machen, sich demütigen zu lassen.

Adieu. Überrascht mustert Cuno einen hageren kurzen Rücken: In vierzehn Tagen brauchen wir Ihre Musik, Meister.

Er bekommt keine Antwort.

Jeden zweiten Tag läuft Mischa über den Platz zum Theater und gibt Noten ab fürs Orchester, für die Sänger. Hoffmann sitzt an einem kleinen Tischchen am Fenster, hebt kurz den Kopf, sieht ihr nach, versieht ihren Weg mit Flüchen über den herzlosen Dicken, den neidischen Geiger, diesen von nasser Farbe betäubten königlichen Theatertempel und komponiert weiter, antwortet den von Pathos feuchten Sätzen Cunos – Du mir Labsal, du mir Wonne – mit höhnendem Tremolo, trinkt, gegen die Warnungen Mischas, mehr als notwendig und hält sich vierzehn Tage lang an der Grenze zur Hysterie auf: nichts zu sein als ein Instrument, ein Ohr, eine Stimme. Mischa nötigt ihn, manchmal zu pausieren, auf und ab zu gehen. Er singt ihr vor. Sie schüttelt den Kopf: Sei still, für ein paar Minuten still, Hoffmann. Gelingt es ihr, ihn zu ein paar Stunden Schlaf zu überreden, singt und pfeift und keucht er im Traum weiter, und seine Schultern heben und senken sich im Takt.

Er schafft es. Vor der Einweihung, der Premiere, probiert er den Warschauer Frack. Er paßt noch.

Wie sagst du, wenn du dich so kleidest, zu dir? fragt Mischa, die ihm mit dem Handrücken den Staub von den Schultern wischt.

Wie? Er legt die Hände um ihre Hüften. Manchmal stellst du merkwürdige Fragen, Mischa.

Du sagst dir nicht Herr Dirigent, du sagst dir etwas anderes.

Er beginnt zu kichern, tritt zurück, macht eine tiefe Verbeugung. Ja, wie sage ich zu mir? Herr Kapellmeister.

Mischa klatscht in die Hände: Herr Kapellmeister!

Kein Platz bleibt leer. Die Bürger wollen den neuen Kapellmeister sehen und über dessen Oper urteilen.

Als er und Mischa den Platz überqueren, zählt sie, wie viele Male sie gegrüßt werden.

Der Applaus zum Schluß stimmt Cuno und ihn zufrieden. In der Pause hört er eine Dame sehr laut sagen: Mir ist der einfach zu klein. Fast ein Zwerg. Wie kann er ein Orchester beherrschen.

Dittmayer verschleppt öfter das Tempo.

Der Flötist spielt falsch.

Bei der Premierenfeier in der Rose betrinkt er sich, und als er nicht mehr imstande ist, deutlich zu sprechen, zieht ihn Mischa in die Nacht.

Auf Umwegen, damit er sich den Kopf kühle, gehen sie nach Hause. Nachdem sie alle Fenster geschlossen hat, kein Schandmaul wolle sie hören, liegen sie wie zwei verstörte Kinder im Bett, halten sich aneinander fest. Mischa wartet, bis er eingeschlafen ist.

Zehn Tage später, Hoffmann hat inzwischen noch zweimal dirigiert, wieder, für die Musiker ungewohnt, vom Flügel, erobert Dittmayer zurück, was er sowieso nur ungern abgegeben hat: sein Orchester. Es war ihm nicht schwergefallen, Stimmung gegen den dirigierenden Zwerg zu machen. Ohne Zweifel sei er ein ausgezeichneter Musiker, ein einfallsreicher Komponist, doch ein Orchester zu leiten, müsse er noch ausgiebig üben.

Sie lassen ihn im Stich.

Die Geiger fallen mutwillig aus dem Takt.

Die Bläser spielen unrein.

Wenn er vom Klavier aufspringt, den Takt gewissenhaft schlägt, feixen sie.

Das Publikum kreischt, pfeift, lacht ihn, als er sich nach der Vorstellung verbeugt, aus.

Er stellt Cuno hinter der Bühne. Das sei ein Anschlag gegen ihn. Dittmayer stecke dahinter. Und er, Cuno, habe dem zugesehen.

Was Cuno abstreitet, der so tief einatmet, daß sich die gewölbte Brust mit dem Bauch vereint: Einen Vertrag, Meister, werden wir leider bleibenlassen müssen. Sie arbeiten für Honorar und sollten, um besser auszukommen, als Klavierlehrer tätig werden.

Er fordert von Cuno sofort und auf die Hand fünfzig Gulden, wie verabredet, erhält jedoch nur dreißig, die er allerdings jeden Monat bekommen werde, wie Cuno ihm verspricht.

Cuno, dieser »unwissende, eingebildete Windbeutel«, so beschreibt er ihn Hitzig, und das Orchester straft er mit vier Paukenschlägen: »Die Fagotte Kämme, die Hörner Brummeisen, die Violinen Pappendeckel, Dittmayer zwölf Mal schlechter als Morgenroth.«

Von dem ich nichts weiß, den er in Warschau mit Hitzig gesehen und gehört haben muß, sonst könnte er ihn dem Freund nicht als Maßstab nennen. Daß die Bamberger Musiker ihm an Können und Wissen überlegen waren, kann ich mir nicht vorstellen. Daß er sie, eine in jeder Hinsicht fremde Erscheinung, herausforderte, schon eher. Ein dahergelaufenes Männlein, ohne jeden Hintergrund, ohne jeden öffentlichen Ruhm, maßte sich an, eine Stadt wie Bamberg musikalisch und theatralisch zu erleuchten. Warum hatte er, nach den Warschauer Triumphen, in Bamberg eine solche Abfuhr erfahren? Mit seinem »Enthusiasmus für die wahre Kunst« und »seinen Vorschlägen und Plänen« ist er auf alle Fälle »schlecht angekommen«. Vermutlich war er in seinen Ansprüchen zu verquer, zu extrem für diesen Haufen abgebrühter Berufsmusiker. Im Warschauer Musikverein wurde dilettiert – freilich mit Hingabe und wohl auch wachsendem Können. In Bamberg war die Hingabe, nehme ich an, dienstverschlissen worden. Er plante, eine Singeakademie zu gründen.

Der Reichsgraf von Soden, der längst in Würzburg ein Theater betrieb, schlich sich gewissermaßen an. Er nahm sich Zeit, seinen gescheiterten Favoriten Hoffmann zu beobachten: auf einer Premierenfeier nach einem Stück von Kotzebue, die Hoffmann nur einer jungen Schauspielerin wegen besuchte, denn Kotzebue konnte er nicht ausstehen. Er hielt, wie immer, wenn er für ein Mädchen schwärmte, auf wechselnde Distanz, spannte seine Gefühle, steuerte seine Neugier und redete insgeheim auf die Angebetete ein, erklärte ihr, was er an ihr besonders schön finde, den griffigen Hintern in diesem Fall, was er mit ihr vorhabe, wie er sie rufen werde, wenn sie miteinander vertraut seien, senkte seine Blicke in ihren Ausschnitt, suchte ihre Augen, doch sobald sie ihn ansah, wich er zur Seite, versteckte sich, krümmte sich hinter einem Größeren, wischte sich mit dem Tuch übers Gesicht, sprach unvermittelt einen der Gäste an, ein Spiel, das er beherrschte und das ihn beherrschte, in dem er sich verlieren konnte, in das er einige Male, noch in Posen und Warschau, Mischa einbezog, die ihm danach vorwarf, er mache sich zum Affen, was ihn eher entzückte und worauf er mit einer Pantomime erwiderte, die sie wiederum entzückte, doch im Foyer des Bamberger Theaters spürte er sich von Blicken verfolgt, fühlte sich beobachtet, ließ das Mädchen bleiben, versuchte einer unerkannten Aufmerksamkeit auszuweichen, bis er den entdeckte, der ihn fixierte, ihm mit Blicken nachging, einen hochgewachsenen, etwas gebeugten, untadelig gekleideten Herrn mit einem auffallenden Kopf. Langes gepudertes Haar fiel ihm über die Schläfen, unter der nicht sonderlich hohen Stirn hielt eine breite Nasenwurzel die großen, schwarzen, hervorquellenden

Augen unverhältnismäßig weit auseinander, und der genußsüchtige Mund zog das Kinn sonderbar an sich – eine wahrhaft anmaßende Physiognomie.

Der Mann sah sich keineswegs ertappt. Er nickte ihm zu und war mit wenigen Schritten bei ihm. Sie sind, ich weiß es, Ernst Hoffmann. Mein Name ist Soden. Ich bin Ihr entflohener Theaterleiter. Hoffmann trat einen Schritt zurück: Ich habe, aber das ist Ihnen ja bekannt, hier mit allerlei Unzulänglichkeiten, Torheiten, verschwindend wenigen Kühnheiten und gemäßigten Albernheiten zu kämpfen.

Was Herr Soden mit einem Lächeln quittierte: Sie haben sich das Theater gewählt, Herr Musikdirektor. Er reckte sich ein wenig, drehte den Kopf auf dem kräftigen Hals in einer halben Runde, nickte, faßte Hoffmann am Ärmel: Kommen Sie, hier haben wir alle, die sich Macht einbilden oder doch ein bißchen mit ihr umzugehen verstehen, beisammen, ölige Anbeter von Ballerinen, feige Treppenhauspfeifer, hochmögende Idealisten, sogar zwei Kleistianer, und die drei, vier Ohrenbläserinnen will ich nicht unterschätzen, sie werden nämlich von ihren Gemahlen als virtuose Einflußnahmen gehalten. Ich werde Sie vorstellen. Wie Sie sich der Herrschaften bedienen, wird dann Ihre Sache sein, mein Bester. Sie können überaus hilfreich sein, diese Leute, mit Geld und Ratschlägen. Beides dürfen Sie als Musikdirektor, Operndichter, Inszenator nie unterschätzen.

Hoffmann musterte Soden nachdenklich, ging gewissermaßen in sich, wurde noch dünner: Aber ich habe ja nicht einmal einen Vertrag bekommen. Ich verdiene momentan keinen Taler, und Ihr fabelhafter Nachfolger, den ich im übrigen schätze, hat mich zum Trost auf die musikalischen Talente der Bamberger Damen verwiesen. Worauf er sich schüttelte, als wolle er alle Mißhelligkeiten mit einem Mal loswerden, und Soden stehenließ.

Sicher hätte er es mit Sodens Hilfe bei manchem leichter. Wie so oft, wenn er gegen seine Ängste handelte, machte er sich leicht, tanzte in einer Art Menuett von Station zu Station:

Er begrüßte zuerst den Gerichtspräsidenten, Herrn von Seckendorf, den er schon ein paar Tage zuvor kennengelernt und der ihm den Rat gegeben hatte, sich lieber als Jurist zu betätigen; danach ließ er Herrn Doktor Marcus vor sich hochwachsen, den Förderer der Künste, den Vorsitzenden der Freunde des Theaters, und beschloß, während der ihn vertröstete, er werde demnächst wieder dirigieren dürfen, den Mann und sich selber zu malen, ihn als fehlbesetzten Napoleon und sich selbst als einen in der Epoche verirrten Brutus. Darauf ließ er sich von Madame Senkgiebel ablenken, die hoffte, bald eine Oper von ihm in Bamberg aufgeführt zu sehen, und duckte sich unter Busen und Bäuchen weg, sehr rasch, fast nur noch ein Schatten, lief er auf den Platz hinaus, schaute hinüber zu den Fenstern, hinter denen Mischa wartete, und wieder, wie in Plock, in Posen, und vor allem in Berlin, hatte er das Gefühl, der Ort, an dem er sich befand, löse sich, wie eine Scholle, aus dem größeren Zusammenhang, aus dem Strom banalen Lebens, und in einer Lautlosigkeit, die auch ihn erschreckte, wölbte sich der Himmel höher, wuchs sein Schatten über den Platz und an den Fassaden gegenüber hoch. Er rührte sich nicht, lauschte, beobachtete, wie sein Schatten an Kraft verlor, auseinanderlief, sich grau in der klaren Nacht auflöste, ein Rest von Energie, eine schwache Erinnerung an einen Körper, ein Leben, und sobald er sich derart gespaltet hatte, hörte er Stimmen, konnte er in Stimmen reden, wobei er neuerdings so sehr bei sich blieb, daß er sicher war, die Sätze, die Anreden, die Arien später auch aufzuschreiben: »Ich erinnere mich nicht, mein Herr, Sie schon andernwärts gesehn zu haben als hier, und doch finde ich in den Zügen Ihres Antlitzes, in Ihrem ganzen Wesen soviel Bekanntes. Ja, es ist mir, als wären wir vor gar langer Zeit einander ganz befreundet gewesen, doch in einem sehr fernen Lande und unter ganz andern seltsamen Umständen. Ich bitte Sie, mein Herr, reißen Sie mich aus der Ungewißheit, und täuscht mich nicht vielleicht eine Ähnlichkeit, so lassen Sie uns das freundschaftliche Verhältnis erneuern, das in dunkler Erinnerung ruht, wie ein schöner Traum.«

Er gab der Stimme den Namen Dörtje Elverdink, ohne tieferen Grund, nur aus der Eingebung, sie müßte entrückt bleiben, doch auch bereit sein, in eine spätere Geschichte einzutreten. Warum sollte sie keiner Holländerin gehören? Er kreuzte die Hände vor der Brust und antwortete. Ich werde es Ihnen nicht verraten, meine Liebe, ich darf kein Spielverderber sein.

Sobald ich ihn zitiere – und ich hüte mich (noch), es ausführlich zu tun –, setzt mir schon seine Sprache zu. Es kommt mir vor, als wechselten die Sätze, wiederholt man sie, ihren Sinn. Ich gerate beim Lesen manchmal ins Torkeln. Neben Hoffmann versetzt mich nur noch Jean Paul in solche Zustände. Er übertreibt, er traut seinen Figuren nicht, deswegen kommt es nicht selten in fliegendem Wechsel zu einem Charaktertausch. Selbst in seinen Briefen wechselt er ständig die Rollen, woran die Freunde sich gewöhnten. Nur konnte es der Fall sein, daß sie einem Hoffmann zur Seite sprangen, der schon in einer neuen Geschichte steckte und vergessen hatte, worüber er sich beklagte, worum er sie bat.

Die Geschwindigkeit seiner Empfindungen macht mir angst. Vor allem der unvermittelten Unterbrechungen wegen. Er kann aus seinem Bewußtsein abstürzen, sich im nächsten Moment sammeln und neu beginnen. In seinen Bamberger Jahren übertreibt er das. Er wechselt vom Theaterkomponisten zum Gesangslehrer, vom Dirigenten zum Pianisten, vom Abonnementsverwalter zum Nachmittagssäufer, vom Gesellschaftslöwen zum Stimmenanbeter, vom ebenso eingebildeten wie wahren Liebhaber zum Ehemann. In diesen fünf Jahren stauen sich die Bilder und Themen, wachsen Sätze sich aus, und da er rasch und gierig liest, werden die fremden Sätze zum Humus für die eigenen.

Du bist betrunken, Hoffmann.

Sie sitzt mitten im dunklen Zimmer, ein gedrungener Schatten, und hat auf ihn gewartet, wie oft. In diesen

Szenen hat er seinen festen Platz, seinen festen Text, den er allerdings immer etwas abwandelt, um sie in Spannung zu halten, zu überraschen.

Warum bist du nicht schlafen gegangen, Mischa?

Ich konnte es nicht, Hoffmann. Erzähl, gibt es Neuigkeiten, wer gefiel dir, wer ärgerte dich?

Keiner. Mich vergnügte Herr Doktor Marcus, sagt er.

Der Wohltäter unseres Theaters, sagt sie.

Und? fragt er. Wie geht es weiter?

Herr Doktor Marcus hat uns für das Wochenende auf sein Gut eingeladen, setzt sie fort, worauf er das Zimmer durchquert, so nah an ihr vorbei streicht, daß sie seine Wärme spürt.

Das hat er nicht, flüstert er, setzt sich auf das Sofa, im Gegenteil, er lädt mir Arbeit auf, ich solle mich in den nächsten Monaten um die Abonnenten kümmern, das brächte mir zwar nicht so viel ein wie ein ordentliches Gehalt –

Doch, fährt sie fort, aber mit den Klavierstunden möchte es reichen.

Worauf er sich auf dem Sofa hin und her wiegt und sie ihn mit ihren Katzenaugen beobachtet.

Also dieses »möchte«, Mischa, ist wieder eines dieser schmutzigen polnischen Krümel, die ich dir von den Lippen pflücken möchte.

Sie lacht auf, klatscht in die Hände: Was sag ich, was sagst du, Hoffmann. Möchte!

Er sitzt wieder kerzengerad und ruhig auf dem Sofa: Ich bitte dich, Mischa, wann lernst du zwischen dem säuberlichen und dem eingeschmutzten Möchte unterscheiden.

Überhaupt nie! Sie wirft die Arme hoch, als wolle sie sich ergeben. Nun hält sie sich an den vorgegebenen Text: Hat es sein müssen, daß du dich so besäufst, Hoffmann?

Wieso glaubst du, daß ich betrunken bin?

Ich kenne dich.

Kennst du mich, liebste Mischa?

Nein, ich kenn dich nicht, Hoffmann, und das schmerzt mich.

Siehst du, meine Polin, jetzt verstehen wir uns.

Kommst du mit mir schlafen? Beinahe wäre sie zu früh aufgestanden, hätte gegen die Regel verstoßen. Ich bin müde vom Warten.

Hast du nicht Lust, noch ein Glas Wein mit mir zu trinken. Von dem feinen italienischen Roten?

Sonst pflegte er sich darüber auszulassen, welchen Wein er wünschte, italienischen oder französischen, da die ohnehin schmalen Vorräte wechselten.

Darum wiederholt sie korrigierend: Von dem Roten?

Es gelingt ihr nicht, ihn zu verwirren.

Ja, ja, Mischa, von dem italienischen Roten.

Sie erhebt sich, ihr Schatten wächst und bekommt eine feste Kontur, als sie zwei Kerzen auf dem Ofensims anzündet.

Hast du ihn...

Ja, fällt sie ihm ins Wort –

...entkorkt?

Aber ja, schon vor ein paar Stunden.

Wie konntest du wissen, wann ich komme?

Das ist eine falsche Frage. Sie steht schon in der Küchentür und dreht sich ihm zu, ihr blasses rundes Gesicht ist so ausgeleuchtet, daß die Schattenflecken eher Schönheitspflastern gleichen.

So, wie ich die Polen kenne, schätzen sie falsche Fragen.

Sie antwortet aus der Küche: Weil wir Polen Mystiker sind, Hoffmann.

Da hast du recht.

Sie trägt auf einem Tablett eine mit Wein gefüllte Karaffe und zwei Gläser, sieht sich suchend um, wie es die Regie von ihr fordert, läuft mit kurzen, graziösen Schritten zu dem kleinen Tisch am Fenster, stellt das Tablett ab, holt die beiden Lichter, gießt die Gläser zur Hälfte voll, hält eines vor die Kerzenflamme, so daß der Wein aufglüht, und bittet Hoffmann leise, zu ihr zu kommen: Nicht daß du mir verdurstest, Liebster.

Er folgt ihrer Aufforderung nicht gleich, wartet, schaut Mischa an, murmelt ein paar Wörter, die er hätte laut sagen können, doch auch sie wiederholt sie nicht, wartet gelassen auf ihn, und erst jetzt folgt er ihrer Einladung, genießt Schritt für Schritt, nimmt Platz ihr gegenüber, sie hebt das Glas wieder gegen das Licht, er ebenso und unisono, mit einer winzigen Verschiebung sagen sie: Auf dein Wohl!

Es könnte ein Kanon werden, Mischa, nur würde er uns beiden nicht gelingen. Du hast zwar einen aufreizenden Alt, aber überhaupt kein Gehör, also lassen wir es bleiben. Er faßt mit der Hand nach der ihren, zieht sie über den Tisch, drückt sie gegen seine Brust.

Übertreib nicht, Hoffmann, und bring mich nicht auf falsche Gedanken.

Sie öffnet die Faust und legt ihre Hand flach gegen sein Herz.

Wieso, Mischa?

Du wirfst mir falsche Fragen vor und fürchtest dich vor falschen Gedanken.

Wahrscheinlich sind das lauter polnische Wahrheiten, die sich mir nicht erschließen.

Sie füllt die Gläser nach. Es kann sein, sagt sie. Dir geht es elend, Hoffmann, die Herren in Bamberg haben dich betrogen. Und was wird dir übrigbleiben, als eine Stimme zu suchen.

Nein. Er läßt ihre Hand los, doch sie zieht sie nicht zurück. Nein. Das ist deine Phantasie, Mischa, der ich gehorchen soll, damit du endlich leiden kannst.

Ja, Hoffmann. Sie hofft, daß die Wärme ihrer Hand ihm unter die Haut dringt. Und es wird dir ziemlich egal sein, denn aus der Liebe, die sich mit der Musik verbündet, bin ich ausgeschlossen.

Ich bitte dich, sei still, Mischa.

Sie schweigen. Sie hören sich atmen. Sie trinken. Mischa erwidert sein Lächeln.

Du bist besoffen, Hoffmann, und das gefällt dir.

Wenn schon, Mischa: betrunken. Komm.

Sie steht auf, trinkt ihr Glas leer. Er tut es ihr nach. Sie zieht ihn hinter sich her durchs Zimmer. Wahrscheinlich bist du zu besoffen, Hoffmann, um mich zu mögen, sagt sie und drückt die Tür zum Schlafzimmer auf, durch das eine Lavendelwolke zieht.

Betrunken, rügt er sie.

Und von neuem überrascht und erschreckt sie seine Heftigkeit, seine selbstvergessene Liebe.

Woran denkst du, Hoffmann. An wen? Du zappelst wieder.

In Bamberg schneit es anders als in Polen. Mischa sitzt auf dem Fensterbrett, die Knie an die Brust gezogen, schaut hinaus, hinüber zum Theater.

Hoffmann will sich verabschieden. Er ist zum Ausgang fertig, eine seiner Schülerinnen zu besuchen. Es sind noch nicht viele, und seit Cuno das Theater bankrott erklärt hat und die Gelder von dort völlig ausfallen, sind die Einnahmen rapid gesunken. Mischas leise gesprochener Kindersatz läuft ihm nach und hält ihn auf.

Was gibt es für einen Unterschied?

Bei uns zu Hause sind die – wie sagst du?

Die Flocken.

Sind die Flocken dicker, aber auch irgendwie lockerer, und sie werden immer von der Seite auf die Erde getrieben. Hier aber sinken sie schwer und gerade herunter. Nicht so lustig.

Er setzt den Hut auf, sieht gerührt zu ihr hin.

Wir werden uns für die nächste Zeit mit dem Bamberger Schnee abfinden müssen, Mischa. Ich gehe, um das unbegabte Fräulein Kleiber den Segen der Musik spüren zu lassen. Immerhin zahlt ihre Mama unverzüglich nach getaner Arbeit. Übrigens hat uns der Baron von Stengel eine Einladung zu seiner Soiree bei Hofe verschafft, beim »kleinen Herzog«, und das schon übermorgen. Er weiß, was sie sagen wird, hinaus in den Schnee schauend.

Da wirst du allein gehen müssen, Hoffmann.

Und er weiß ebenso, daß es ihm bis dahin gelingen wird, sie zu überreden, mit ein paar verrückten Sätzen, mit Gezappel.

Als Mischa den polnischen vom fränkischen Schnee unterschied, wohnten sie noch beim Schönfärber Schneider, aber die Miete von zwölf Gulden ging über Hoffmanns miserable Verhältnisse. Er nahm, wenn es gutging und das Theater ihn beschäftigte, fünfzig Gulden ein. Im Mai 1809 zogen sie sechs Hausnummern weiter, ins Haus des Trompeters Warmuth, der zum Theaterorchester gehörte, dort allerdings als Geiger tätig war, ein Hausbläser und ein Gassenfiedler, fand Hoffmann, der von seinen Künsten wenig hielt, sich aber als Mieter gut mit ihm verstand. Kurz darauf folgte, endlich, ein Flügel, der nun ihm gehörte, mit dem er sich verschuldete, denn er hatte ihn eigentlich für die Musikalische Gesellschaft angeschafft, die er, wie in Warschau, gründen wollte, die sich in dem steifen Bamberg jedoch nicht einmal andeutungsweise versammeln ließ. Um den Flügel anzuwärmen, spielte er sich und Mischa das »Miserere« vor, das in Würzburg vergeblich auf eine Aufführung wartete und in Zürich vergeblich auf einen Verlag.

Er deklamierte den Text, sang ihn mit verstellter Stimme, was Mischa ärgerte, er verderbe seine eigene Kunst. Das bestritt er heftig, und beim neunten Stück, dem »Libera me«, brach er in Tränen aus, da sich sein Geist eben mit dem Mozarts berührt habe. Es läßt sich nicht wiederholen, rief er. Und nahm sich schon nicht mehr ernst, hob seine Existenz als Komponist schon wieder auf. Er war, das wußte er, nicht nur einer. Er war viele. Seine erste Geschichte, die vom »Ritter Gluck«, würde bei Rochlitz in der »Allgemeinen Musikalischen Zeitung« erscheinen, ein Anfang, ein anderer und weitreichenderer, Musik und Poesie zu verknüpfen, Leben und Phantasie, denn Gluck, der ihm begegnete, ist schon eine Weile tot.

Seine Unruhe bedrückt Mischa. Es wird etwas geschehen, redet sie in seinen Rücken, etwas, das uns trennt.

Er beruhigt sie auf seine Art, schlingt seine dünnen Arme um sie und flüstert ihr ins Ohr: Reg dich nicht vorzeitig auf.

Sie macht sich los, weiß es besser: Wieder diese Stimmen, wieder die Liebe, Hoffmann.

Das Kind stiehlt sich in die Geschichte und fällt ihm kaum auf.

Ich habe auf Julia gewartet, eine zierliche, blasse Person, die von der Mutter in die Bamberger Gesellschaft eingeführt wird, mit großer Zurückhaltung, denn der Vater, der ein selbstverständlicher Schutz sein könnte, ist vor Jahren gestorben.

Julia ist, als Hoffmann sie zu unterrichten beginnt, dreizehn. Ohne Zweifel schüchtert sie ihr neuer Gesangslehrer ein. Sie wird von seinen Kaprizen gehört haben. Aber die wiederum beschäftigen sie, machen sie insgeheim neugierig. Wieso braucht es zwei Jahre, bevor er sie erkannte? Es gehört sich in ihrem Alter nicht, von der Liebe zu wissen, und auch die Gedanken an sie sind ihr untersagt. Zwar hört sie manchmal den Frauen, die im Haus ein und aus gehen, bei den Gesprächen zu, hört Andeutungen, anzügliche Wörter, die sie verfolgen, die sie nachredet, abends vor dem Schlafen, die sie süchtig machen nach etwas, das hinter den Wörtern liegt, groß und schrecklich und unausgesprochen.

Er war nicht auf sie vorbereitet, wie ich es bin, da ich ihm vorauserzählen kann. Ihm fällt nicht auf, daß Julia, wenn er sich hinter sie stellt, um ihre Haltung beim Singen zu korrigieren, hastiger atmet, er riecht ihren Schweiß nicht, der schon anders duftet als der eines spielenden, fliehenden Kindes. Wenn er mittags oder abends von Franziska Marc geladen ist, fallen ihm ihre spielerisch getarnten Annäherungen nicht auf. Wohlerzogen antwortet sie nur, wenn sie gefragt wird, doch ihre flinken, wäßrigen Augen reden mit, und wenn Hoffmann eher beiläufig ihre Fortschritte lobt, senkt sie jedesmal scheinbar beschämt oder bescheiden den Kopf, so lange, bis die Tischgesellschaft sich einem anderen Thema zuwendet. Dann schaut sie wieder hoch und mustert ihn mit einer fragenden Begierde, die er nicht wahrhaben will, noch nicht, die dem Kind nicht erlaubt sein darf.

Es fängt hier schon an, ich weiß es, was ihn zwei Jahre später derart aufwühlt, daß er ihretwegen, die ihm verlorengeht, zum Dichter wird, der sich mit einer Julia nicht mehr begnügt.

Er bringt Julia Koloraturen und Ligaturen bei und sieht sich doch als Gast bei Franziska Marc. Sie ist gescheit, großzügig und, wie er Mischa nach den ersten Besuchen erklärt, eine ausübende Witwe. Sie schützt sich vor falschen Gedanken und mißgünstigen Gerüchten zwiefach: indem sie im Gespräch immer wieder an ihren Mann erinnert und indem sie ihren Schwager, den Leiter des Krankenhauses, Doktor Friedrich Marcus, gleichsam als dessen lebenden Stellvertreter in ihre Nähe ruft.

Die Frau von Marcus war die Taufpatin Julias. Und für Hoffmann ist diese Bekanntschaft ohnehin ein Gewinn: Marcus kümmert sich energisch um den Bestand des stets maroden Theaters, selbst wenn Intendanten ihm mit einem Konkurs den Garaus machen.

Mischa, die selbstverständlich zu den Marcschen Abendgesellschaften eingeladen wird, aber dafür sorgt, daß eine rasch auftretende Migräne sie zu Hause hält, ist die erste, die Hoffmann darauf aufmerksam macht, daß die Marcs Juden seien. Sie wisse es von den Wirtsleuten. Die hätten allerdings gleich hinzugefügt, daß es sich um eine sehr angesehene Familie handle und alle auch getauft seien. Was Hoffmann, der schon ein paar Gläser getrunken hat, zu einem Solotanz durch die Stube anregt und zu einem Monolog über Abstinenz und Absolution, über Wasser und Wein, über Regen und Segen.

Und Julia? Sie lernt singen. Vorsichtig und nicht ohne Furcht bewegt sie sich schon in seiner Geschichte.

Am Sonntag, den 21. Mai 1809 notiert er in sein Tagebuch: »Julchen Mark trat zum ersten Mal mit der Arie aus ›Sargino‹ – Gran Dio auf und erhielt Beifall.«

Wo trat sie auf? Im Theater? Bei einer abendlichen Gesellschaft zu Hause?

Immerhin hat er einen anerkennenden Blick auf sie geworfen, einen flüchtigen. Im Moment jagt er einer anderen nach, auch zum Schrecken von Mischa: »la biondina«.

Er entführte sie, ein in die Wirklichkeit verirrter Opernheld, ohne alle Umstände und ohne alle Überlegung, la biondina, die nicht zum ersten Mal in Bamberg auftrat, doch zuvor stets in Stücken, die er nicht besuchte, doch dieses Mal stand Mozart auf dem Programm, der »Figaro«, und er mußte Mischa nicht lange bitten, ihn zu begleiten, ihm zu helfen, denn Cuno hatte ihn damit beauftragt, an der Abendkasse die Karten zu verkaufen. Daß er sich jetzt auch um die Verwaltung kümmern mußte, regte ihn zu besonderen gestischen und mimischen Exzessen an, da er ebenso als aufgeregter Geldzähler auftreten konnte, wie als seine kleine Macht ausspielender Kartenverkäufer. Mischa sorgte für die Requisiten: Ein Tisch extra im Foyer, ein Plakat mit den Abonnementspreisen und eine übergroße Geldbörse, die er schlapp in der Luft wedeln lassen konnte. Dies alles entweder zum Vergnügen oder zum Entsetzen Mischas, die sich schließlich wieder zurückzog, ihn bat, seine Zeit nicht an derartige Narreteien zu verschwenden, doch lieber zu Hause zu komponieren oder, wie er es neuerdings tue, für die Zeitschrift zu schreiben.

    Er war schon abgelenkt von Susanne, der neuen Besetzung im »Figaro«, einer Dame aus Würzburg, la biondina, wie sie vom Ensemble und einigen Kennern genannt wurde, was auch zutraf, denn das wohl kaum zu bändigende blonde Haar war ihr Kennzeichen, eine nordische Furie, dazu noch hoch gewachsen, die Brüste vom ausholenden Atem durchaus mächtig, und dennoch bewegte sie sich rasch, tänzerisch, la biondina, oder eben Susanne, der es gelang, vom ersten Anblick seine Tagträume zu besetzen, und die ihn dazu brachte, jegliche Zurückhaltung bleiben zu lassen.

    Madame, Sie bringen mich um den Verstand.

    Er beichtete Mischa seine Leidenschaft schon nach der ersten Begegnung mit der Blonden. Sie reagierte nicht wie sonst, wenn er von einer neuen Flamme sprach, sie machte sich über ihn nicht lustig, nannte die Dame nicht hochmütig oder verächtlich ein Gänschen, brach, ihn überraschend, in Tränen aus, beschwor das Unglück, in das er sie beide mit dieser dummen Geschichte, die er da eben begonnen habe, stürzen werde. Wie stets widersetzte er sich ihren Vorwürfen und Ängsten durch Bewegung, umkreiste sie kasperlhaft, indem er bei jedem raschen Schritt in die Knie knickte, oder hastete um den Tisch wie ein Kind, das um einen Brunnen rennt: Wie kommst du nur darauf zu weinen, Mischa, du kennst mich, ich kann dich jetzt nicht trosten, ich werde es beizeiten tun. Die Kreise wurden größer, bis er die Türe erreichte, Hut und Pelerine in der Hand hatte, als hätte er sie aus der Luft gegriffen, und verschwand, vors Haus trat und ohne Eile zum Theater hinüberspazierte, wo er die Blonde wußte, entweder bei der Probe oder in der Garderobe. Er war sicher, sie würde ihn erwarten. Sie erwartete ihn, zufrieden nahm er ihre Ungeduld wahr: Sie stand in der Kulisse, beobachtete den Grafen und die Gräfin, die sich darüber stritten, in welcher Position wer wirkungsvoller stand oder saß, wendete sich Hoffmann mit einer solchen Heftigkeit zu, daß er sich genötigt sah, sie aufzufangen und einen Moment in den Armen zu halten.

Sie haben..., sagte sie.

Was? fragte er.

... mich überrascht, sagte sie.

Er dachte, das ließe sich singen: Diese Rezitative, die melodiös ausbrechen und die Handlung kaum vorantreiben.

Da faßt sie ihn am Arm und schiebt ihn neben sich her: Kommen Sie.

Das sind jene Szenen, in denen er alles im voraus weiß, sich vorbereiten kann auf Bewegungen und Gesten, sich der Scham entledigt und der Erinnerung, und sie läßt sich und ihm in der Garderobe auch wenig Zeit, gibt ihn aber noch einmal frei, um die Tür zu verriegeln, wobei sie, als würde gleich die Vorstellung beginnen, eine Koloratur ausprobiert, die in einem Lachen endet. Schon ist sie wieder bei ihm, zieht ihn an sich, sinkt mit ihm auf den Diwan, und er wird klein auf dem großen Leib, noch kleiner, ein von Wellen gewiegter Gnom, der nichts vergessen wird, nicht den unterschiedlichen Duft der Kleider und der Haut, ihre Seufzer und anfeuernden Vokale, auch nicht ihren über die Lehne sinkenden Kopf und das bis zum Boden fließende Haar, la biondina, und nicht das Klopfen an der Tür und ihre verschwörerisch zugespitzten Lippen: Kein Ton. Halt still. Nur nicht allzu lang. Danach wirft sie ihn ab, versenkt sich im Spiegel, in den sie ihn nicht hineinläßt: Stören Sie mich bitte nicht, Hoffmann, ordnen Sie sich hinterm Paravent.

Er verschwindet, hält den Atem an, hört ihr im Spiegel zu, noch nicht Susanne, aber auch nicht mehr die Blonde, schleicht sich zur Tür und gerät so an den Rand des Spiegels, erwartet ihren Zuruf, der auch prompt kommt: Halt, Hoffmann! Wann?

Wann immer, sagt er.

Und bekommt die übliche Antwort: Ich kann es kaum erwarten, Monsieur.

In solchen Augenblicken überkam ihn der Eindruck, er sei Figur in einer Wiederholung, kaum mehr als die flüchtige Andeutung einer Melodie, und der ließ die Blonde nicht mehr länger mit sich spielen, riß sie entweder an sich, daß ihr die Luft, doch nicht die Lust ausging, oder ließ sie einfach stehen.

Dennoch behielt sie eine Zeitlang die Regie. Was wiederum Mischa, die immer spürte, ob er sich in eine Liebesgeschichte verlor, sich demütigte, erzürnte, und sie ihn an einem Morgen stellte, bevor er sich an das Klavier setzte, um die Oper für seinen davongelaufenen Intendanten zu komponieren.

Sie nahm, was sie sich bisher nie erlaubt hatte, seinen Klavierstuhl in Beschlag, hob ihr rundes Mädchengesicht und ließ ihn nicht aus den Augen.

Was ist in dich gefahren, Mischa?

Das kann ich dir sagen (im Zorn konnte sie so schnell Deutsch wie Polnisch sprechen). Das kann ich dir sagen, der Dybuk, der Teufel, die Wut sind in mich gefahren. Und alle sind von dir geschickt, alle. Was machst du dich lächerlich vor den Leuten, Hoffmann, von mir will ich erst gar nicht reden. Dieses Weib, diese dahergelaufene Sängerin, läßt, wie ich gehört habe, jeden unter den Rock. Eine heiße Hündin, die sich vergißt, wenn sie einen Mann wittert.

Damit hatte er nicht gerechnet. Er hatte angenommen, Mischa, aber auch den Bambergern, sei bisher diese Liaison entgangen. Er krümmte sich vor Verlegenheit, vermied ihren Blick, stellte sich an den Flügel, als wolle er singen, legte die Hand vors Gesicht und spürte seinen Atem auf Kinn und Wangen.

Weißt du, was du ihrem Mann antust? fragte sie.

Nichts, antwortete er hinter der vorgehaltenen Hand, con sordino.

Wenn wir uns nicht liebten, Hoffmann – sie redete nicht weiter, beugte sich über das Klavier, hütete sich aber zu weinen.

Ihr Mann ist nicht zum ersten Mal ein armer Zuschauer, sagte sie, man hat es mir erzählt. Ein kleiner Schwanz haben wir in Polen solche Leute genannt, und ihr in Deutschland sagt Schlappeschwanz.

Ohne e, verbesserte er, zog die Hand vom Gesicht und grinste sie an.

Sie schaute fragend zu ihm hoch.

Ganz klar, er nickte ihr zu: Schlappschwanz, obwohl dieses Ding mit e noch mehr zu bedauern wäre.

Du bist ein Schwein, Hoffmann, immer muß ich mich für dich schämen.

Sie räumte den Platz, stellte sich vor ihm auf, er umarmte sie so lang, bis er sich nicht mehr entscheiden konnte, wohin: ob auf den Diwan oder ans Klavier. Er entschloß sich fürs Komponieren und ließ sie los. Worauf sie aus tiefer Seele seufzte.

Die Sätze, die er vertonen sollte, gaben keine Musik her. Sie waren zu schwer für die Achtel, die er hören wollte, und für eine Melodie, die nichts mit la biondina, aber auch nichts mit Mischa zu tun hatte.

Ohne nach Mischa zu rufen, verließ er die Wohnung. Er hatte während der Auseinandersetzung nicht vergessen, daß er mit der Blonden verabredet war. Sie hatte ihm einen besonderen, verwunschenen Ort versprochen. An der Hecke hinter der Mühle erwartete sie ihn. Als er sie sah, trennte er sich von sich selber und beobachtete sich. Das gelang ihm nicht auf Dauer. Doch dieses Mal mußte er nicht einmal einen Gedanken darauf verschwenden. Er war sogar sicher, dieser Zustand würde halten, bis sie auseinandergingen.

Sie spannte den Sonnenschirm auf, verbarg, so gut es ging, ihr Gesicht, lief neben ihm her oder ihm voraus.

Es sei besser, sie würden nicht gesehen, da dieser schöne Ort sonst verraten wäre. Danach redete sie kein

Wort mehr, bis sie angekommen waren. In einem Zaun, der das weite Areal einer Gärtnerei umgrenzte, befand sich ein Durchschlupf, drei Latten breit. Von dort führte, zwischen Beeten, ein offenbar alter, üppig überwachsener Laubengang zu einem hölzernen Gartenhaus, das als Oktogon gebaut war.

Sie riß die Tür auf, bat ihn in den dämmrigen Raum, drehte sich mit ausgebreiteten Armen besitzergreifend um die eigene Achse, und es kam ihm der Verdacht, daß sie hier gewiß nicht zum ersten Mal und er bestimmt nicht ihr erster Gast war. Für einen Moment wollte er dem Impuls nachgeben zu verschwinden, doch schließlich beobachtete er mit wachsendem Vergnügen, wie sie die Fensterläden öffnete, hin und her lief, sich dabei ganz und gar schamlos auszog, und in einem Rhythmus, den er in Gedanken aufgriff, zog sie die schützenden Tücher von den Möbeln weg, zuletzt von einem ausladenden Bett.

Die sich kreuzenden Lichtstreifen, die aus den Fenstern einfielen, schmeichelten ihrem Leib. Er hörte eine Arie, die er, das wußte er, vergessen haben würde, sobald er diesen Raum verlassen hatte.

Sie kennen sich aus, sagte er.

Sie trat auf ihn zu: Der Gärtner ist ein guter Bekannter.

Er kam ihren Händen zuvor, zog das Hemd über den Kopf: Ein guter Bekannter?

Sie schüttelte heftig den Kopf: Werden Sie nicht garstig, Maestro, tun Sie mir das nicht an.

Worauf er sein Mißtrauen bleiben ließ und sich ausgiebig seine Wünsche erfüllte. Die ihren auch.

Als er durchatmend neben ihr lag, nach Sätzen für seine unordentlichen Gedanken suchte, seine Blicke wanderten, entdeckte er, daß sie beobachtet worden waren. In jedem Fenster steckte ein Kopf, oder genauer gesagt, eine Maske, allerdings eine aufgeschminkte, bewegliche.

Er setzte sich hoch, schaute von Fenster zu Fenster, die Masken erwiderten aufmerksam und belustigt seinen Blick. Nein, murmelte er und ließ sich zurückfallen. Er schloß die Augen. Die Masken verschwanden auch hinter seinen Lidern nicht.

Ich täusche mich, sagte er und bekam von la biondina auch gleich eine Antwort: Aber nein, Hoffmann, sie gehören dazu.

Wenn Sie sie bestellt haben, sagte er leise und drohend, können Sie sie auch davonscheuchen. Ich bitte Sie.

Wie Sie wünschen. Sie hob den Arm und wischte mit einer Handbewegung das neugierige Pack aus den Fenstern.

Er stand auf, begann sich anzuziehen. Ich verstehe Sie nicht, Madame.

Sie lag und räkelte sich. Das müssen Sie auch nicht, Hoffmann. Dieses Gelichter erschien für mich, nicht für Sie.

Es gelang ihm, ihr für ein paar Tage auszuweichen. Aber dann überredete sie ihn, ihn nach Buch begleiten zu dürfen, in Striegels Gasthaus.

Hoffmann hat es in seinem Tagebuch notiert, mit ablesbarem Unwillen. Nach Buch gehörte sie nicht, dorthin nicht. Dort hatte er den Faden für eine andere Erzählung ausgelegt.

Die Geschichte des Einsiedlers Serapion ist mit dem Ort B... verbunden, mit Bamberg, »einem Ort, der bekanntlich in der anmutigsten Gegend des südlichen Teutschlands« liegt. Diesen Anachoreten sucht der Erzähler auf und wird, in Gedanken schon wieder bei sich, dazu angeregt, dessen zuhörende Freunde zu seinen zu machen. Und die sollen, findet er, keine Kinder von Traurigkeit sein, vielmehr Liebhaber des ausschweifenden Rundgesprächs, des Rotweines, des Punsches und des Bamberger Felsenbiers.

Sie treffen sich, wie gesagt, in Buch, im Wirtshaus des alten Striegel, und das nach Belieben, beinahe jeden Tag, in verschiedener Besetzung. Die beständigsten Mitglieder der Bruderschaft sind der weithin bekannte Nervenarzt, Doktor Marcus, Schwager der Mutter Julias, dessen Neffe, Doktor Speyer, und nicht zuletzt Carl Friedrich Kunz, Weinhändler und erster Verleger Hoffmanns, ein aggressiver Zauderer.

Hoffmann, Mittelpunkt der Runde, fesselt, indem er erzählt, auf Tischdecken zeichnet oder, nach fünf Gläsern Wein, Canzonen singt.

Für ihn befindet sich Buch zwiefach außerhalb, nicht mehr ganz zu Bamberg gehörend und fern von seinen täglichen Ärgernissen.

Julia wird den serapiontischen Ort nie besuchen dürfen, nehme ich an, aber la biondina drängt, das steht im Tagebuch: Sie will sich vorstellen, darstellen. Warum wies er sie nicht zurück? frage ich mich. Sie war wohl darauf aus, ihn zu kompromittieren, ihn als ihren Begleiter zu veröffentlichen und die Gerüchte zu bestätigen.

Die Herren lassen sich nichts anmerken. Sie spielen mit und für Hoffmann. Sie begrüßen die Blonde artig und mit Komplimenten. Hoffmann ist ihnen dankbar. Denn es ist ihm klar, was sie sich denken.

Madame legt Wert darauf, unsere gesellige Runde kennenzulernen.

Die Freunde überspielen wortreich ihre Verlegenheit, übertreiben ihre Komplimente, nur Kunz weist, freilich lachend, darauf hin, daß ihr Gastspiel einmalig bleiben müsse.

Was Hoffmann ein paar Tage später, nach einem Besuch des Gartentempels, zur Gelegenheit nimmt, sich von ihr zu verabschieden, er wolle sich von ihr nicht zum Hampelmann machen lassen: Madame, die Stadt brummt vor bösem und lüsternem Geschwätz. Ich nehme an, Sie müssen sich nicht mehr um Ihre Reputation sorgen. Das hat er so eindeutig nicht sagen wollen. Ich bitte – stammelt er. Weiter kommt er nicht. Sie holt aus und gibt ihm eine Ohrfeige, die sich gewaschen hat.

Sie verletzen meine Würde, Hoffmann.

Aber da ist er schon wieder obenauf und reagiert so, wie es ihm gefällt, wie es sich später erzählen läßt: Würde, Madame, sagt er, würde ist nichts als ein Konjunktiv.

Bist du gestochen worden? fragt ihn Mischa und fährt mit den Fingerspitzen über die geschwollene, gerötete Backe.

Es fällt ihm nicht leicht, zu lächeln: Das kann man wohl sagen.

Doch in seinem Tagebuch steht: »Eifersucht«. Nicht mehr. Ein Wort, das sich verzweifelt zusammenzieht.

Die Wut, die Raserei Mischas überrascht ihn:

Nicht bei der, Mischa! Du vergeudest deine Gefühle.

Es könnte sein, daß er ihr nach seinem Abschied von der Blonden seine Vision der Liebe nahezubringen versuchte.

Sie besaß keine Stimme, die ich lieben könnte, Mischa. Ich wäre bei ihr nie auf die Idee gekommen, sie anzuhören. Natürlich sang sie im Theater. Da hörte ich ihr nicht zu. Sie war eine Erscheinung, die meine Sinne weckte, nicht alle, nein. Du kennst mich, auch wenn du es immer wieder abstreitest, mich einen Fremden nennst. Der bin ich mir auch. Aber ich habe ein großes Interesse für diesen Anderen, der aus mir tritt, der sich absonderlich verhält und mir meine Träume entreißt. Er lebt sie nämlich. Er sehnt sich nach einer Liebe, die allein durch eine Liebe geweckt wird, eine Liebe, die sich, wie kann es anders sein, materialisiert, Gestalt annimmt. Fange ich mir dieses Geschöpf jedoch ein, könnte es mich wie Undine strafen. Also werde ich die Stimme, die Liebe, nie nach ihrer Herkunft fragen oder ihre Wirklichkeit verlangen. Es ist eine unerhörte Spannung, die ich mir herstelle und auf die ich mich einlasse. So kondensiert sich die Liebe: in einer Stimme und in einem Wesen. Sie ergreift mich, Mischa, aber ich kann sie nie besitzen. Dich, Liebe, brauche ich, um zu überleben, selbst wenn du daran zweifelst.

Noch ist er nicht soweit, die Idee ins Leben oder das Leben in die Idee umzusetzen. Er gibt Julia zwar Gesangstunden, entdeckt hat er sie noch nicht. Immerhin bestellt er bei Härtel in Leipzig, neben anderen Noten für seine Schülerinnen, Canzonetten für zwei Stimmen. Das könnte ein Anfang sein.

Er treibt um und läßt sich umtreiben. La biondina kann er nicht ganz vergessen. Sie läuft ihm in der Stadt, im Theater immer wieder über den Weg. Die Arbeiten, die er sich auflädt, beschäftigen ihn kaum. Er träumt, redet mit sich selber, und Mischa genießt es, ihn meistens in der Wohnung am Zinkenwörth zu haben, am Klavier, am Schreibtisch, obwohl sie seine Ausbrüche fürchtet, seine anderen Stimmen.

Mit den Musikalien, die er sich von Härtel aus Leipzig schicken läßt und die er in Kommission nimmt, macht er kein großes Geschäft. Fürs Theater entwirft er gelegentlich Bühnenbilder und wirbt weiter um Abonnenten.

Da tritt Cuno, sein erster Intendant, ab und Julius von Soden, der ihn nach Bamberg rief, auf. Er kehrt aus Würzburg zurück, übernimmt die Leitung des Theaters. Er kommt gleichsam mit den Reitern Napoleons, die von Würzburger Chevaux légers unterstützt werden, nicht in die Stadt eindringen, sondern vor dem Stein-Tor biwakieren.

Die Bürger fliehen in die Häuser, öffnen nach kurzer Zeit aus Neugier Türen und Fenster wieder. Die Franzosen bleiben draußen.

Hoffmann drängt es ins Grüne, nach Buch, Mischa hält ihn zum Glück mit einem Glas Wein fest, denn

»abends um 8 1/2 Uhr kam der Graf Soden zu mir« – Sodens Aura beeindruckte Hoffmann, der Mann spielte, was er im Grunde seines Wesens nicht war, einen mit allen Wassern gewaschenen Theatermann. Er umarmte bei der Begrüßung nicht Hoffmann, sondern den Ritter vom Strahl oder den Musikdirektor, und er küßte nicht Mischas Hand, sondern die einer Sängerin. Er redete wie aufgezogen, bis er nach einer Weile zur Sache kam: Ob Hoffmann ihm nicht ein Melodram komponieren wolle? Natürlich von ihm verfaßt.

So überrumpelt, seine Schulden erwägend, fragt Hoffmann nicht einmal nach, will nicht wissen, wovon Sodens Libretto handelt, stimmt einfach zu: Aber selbstverständlich, mit Vergnügen.

»Dirna« ist der Titel. Und von Vorschuß ist erst einmal keine Rede. Den holt sich Hoffmann am nächsten Tag bei Madame Mark, Julias Mutter, 54 Gulden.

Das Melodram »Dirna« und Hoffmanns Noten dazu habe ich nirgendwo auftreiben können. Mich allerdings auch nicht übermäßig bemüht. Hoffmanns Arbeitswut widerspricht meiner Gleichgültigkeit, auch der Erfolg des Stücks in Bamberg, sein Stolz als Komponist und Dirigent, erhöht im Orchestergraben, den Applaus des Publikums entgegenzunehmen. Die Oper jedoch, mit der er den »Freischütz« vorwegnahm, seine Oper, die »Undine«, kann ich hören und lesen.

Manchmal bekommt Mischa zu hören, was ihn seit dem Abschied von Warschau und dem demütigenden

Jahr in Berlin plagt, wogegen er mit wechselnden Masken anrennt: Einmal, Mischa, einmal möchte ich ihn stellen, den Herrn L'Empereur, diesen Monsieur Buonaparte, und ihm eine feuern. Wie kann er sich erkühnen, einen preußischen Regierungsrat, nein, eine Legion preußischer Regierungsräte mit einem Federstrich auf die Straße zu setzen, sie brotlos zu machen, in den Dreck zu ducken. Und die Berliner, meine Preußen, die Nestflüchter und Arschklemmer, haben keine Regierung für Räte. Der König weilt entfernt in Königsberg. Ich kann immerhin von Glück reden, ein Kapellmeister mit versprochener Anstellung zu sein, ein Bühnenbildner auf zufälligen Zuruf und ein musikalischer Beatmer von geistlosen Libretti, dies allerdings ohne Salär. Und dazu kommt das höhere Glück, jungen Damen der besten Gesellschaft und nicht selten mit mangelnden Talenten den Gesang beizubringen. Dies freilich mit Salär.

Nicht immer begleitete Mischa seinen Jammer mit Gelächter. Doch der Refrain vom Salär vergnügte sie in seinen Varianten stets von neuem.

Von Julia ist weiter nicht die Rede. Hoffmann gibt ihr regelmäßig Unterricht. Häufiger noch besucht er Franziska Mark, Julias Mutter, eine unbezweifelbar geistvolle und auch weltläufige Frau. Marc oder Mark oder Marcus – das ist eine Sippe für sich. Franziska, in der Familie und von Freunden Fanny gerufen, hatte, sehr jung und noch in London, den Bruder ihres Vaters, ihren Onkel Philipp geheiratet, der als Kriegskommissär die Hessisch-Waldeckschen Truppen nach Amerika begleitete und dort als ihr Zahlmeister tätig war. Als amerikanischer Konsul kehrte er zurück und starb 1801 in Bamberg. Er hinterließ Franziska ein ordentliches Vermögen und seinen Bruder, Doktor Adalbert Friedrich Marcus, als Schutzpatron. Markus oder Mark oder Marc. Ursprünglich kam diese jüdische Familie aus Gotha. Vermutlich hat die Verkürzung des Namens damit zu tun, daß sich manche taufen ließen und aus Markus Marc wurde, zum Schutz vor Geschwätz und Mißgunst. Denn die Marks und die Markusse machten etwas von sich her, galten viel in der Bamberger Gesellschaft, wobei das Gerede hinter vorgehaltenen Händen nicht fehlte. Der Bruder von Doktor Friedrich Markus, Friedrich Nathan Mark, fand sein gutes Auskommen als Kommerzienrat in St. Petersburg; später kehrte er, krank, nach Bamberg zurück und starb bald. Seine Witwe, Juliana, heiratete neun Jahre nach seinem Tod den Regierungspräsidenten des Mainkreises, den Freiherrn von Stengel, und so gewann die Familie noch mehr an Gewicht. Stengel und Doktor Marcus zählten zu der Runde in Buch, zu den unberufenen Serapionsbrüdern. In Stengels Haus wiederum hingen die Stiche des Lothringer Künstlers Callot, die Hoffmann so verwandt ansprachen, daß er ihnen bald antwortete. Die Familien Marc und Marcus sorgten, wie gesagt, für ein dauerhaftes Stadtgespräch, und diese Verdoppelungen und Spiegelungen waren nach Hoffmanns Geschmack. Sobald Julia sichtbar wird, nicht eine von mehreren Singeschülerinnen bleibt, weiß er sie, gemeinsam mit ihrer

Mutter Franziska, eingebunden in ein verrücktes, geradezu verbotenes Geflecht: Franziskas Mann Philipp war zugleich ihr Onkel (was für eine Anrede ließe sich hier denken: Mein lieber Mann, mein Onkelchen), und er war für Julia Papa und ebenso Großonkel, so, wie sie Nichte und Großnichte von Doktor Marcus war.

Vielleicht hat er im Spätsommer schon genauer hingehört. Inzwischen wird er zu den Abendgesellschaften ins Marksche Haus geladen. Die serapiontische Gesellschaft trifft sich, des Herbstes wegen, kaum mehr draußen in Buch, sondern bei Nanette in der »Theaterrose«. Die Wege zwischen der Wohnung, dem Theater und dem Wirtshaus werden kürzer.

Hoffmann findet einen Freund, dessen Sprache nur er versteht, der sich in Sätze verwandelt, noch durch seine Wirklichkeit trottet und doch schon der Phantasie angehört: Pollux, Nanettes alter Hund, ein großes, träges Tier, das mit Vorliebe seinen Kopf auf Hoffmanns Knie legt oder ihm auf Spaziergängen folgt. Es kann vorkommen, daß er ihn bei einem anderen Namen ruft, erinnernd und vorausdenkend: Berganza. Den teilt er mit Cervantes. Pollux ist ihm ebensowenig gram, wenn er, die Runde hat sich schon aufgelöst und Nanette ihn aus dem Gasthaus gescheucht, seinen Laternenschatten torkelnd vor sich hertreibt und Mischa längst schläft. Geh mir weg mit deinen Weibern und Gespenstern, Hoffmann.

Im Herbst 1810 bekommt Julias Stimme Gestalt. Das Tagebuch dieses Anfangs, die Seiten voller Schmetterlinge, hat, vermute ich, Mischa in einem Anfall von Wut entwendet und in den Ofen geworfen.

Komm. Geh. Komm. Undine gibt das Stichwort. Julia erwartet ihn wie immer zusammen mit ihrer Mutter. Franziska wird gleich das Zimmer verlassen.
Ich möchte nicht stören. Das Kind singt unbefangener, wenn ich nicht dabei bin.
Sie geht.
Das Kind faltet die Hände vor der Brust und konzentriert sich auf seine Stimme. Er sieht sie, zum ersten Mal.
Wie immer setzt er sich ans Klavier und beginnt zu improvisieren. Das Mädchen bleibt neben ihm stehen und wartet, schaut auf seine Hände. Sie weiß, das Vorspiel wird nicht allzu lange dauern, doch immerhin so lang, daß sie, wenn er sie zu singen bittet, einen Frosch im Hals hat. Den folgenden Wortwechsel beherrscht sie mittlerweile.
Aber, aber, gnädiges Fräulein, wie kommt der Frosch in ihren Schlund? Saß er nicht unlängst noch am Brunnenrand?
Entschuldigen Sie, Herr Musikdirektor.
Sie müssen sich nicht entschuldigen, nein, versuchen Sie lieber den Frosch mit einem unschuldigen A loszuwerden.
Er hat sich auf dem Klavierstuhl so gedreht, daß er sie im Blick hat und sie einen Schritt zurücktreten muß.
Sie schluckt hörbar, hat das Gefühl, der Frosch werde noch dicker, und sie schafft nur einen kläglichen Mißlaut.

Sehr schön. Er nickt ihr aufmunternd zu. Noch will das Fröschlein selber singen, doch nach meiner Erfahrung wird es Ihren Hals gleich verlassen haben.

Er dreht sich zum Klavier. Die Canzone vom letzten Mal.

Sie beginnt zu singen, in einem wunderbar gehaltenen Piano. Er begleitet sie zwei Takte lang, zieht die Hände von den Tasten, senkt den Kopf, horcht, und sie hört erstaunlicherweise nicht auf, bringt das Lied ohne Begleitung zu Ende.

Die Stille, die sich über beide senkt, hat einen knisternden Rand.

Eben hat er die Stimme gehört, nach der er suchte, die er sich wünschte.

Er hebt den Kopf, sieht Julia an und entdeckt nun auch das Wesen, das ihm entgangen, das zu erkennen er nicht imstande gewesen ist.

Ihr Atem hat sich noch nicht beruhigt, sie zieht die Stirn kraus und erwidert fragend seinen Blick: Hab ich etwas falsch gemacht?

Er räuspert sich laut und theatralisch, ehe er antwortet: Nein, aber ich habe, scheint es, Ihren Frosch geschluckt, Fräulein Julia.

Sie mustert ihn verdutzt, legt die Hand vor den Mund und kichert.

Natürlich habe ich ihn zum Froschkönig befördert. Er schweigt, nimmt sie schauend in Besitz. Wenn sie wüßte. Seine Brust spannt, durch seine Glieder fährt Hitze. Am liebsten zöge er sie auf seinen Schoß. Was dann geschähe, wagt er nicht zu denken.

Sie lehnt sich gegen das Klavier und berührt mit dem Bein sein Knie.

Nicht, bittet er.

Was meinen Sie? fragt sie.

Er rückt den Stuhl zurecht: Nicht wahr, gnädiges Fräulein, wir sollten die Canzone noch einmal gemeinsam probieren.

Ja, sie nickt und wischt sich mit einem Tüchlein über den Mund. Jede ihrer Bewegungen macht ihn rasend.

Er legt die Hände auf die Tasten, lehnt sich zurück, den Kopf im Nacken, schließt die Augen, spielt, was sie von ihm erwartet, den auf die Musik konzentrierten Meister. Bitte, mein Fräulein.

Sie hat ihre Stimme gefunden, sagt er sich, ich habe eine Stimme gefunden.

Er liebt sie, die Stimme, das Mädchen. Es ist eine Liebe ohne Anfänge, ohne Vorbereitungen. Sie trübt seinen Verstand, geht über seine Vernunft. Zwei Jahre lang wird in seinem Tagebuch der getarnte Irrwitz die Feder führen. Für Julia malt er kleine Schmetterlinge. Für Julia steht Kth. oder Ktch. Vermutlich hat Mischa mitgelesen, und er wollte sie zum Narren halten. Doch gelungen ist es ihm, ich weiß es, nicht. Ein Vierunddreißigjähriger und ein Mädchen, das noch nicht fünfzehn ist. Er sucht ihre Nähe. Er träumt von ihr. Doch er wird sie nur selten berühren, in den Armen halten. Er projiziert ihren Körper in die Luft, an die Wände. In seinen Gedanken erlaubt sie ihm alles. In Wirklichkeit fährt er zusammen, wenn er sie zufällig oder mit Überlegung berührt, ihren Arm, ihre Hand.

Er verdoppelt sich wieder einmal. Der eine Hoffmann vergißt Mischa nicht, kehrt abends und nachts in ihre Obhut zurück, lügt nach Strich und Faden, so lange, bis ihm Mischa den anderen Hoffmann erzählt, den, der die kühnsten Aufbrüche in ein anderes Leben plant, mit Julia, mit niemandem anderen als Julia, der sich vergißt, sich in der Liebe auflöst, verändert. Verloren an eine leibhaftige Idee. Und alles, was er tut, läßt ihn entweder gleichgültig oder geht in seinem Liebeswahn auf.

Im September 1811 wurde Heinrich von Kleists »Käthchen« dreimal aufgeführt, in einer Fassung des neuen Theaterleiters Franz von Holbein. Hoffmann hatte ihn dazu gedrängt, nichts wünsche er sich mehr, als dieses Märchenstück in Bamberg zu sehen. Er hatte es gelesen, es bestärkte ihn in seiner Vision. Holbein allerdings, sich vor dem Unverstand des Publikums fürchtend, verhunzte das Stück, fügte komische Szenen ein, strich die Rolle des Waffenschmieds. Hoffmann entwarf die Kulisse.

So wurde das Stück zum ersten Mal in Deutschland aufgeführt, in Bamberg, um Hoffmanns willen oder, um Julia mit Käthchen zu verführen. »Ei Käthchen! Bist du schon im Bad gewesen? Schaut wie das Mädchen funkelt, wie es glänzet! / Dem Schwane gleich, der in die Brust geworfen, / Aus des Kristallsees blauen Fluten steigt / – Hast du die jungen Glieder dir erfrischt.«

Anfangs Januar 1811 findet der Schmetterling ins Tagebuch.

Er trinkt wieder übermäßig.
Er flüchtet sich in die »Rose«.
Er veranstaltet »höchst exotische« Abende im »Pumpernickel«.
Er geht Mischa aus dem Weg.
Er überredet oder zwingt Mischa, ihn zu den Soireen und ins Theater zu begleiten. Und Julia erklärt er lautlos seine Liebe und wird von obszönen Phantasien gefangengenommen. Manchmal zeichnet er ihren Akt und zerreißt sofort danach das Papier in winzige Fetzen.
»Exaltierte humoristische Stimmung«, schreibt er. »Gespannt bis zu den Ideen des Wahnsinns, die mir oft kommen. Warum denke ich schlafend oder wachend so oft an den Wahnsinn?«

Der Schock dieser Liebe macht ihn krank, fesselt ihn ans Bett. Es drängt ihn, Julia zu sehen, doch Mischas Pflege hält ihn fest. Mit Jean Pauls »Doktor Katzenberger« lenkt er sich ab. Als das Fieber abgeflaut ist, die rheumatischen Schmerzen ihn nicht mehr so heftig plagen, schlüpft Mischa zu ihm ins Bett und fordert ihn auf, vorsichtig zu zappeln, gewiß in der Hoffnung, daß die reale Liebe ihm die phantastische austreibe, doch Mischa reibt ihm Julia unter die Haut.
Er kann sie nicht täuschen.
Du bist weit fort, Hoffmann.
Dann müßte ich nicht schwitzen vor lauter Liebe.
Du verstehst mich wohl.
Ja, Mischa, du hast mir die Krankheit in den Leib getrieben.

Er ist schon wieder bereit, zu spielen, die Liebe und das Leben zu planen.

Beinahe hätte mich das Fieber Holbein vergessen lassen.

Wer ist das? fragt sie und drückt ihn sanft zur Seite.

Wer ist das? fragt er zurück. Das Holbein, der Holbein, der Franz von Holbein, er könnte womöglich unser Glück sein, der Holbein, den ich in Berlin famos Gitarre spielen hörte, ein Komponist, ein Theatraliker, der neue Theaterleiter von Bamberg.

Und Herr von Soden?

Der hat es mit einem Mal eilig gehabt, in die Dienste des Hofes zu treten.

Wie kommt das?

Wie geht er?

Sie drückt sich mit den Füßen von ihm ab, setzt sich auf den Bettrand: Mit deinen Späßen tust du mir weh, Hoffmann. Merkst du es nicht?

Er schweigt, atmet den herben Duft ihrer Haut ein, wie eine beruhigende Droge.

Mischa, sagt er und denkt, daß er Holbein unbedingt dazu bringen müsse, ihn endlich als Dirigent einzustellen, denn Holbein, das wußte er von Doktor Marcus, hielt große Stücke von ihm: Aber Dittmayer steht mir im Weg, gibt er sich zu bedenken.

Wie kommst du gerade auf ihn, auf dieses Ekel. Mischa ist dabei sich anzuziehen.

Eben ist er mir durch den Kopf geschossen.

Sie stehen Rücken zu Rücken. Er spürt ihre Energie, geht in die Knie und reckt sich.

Da herrscht ja ein richtiger Krieg bei dir im Kopf. Sie lacht auf, geht aus dem Zimmer und schlägt die Tür hinter sich zu.

Worauf Hoffmann sich vor der Tür verbeugt, die Arme vor der Brust gekreuzt: Ich ringe um Frieden, Mischa, glaub es mir.

Er hat viel vor. Endlich wird er mit Holbein seine Arbeit am Theater regeln und festigen können. Für Julia wird er sich Pausen nehmen, Zeit für eine Liebe, die er vorher nie so erfahren hat, eine Liebe, die alle seine Gedanken beansprucht, die Stimme ist und Wesen, die seine Empfindungen derart beunruhigt und verdreht, daß er seinen Körper wie ein Gewinde spürt, voller Unruhe – und schon bei den ersten Schritten über den Platz bekommt er es zu spüren. Es gelingt ihm nicht, geradeaus zu gehen. Hoffmann, mahnt er sich, die Erregung wird dich in zwei Hälften teilen, deine Seele, dein Verstand, und die eine Hälfte wird nicht mehr Herr der andern sein – sieh dich vor. Er verbeugt sich vor niemandem, redet mit sich selbst, macht einen Buckel: Meine Liebe, mein Antrag wird Sie erschrekken, doch ich wünsche Sie ganz und gar, mit Stimme und Leib, mit Haut und Haar für mich exklusiv, Mademoiselle, und nehmen Sie mir meine übermäßige Hast nicht übel.

In solchen Zuständen kann er eine Musik hören, die er nicht aufzuschreiben wagt, wiederum eine Stimme, die sich allerdings feinstens kondensiert aus Obertönen, hell und hoch, die Nerven spannend. Er bleibt stehen, hält sich die Ohren zu, sperrt die Töne gleichsam ein, hört sie noch heftiger, gibt die Ohren frei, läßt die Arme pendeln wie einander im Rhythmus entgegnende Perpendikel.

Seit Tagen beschäftigt ihn eine Spiegelgestalt, der er den Namen Kreisler gab, Kapellmeister wie er, nur kann der sich mehr erlauben als er, ist weiter in seinen Ideen. Er ist sicher, daß er über ihn schreiben wird, und seien es nur Briefe an ihn.

Holbein trifft er bei den Proben, wo er, was Hoffmann verblüfft, von Doktor Marcus assistiert wird.

Er setzt sich in die Nähe der beiden Männer, sendet seine Gedanken als Botschaften aus, aber sie haben offenbar zu wenig Kraft, die gestikulierenden Herren zu erreichen, an ihre Schläfen zu klopfen. So muß er die Attacke verstärken. Er redet in sich hinein, mit beträchtlicher Inbrunst, und hofft, mit seiner inneren Stimme Holbein zu erreichen, der nun wieder zurückgelehnt sitzt, dem Gesang von Madame Renner lauscht. Insgeheim stellt er sich vor und auch den andern, mit dem Holbein natürlich auch rechnen muß, den Kapellmeister Kreisler: »Wo ist er her? – Niemand weiß es. – Wer waren seine Eltern? – Es ist unbekannt. – Wessen Schüler ist er? – Eines guten Meisters, denn er spielt vortrefflich, und da er Verstand und Bildung hat, kann man ihm sogar den Unterricht in der Musik verstatten. Und er ist wirklich und wahrhaftig Kapellmeister gewesen? Ja, das ist er gewesen, das ist er, das ist er.«

Mit seiner inneren Rede hat er Erfolg. Wie von unsichtbaren Händen geführt, wendet Holbein seinen Kopf und schaut zu Hoffmann hin, der noch mit sich

beschäftigt ist oder damit, sich auszusenden, aber schnell reagiert, aufspringt und sich wieder setzt und wieder aufspringt und sich verbeugt, dieses »kleine Männchen«, wie Holbein ihn später beschreibt.
Holbein erhebt sich.
Hoffmann erhebt sich.
Doktor Marcus wendet seine Blicke nicht einen Moment von Madame Renner.
Holbein eilt durch die Stuhlreihe auf ihn zu: Monsieur Hoffmann!, und umarmt ihn, worauf Hoffmann nicht gefaßt ist. Kaum hat er ihn freigelassen, tritt Hoffmann einen Schritt zurück, verbeugt sich und hört sich fragen: Bin ich engagiert?
Das ist er sowieso und wieder nicht. Cuno und von Soden haben ihn arbeiten lassen, ihm Aufträge gegeben, und Holbein, der mit einem generösen »Selbstverständlich« antwortet und ihn für den nächsten Tag zu sich bittet, um darüber in aller Ruhe zu diskutieren, stellt ihn dann keineswegs als Musikdirektor an. Wahrscheinlich hat ihm das schon Doktor Marcus ausgeredet, ganz gewiß jedoch Dittmayer, der auf seiner Stellung bestand, das Orchester habe ihn zum Dirigenten bestimmt, es werde sich weigern, noch einmal sich diesem Kümmerling zu unterwerfen, der die Marotte habe, vom Klavier zu dirigieren.
Schon ein paar Tage später offenbart ihm Holbein, in welchen Funktionen er für ihn arbeiten könne, zum Beispiel als Assistent im weitesten Sinne – wo immer es fehlt, sollten Sie einspringen, Bester –, als Komponist selbstverständlich – Holbeins Stück »Der Braut-

schmuck« liegt ihm bereits zur Vertonung vor – und als Theaterarchitekt. Er hat also, es ist ihm klar, noch immer genug Zeit, Gesangsunterricht zu erteilen, und das kann nur von Vorteil sein.

Die Liebe läßt ihn taktisch handeln, deswegen macht er, kaum hat er Holbein verlassen, einen Besuch bei Madame Marc. Allerdings mit einem Abstecher in der »Rose«, bei Nanette und Pollux, den er in Selbstgesprächen längst Berganza nennt. Das Tier erwartet ihn bereits auf dem Platz, stürmt ihm entgegen, so wie es neuerdings oft vor dem Haus sitzt, stumm zu den Fenstern der Hoffmannschen Wohnung hochschaut, bis Hoffmann nachgibt und ihn entweder zu sich hochholt oder mit ihm spazierengeht. Mischa kann das Tier nicht leiden: Der Hund hinterläßt Haare, schwarze Haare, und es ist der einzige Hund, von dem ich weiß, daß er reden kann.

Ja, das kann er.

Das ist gegen die Natur, Hoffmann.

Gegen welche?

Überhaupt gegen die Natur.

Du irrst, Mischa, höchstens gegen die Hundenatur. Und Berganza ist kein Hund wie jeder Hund.

Pollux meinst du.

Ja, den meine ich auch.

Schon wieder bist du durcheinander.

Er krault das Tier, das vor Freude an ihm hochspringt, am Nacken, beruhigt es und folgt ihm in die »Rose«, in seine wohnliche Vorhölle. Der Lärm ist beträchtlich. Nanette steht zwischen den Tischen und sammelt

Zurufe ein. Was er wünscht, weiß sie: Einen ungarischen Roten. Er geht zu seinem Tisch, den Nanette freihält, auch gegen die zudringlichsten Gäste.

Sie bringt ihm den Wein, bittet ihn, falls das Vieh ihm lästig werde, es zu verjagen, und fragt, stets auf das Beste unterrichtet, ob das Gespräch mit Herrn von Holbein denn erfolgreich verlaufen sei. Worauf er einen Schluck nimmt, sie sich ihr Teil denkt und eine weitere Frage stellt: Ob es denn zutreffe, daß die kleine Mark mit einem Mal singen könne wie eine Nachtigall?

Er blinzelt durchs Glas. Seit wann, Madame Nanette, gibt es in Bamberg Leute mit Gehör?

Ich wüßte schon ein paar, sagt sie.

Und von denen haben Sie's?

Sie spielt die Nachdenkliche, schürzt die Lippen, wischt mit dem Handrücken Brösel vom Tisch. Sie sind nicht nur mein bester Gast, Monsieur Hoffmann, Sie sind mir auch der liebste –

Er reagiert rasch, so, als habe er schon lange auf dieses Geständnis gewartet, faßt nach ihrer Hand, küßt sie: Es ist mir eine Ehre, Nanette, und ich will Ihnen bekennen, daß ich es darauf abgesehen hatte, unbedingt Ihr Lieblingsgast zu werden.

Ach, Hoffmann. Sie entzieht ihm die Hand, und das Blut steigt ihr am Hals hoch. Sehen Sie sich lieber vor.

Ich?

Ja, diese kleinen Sängerinnen haben manchmal den Teufel im Leib.

Aber darauf hoffe ich doch.

Sie nimmt sein Glas: Pardon, mein Herr – trinkt einen Schluck, und Pollux beginnt zu knurren. Hören Sie, auch dieser Höllenhund meint es gut mit Ihnen.

Sie läßt ihn allein, er trinkt sein Glas in einem Zug aus und geht. Pollux folgt ihm, bleibt, ehe sie das Marcsche Haus erreichen, zurück und kehrt schließlich um.

Madame Marc habe keine Zeit, ihn zu empfangen, wird ihm von dem Hausmädchen erklärt, und Fräulein Julia sei ebenfalls beschäftigt. Er macht sich dünn und klein, schlüpft an ihr vorbei ins Entree. Obwohl es ihm dringend sei, könne er warten.

Es könnte länger dauern, warnt sie ihn.

Er setzt sich so auf den Stuhl neben dem Spiegel, daß er sich von der Seite sieht. Wenn sich die Gelegenheit bietet, die Gäste Madame Marc zu langweilen beginnen, sagen Sie ihr Bescheid.

Wie soll ich das merken.

Sorgen Sie nicht für Kaffee und Gebäck?

Ja.

Dann rechne ich mit Ihrer Empfindlichkeit.

Sie wird den Kopf noch in der Küche schütteln. Er weiß, er ist ihr nicht geheuer.

Um sich die Zeit zu vertreiben, beginnt er, mit dem Stuhl vor dem Spiegel zu spielen. Er reckt sich, drückt den Rücken gegen die Lehne, zieht sich zusammen, läßt die Arme bis zum Boden hängen; er setzt sich verkehrt, legt die Arme über die Lehne, beginnt zu schaukeln.

So trifft ihn Madame Marc an. Beinahe wäre er vornuber gekippt. Lächelnd sucht er die Balance, zieht den Stuhl zwischen den Beinen weg und verbeugt sich.

Das Kind in mir. Er legt die Hand vor den Mund.

Ich habe Sie zu lange warten lassen, Monsieur Hoffmann.

Er folgt ihr in den Salon. Sie erklärt, die Damen träfen sich jeden Dienstag bei ihr. Manchmal unterhält uns mein Schwager, fügt sie hinzu.

Ihr Schwager?

Doktor Marcus.

Ja, wer denn sonst. Er ist ein wahrer Schöngeist.

Das ist nicht der Ton, nach dem er sucht. Auf keinen Fall Ironie. Leicht muß er sein und herzlich zugleich.

Sie nimmt Platz auf dem Diwan, er ihr auf einem Stuhl gegenüber.

Von Doktor Marcus hörte ich, sagt sie, Sie komponierten an einer neuen Theatermusik.

Ich versuche es. Die ersten Takte. Weiter bin ich noch nicht gekommen.

Die Zofe bringt Kaffee und Gebäck. Er bittet, als wäre es selbstverständlich, um ein Glas Roten, und Madame schickt das Mädchen mit einer Tasse wieder fort, schenkt sich Kaffee ein, schaut ihn nicht an, als sie sagt: Um diese Tageszeit bevorzugen Sie schon Wein?

Wie wohl allgemein bekannt, antwortet er und stellt fest, endlich den Ton gefunden zu haben, den er gleich hätte anschlagen müssen: Hätte ich jetzt Klavier zu spielen, würde ich den Roten meiden.

Auch wenn Sie komponieren?

Da brauche ich kein Klavier. Womit er sie ein wenig aus der Fassung bringt. Sie setzt die Tasse ab, sucht nach Worten, und er kommt ihr zuvor: Ich höre, was ich aufschreibe, Stimmen und Instrumente. Oder, um genauer zu sein, ich höre mich vielstimmig.

Er darf nicht zu weit gehen.

Madame Marc beugt sich nachdenklich nach vorn und fragt zögernd: Wie habe ich mir das vorzustellen?

Sie bekommen das Ergebnis vorgesetzt, Madame, in Gestalt einer Oper, einer Sonate, einer Canzone. Womit er ihr spielerisch das Stichwort gibt.

Dieses Lied, das Julia neuerdings mit Ihnen übt, Ihr Lied –

Ja, mein Lied.

Es genügt bereits, daß Julias Namen fällt, daß er ausgesprochen wird – nur mit Mühe bewahrt er noch die Fassung. Seine Haut zieht sich zusammen, er friert und schwitzt, seine Knie schlagen gegeneinander, und seine Phantasie gerät außer Rand und Band. Er klammert sich an den Stuhl, um nicht aufspringen zu müssen, seine Liebe zu bekennen, und dem Impuls nachzugeben, sich zu entblößen, Madame in Schrecken zu versetzen.

Die fordert ihn, ein wenig irritiert über sein Schweigen, auf, einen Schluck Wein zu trinken.

Er trinkt, wiegt sich hin und her, setzt das Glas ab, sucht nach Worten. Aus einer Ferne, die er sich denkt, erklingt eine Stimme, die ihn in ihrer Klarheit trifft: Tranquillo io sono, fra poco teco sarò, mia vita.

Ihrer Stimme wegen, sagt er, der inneren Stimme lauschend, habe ich es gewagt, zu einer so ungünstigen Zeit vorzusprechen –

Meiner Stimme wegen, fragt Madame erstaunt und hilft ihm aus der Verlegenheit.

Nein, nicht Ihrer Stimme wegen, Madame. Ich meine die Stimme Ihrer Tochter. Er spricht schnell, spielt die Rolle des enthusiastischen Lehrers: Das Mädchen hat in den letzten Wochen – aber das wird auch Ihnen aufgefallen sein – sich frei gesungen, ist verblüffend selbständig geworden, so daß ich es für notwendig halte, die Stundenzahl heraufzusetzen, ihr die Chance zu geben – Madame Marc winkt ab: Aber ich will nicht, daß dem Kind unnötige Hoffnungen gemacht werden. Eine Karriere als Sängerin ginge viel zu weit.

Nicht die Sängerin, die Stimme, widerspricht er entschieden.

Sie schaut ihm zweifelnd in die Augen. Nur die Stimme, Monsieur Hoffmann?

Er nickt, sagt kein Wort. Er könnte es, und Frau Marc würde ihn hinauswerfen. Er könnte ihr schildern, wie Wesen und Stimme sich verbünden. Daß er, der Musikdirektor Hoffmann, wenn er von Julias Wesen schwärmt, ihren Körper meint, seine ungestillte Gier nach ihrer Haut, nach ihrer Nähe, nach ihrem Atem.

Weiß Julia, was Sie vorhaben?

Das wisse sie nicht, er habe noch nicht mit ihr darüber sprechen können, doch er sei sicher.

Ich bin es nicht.

Wir könnten sie fragen.

Ich werde sie fragen, Monsieur Hoffmann. Sie erhebt sich und verabschiedet ihn.

An der Tür hält er an: Sie geben mir Bescheid?

Nun bekommt er keine Antwort.

Er tritt ins Freie. Es schneit. Der Frost greift ihn an und bestärkt sein Verlangen nach einem Punsch. Madame spannte ihn auf die Folter. Das ist nach seiner Stimmung. Noch bevor er in der »Rose« einkehrt, hat ihn eine »horrende Munterkeit« erfaßt, und er wägt ab, ob Käthchen die wahre Somnambule ist, ein Geschöpf, dem sich die Liebe entzieht, oder Julchen, seine Julia, ihn nicht doch längst heimlich liebt, ebenfalls somnambul, bestärkt durch Träume, in denen die Lust wunderbar wüste Bilder entwirft. Ach Julchen, ach Käthchen.

Er stürzt in das Lokal, klopft sich den Schnee vom Mantel, wischt ihn vom Hut, sieht Kunz, ist mit ein paar Schritten bei ihm, packt ihn an den Schultern: Kleist, lieber Kunz, hat Genie, hat Visionen.

Kommen Sie aus dem Theater?

Nanette fragt, ob er, durchgefroren wie er sei, einen Punsch dem Roten vorziehe. Er entschließt sich doch zum Wein.

Hoffmann zieht den Stuhl eng an den Tisch, legt seine Hand auf die von Kunz: Was soll ich im Theater? Holbein denkt, ich komponiere an seiner Oper. Ich bin verliebt, mein Bester.

Kunz zieht behutsam seine Hand zurück. Das wird Mischa wieder wohltun.

Mir, nicht Mischa.

Er hört nicht auf, über Liebe zu philosophieren, und langweilt Kunz, der sich bald verabschiedet.

Die Liebe, erklärt er Pollux, der sich, sobald Hoffmann wieder allein am Tisch sitzt, zu ihm gesellt und den schweren Kopf auf Hoffmanns Bein gelegt hat, die

Liebe, du sprechender Hund, wird so gut wie nie verstanden. Die einen rammeln, die andern prügeln, sie haben keine Ahnung, wie die Liebe den Verstand erleuchten und die Seele erweitern kann. Es gibt einen Horizont, mein teurer Berganza, an dem Himmel und Hölle sich berühren. Da bricht die Erde auf, und der Himmel läuft aus. Du staunst, Hund, daß ich von der Erde als Hölle spreche. Was liegt denn näher? Ich bin betrunken, selbstverständlich bin ich betrunken, doch jener Sinne mächtig, die von der Liebe beansprucht werden, dieser Liebe, der Käthchen-Liebe, der Julia-Passion.

Nanette drängt ihn, nach Hause zu gehen, Sie werden doch erwartet, Hoffmann.

Es hat aufgehört zu schneien. Die Kälte legt sich wie eine Maske auf sein Gesicht. Er zieht eine Spur über den Platz, schaut sich um, geht sie zurück, kehrt von neuem um, bis er sich sagen kann: Jetzt könnte ich mir entgegenkommen.

Mischa wartet auf ihn.

Ein Licht flackert hinterm Fenster, wirft Schatten. Morgen hat er eine Probe für »Belmonte und Constanze«.

Madame Marc kommt am nächsten Tag mit Doktor Marcus im Theater vorbei. Sie habe mit Julia gesprochen. Das Kind, sagt sie. Sie sagt: Das Kind. Das Kind habe sich, zu ihrem Erstaunen, sogar gefreut über eine weitere Gesangstunde in der Woche. Nur, setzt Madame hinzu, denke sie dennoch nicht an eine Karriere als Sängerin, da schreckten sie alle jene aufgeregten Damen ab, die manchmal in ihrem Hause zu Gast seien. Worin Hoffmann sie bestärkt: Alle diese Exaltationen, Verrücktheiten, diese furchtbaren Exzesse in Rivalität wolle er Fräulein Julia wirklich nicht wünschen.

Ktch. Käthchen, Julia, Julchen – sie wird von nun an vierfältig das Tagebuch beherrschen, begleitet vom Schmetterling.
 Ist das nötig? fragt Mischa. Reicht denn eine Stunde nicht?
 Er bleibt ihr die Anwort schuldig. Ich sehne mich nach ihr, könnte er antworten, ich bin süchtig, Mischa, könnte er antworten. Würde ich mir Julia nicht erlauben, wäre es an der Zeit, mich umzubringen. Du bist wahnsinnig, Hoffmann, läßt er Mischa antworten, doch wie immer nicht auf Dauer. Selbst wenn er sie in sein Selbstgespräch mischt, gibt sie ihren Widerstand nicht auf. Und er fragt sich, ob Mischa ihn am Ende nicht wird freigeben müssen, für Käthchen, für Julia.

Seit ein paar Wochen träume ich von Hoffmann. Er nimmt Gestalt an, ist mir gegenwärtig wie ein Bekannter, ein Freund, den ich im Lauf der Jahre aus dem Gedächtnis verloren habe. Der nun aber zurückkehrt in eine Vertrautheit, die mich bestürzt. Er ist ein anderer als der, dessen Bücher ich gelesen, dessen Kompositionen ich gehört habe. In »Kater Murr« und »Undine«, »Kreisler« und »Berganza« finde ich auf einmal Sätze und Tonfolgen, die Bewegungen gleichen, in denen

Luft sich verkörpert. Es sind die Hinterlassenschaften seiner Gestalten im Gedächtnis eines Lesers. Jetzt ist er da, der Kurzatmige aus dem Tagebuch und jener, der den Kreisler erfindet. Er manifestiert sich, wird Person, legt mir nahe, mich mit ihm zu verbinden. Ich wehre mich nicht dagegen, obwohl Erschöpfungen und Ängste ebenso zunehmen wie die Übertragung von Gedanken und Gefühlen. Als ich begann, über ihn zu schreiben, von einem Hoffmann zu erzählen, der der Liebe das Singen beibringt, ihr eine Stimme verleihen will, war meine Ungeduld schon groß. Ich wollte nicht die romantische Liebe erkunden, eher ein poetisches Phänomen, nein, ich wünschte mit Hoffmann in jene Ekstase zu geraten, die es nicht zuläßt, daß das reale Bild der Geliebten dem gedachten gleicht. Genaugenommen will er beides. Julia, Käthchen, Julchen. Der Schmetterling, Hoffmann – wenigstens einmal muß ich Sie anreden –, den Sie durch Ihre Tagebücher flattern lassen, für zwei Jahre, der Schmetterling führt es vor: Berühren wir seine Flügel, ruinieren wir den Schmelz, und er kann nicht mehr fliegen. Er verendet.

Frau Marc läßt es sich nicht nehmen, bei der ersten zusätzlichen Stunde anwesend zu sein. Sie empfängt ihn mit Julia im Musikzimmer, was ihn überrascht und in Verlegenheit versetzt. Die Rolle, die er sich vornahm, kann er jetzt nicht spielen. Er wollte Nähen ausprobieren, vielleicht sogar flüchtige Berührungen.

Jetzt knickt er ein, verbeugt sich vor Mutter und Tochter, küßt beiden die Hand, dabei einen Unterschied zu machen, gelingt ihm nicht. Er fürchtet, schon eine winzige anzügliche Verlängerung des Kusses könnte Madame Marc bemerken. Er bewegt sich hastig, gestikuliert, dreht sich um die eigene Achse, wartet ungeduldig, bis Madame Marc Platz auf dem Diwan nimmt und Julia am Klavier, summt ein paar Takte, die ihm zur Ouvertüre der »Aurora« eingefallen waren, bisher hielt er sie für gelungen, aber nun, Julias Rücken vor sich und die Blicke der Mutter im Rücken, kommen sie ihm banal vor.

Da wir nun ausführlicher Ihre musikalischen Gaben fördern können, Julia, sagt er und hört sich wie einen Fremden, schlage ich Ihnen vor, Sie spielen die Arie an, die Sie zu singen wünschen, von der Sie annehmen, sie falle Ihnen leicht, oder die Ihnen im Gegenteil besonders schwierig und übenswert vorkommt.

Das ist eine hübsche Idee, unterstützt ihn Madame Marc.

So rasch. Nein. Das kann ich nicht, klagt Julia.

Aber doch! mahnt die Mutter.

Ich bitte Sie, Julia. Hoffmann umrundet mit kurzen Schritten den Flügel und läßt Julia dabei nicht aus den Augen: Was fällt Ihnen denn ein, wer? Mozart, Gluck, Zumsteeg, die Zerline, die Susanne, die Constanze? Hören Sie's nicht schon? Klingen Ihnen die Ohren nicht?

Sie lehnt sich zurück, schließt die Augen und gibt vor zu lauschen. Er sieht, wie ihre Brüste sich im Atem senken und heben, und das Blut steigt ihm in den Kopf.

Nun? fragt er heiser.

Stell dich nicht so an, Kind. Frau Marc beugt sich erwartungsvoll nach vorn, faltet die Hände, als bete sie um einen Einfall ihrer Tochter.

Zögernd, als wolle sie widerrufen, spielt Julia auf dem Klavier einen Ton nach dem andern, und die Melodie wird nicht gleich deutlich.

Sie machen mir ein Geschenk. Hoffmann beendet seinen Rundgang, stellt sich neben sie, spürt ihre Wärme: Ja, trösten Sie Masetto, Zerline. Ich habe keine andere erwartet.

Frau Marc jedoch tadelt die Wahl: Gerade die, eine Dienstmagd. Und Masetto ist ein betrogener Esel.

Hoffmanns Leidenschaft antwortet leise: Sie irren, Verehrte, wer wie Masetto getröstet wird, kann nur ein Glückspilz sein, und auf Zerline lasse ich nichts kommen. Mozart hat sie beschenkt mit zweierlei: Sich befreien zu können von der Liebe und die Liebe zu wählen. Mit ihrem Schrei erschreckt und entläßt sie Don Giovanni, der sie begehrt wie keine andere, dieses zur Liebe bestimmte und bereite Geschöpf. Sie hätte ihn wählen können, aber sie blieb frei in ihrer Wahl. Zugegeben, wenn sie Masetto die Seele wärmt, fühlt sie sich überlegen. Mit Recht. Und das, Fräulein Julia, möchte ich auch hören, wenn Sie singen.

Das alles?

Noch mehr.

Womit Hoffmann seinem Exkurs in Sachen Zerline einen Schlußpunkt setzt, Madame Marc ihren Ärger schluckt und Julia sich in Position stellt.

Er beginnt zu spielen und nickt ihr auffordernd zu. Die Aufregung macht ihre Stimme eng. Er wartet eine Weile, bevor er sie unterbricht: Sie stehen nicht auf der Bühne, Julia, und dennoch müssen Sie sehen, was Sie singen. Sie singen für Masetto.

Säße nicht die Mutter hinter ihm, er würde Sie bitten, für ihn zu singen. So wiederholt er, betont und dringlich: Für ihn, für Masetto!

Hat sie ihn verstanden? Während sie singt, tritt sie hinter ihn, wohl um die Noten mitzulesen. Leicht legt sie eine Hand auf seine Schulter und, immer freier singend, beginnt sie ihn zu streicheln. Es fällt ihm schwer, weiterzuspielen.

Sie singt. Zärtlich und sehr nah. Ihre Hände verwachsen mit seiner Schulter, versenden wuchtige, feurige Wellen.

Kaum ist sie zu Ende, entfernt sie sich. Wahrscheinlich wußte sie gar nicht, was sie tat.

Madame Marc gratuliert, erhebt sich, nimmt ihre Tochter in die Arme. Das habe sie ihr nicht zugetraut. Meister Hoffmann verfüge offenbar über besondere pädagogische Gaben.

An der Tür steckt ihm Madame noch das Salär für den Monat zu, damit er nicht vergißt, was seine Stellung ist.

Nachts, aus einem schwarzen Loch stürzend, wälzt er sich zu Mischa, reißt sie an sich, redet sie wach – Mischa, hilf mir, mir wächst der Kopf zu – und nötigt sie, ihn zu lieben.

Als er atemlos neben ihr liegt, sagt er: Ich muß wissen, wie es geht.

Sie versteht ihn sofort. Ich bin deine Frau, Hoffmann, kein Ersatz für eine Liebe, die du nicht lieben kannst, die du dir nur einbildest. Du bist verrückt, und ich muß es erleiden. Nur hoffe ich, es wird sich geben, und wenn ein Blitz neben dich in die Erde fährt.

Beschwör es nicht, Mischa.

Manchmal wünsche ich mir, ich könnte dich verhexen, aber das besorgst du selber.

Am Morgen beginnt er sofort, von Mischa mit einem Napf Kaffee versehen, zu komponieren, um sich abzulenken, seine Gedanken wenigstens für ein paar Stunden von Julia zu lösen, nicht ständig dieser suchenden Rastlosigkeit ausgesetzt und idiotisch erhitzt zu sein, immerfort der Onanie nahe.

Er zwingt sich.

Er klammert sich an den Stuhl.

Er atmet tief aus und ein.

Er befiehlt sich laut: Arbeite, Hoffmann.

Er weiß, Mischa beobachtet ihn durch den Türspalt. Dabei gelingt es ihr sogar, daß seine Gier umspringt, von zwei Düften, von zweierlei Haut und zwei Wesen angezogen. Von Mischa zu Julia. Von Julia zu Mischa.

Er singt, rezitiert, horcht unlustig in sich hinein.

Doch dann wird er bis zum Abend aufgehalten, unterhalten: Ein Besuch folgt dem anderen, eine Neuigkeit tilgt die andere.

Als erster betritt Holbein die Szene, würdig und raumfüllend. Er beansprucht, setzt er voraus, Zeit, um endlich mit ihm die »Aurora« zu besprechen, denn er fürchte, Hoffmann verschleppe die Arbeit.

Was Hoffmann abstreitet, zum Beweis sich vorführt, am frühen Vormittag vor Notenblättern! Was Holbein nur wenig beeindruckt. Er zwingt Hoffmann, mit ihm alle Szenen des ersten Aktes durchzugehen: Ich sehe, Sie haben hier an den Rand Rezitativ notiert. Das muß ein Arioso werden, wenigstens das, es könnte sich auch zu einer Arie auswachsen. Hoffmann pflichtet ihm bei und wiegelt zugleich ab: Arioso, das kann ich mir vorstellen, nur auswachsen, Herr Holbein, auswachsen höre ich hier nichts, nicht einmal das Gras. Es fällt Holbein schwer, sich auf Hoffmanns frivolen Ton einzustellen. Er unterbricht ihn oft und bittet, doch ernsthaft bei der Sache zu bleiben, die Hoffmann gegen Mittag aufgeben kann, da sich überraschend Madame Renner meldet, hereingeführt von Mischa, die mit den Augen rollt, da sie die aufgedonnerte Rennerin nicht leiden kann, was sie in ihrer Ankündigung auch ausdrückt: Entschuldigen Sie, meine Herren, Madame Renner legt Wert auf sofortigen Besuch, sie möchte nämlich bei Hoffmann singen lernen. Eine Unverschämtheit, auf die die Primadonna mit einem Gelächter reagiert, das sich in einer fabelhaften Koloratur zuspitzt. Holbein hingegen erklärt, daß er »die Seine« zu diesem Überfall animiert habe, da sie morgen Himmels »Fanchon, das Leyermädchen« singe und sich bei dem Meister noch einige Ratschläge holen wolle.

Er verabschiedet sich, Mischa verschwindet ebenso. Hoffmann nimmt Platz am Klavier, die Sängerin lockert sich, trällert, läßt den Oberkörper aus der Hüfte kreisen, räuspert sich. Hoffmann begleitet, unterbricht, ruft dazwischen: Con brio, Beste! Das Legato, das Legato!, und Frau Renner stiehlt ihm durchaus anregend die Zeit, bis sie, am späten Mittag, von den Herren Marcus und Kunz abgelöst wird, vielleicht nicht ohne Berechnung, denn Marcus hat ein Auge auf Madame Renner geworfen.

Mischa schweigt dieses Mal und führt Madame Renner zur Tür.

Es ist ein Hin und Her.

Hoffmann steht auf, setzt sich, springt wieder auf, um den Roten aus dem Schränkchen zu holen, doch den beiden ist es ernst, sie wollen versuchen, ihn wenigstens für eine Stunde dieser Kärrnerarbeit zu entreißen, und sich mit einer seiner Gaben beschäftigen, die sie beide, auch wenn sie ihn mit ihrer Ansicht beleidigen sollten, für seine wahre Bestimmung halten.

Hoffmann hebt sein Glas, prostet ihnen zu, wird von einem rheumatischen Schmerz überrascht: Na, da bin ich aber gespannt. Danach grimassiert er und hechelt kurzatmig.

Besorgt beugt sich Doktor Marcus nach vorn, legt eine Hand auf Hoffmanns Knie und sieht ihm ins verzerrte Gesicht. Ihnen ist nicht gut, nicht wahr?

Hoffmann zuckt mit den Schultern und sorgt damit für neu aufkommenden Schmerz: Ein üblicher rheumatischer Anfall. Er wird vergehen. Kommen Sie, lassen Sie uns auf meine wahre Bestimmung trinken, wie immer sie auch ausschaut.

Sie haben, lieber Hoffmann, beginnt Kunz, und Hoffmann fällt ihm ungeduldig ins Wort: Ich habe so gut wie nichts, komme mit dem, was mir meine Arbeit am Theater bringt, nicht aus, und mit dem, was man mir als Gesangslehrer und Damenunterhalter zusteckt, reicht es gerade, zum Monatsende die Schulden in der »Rose« zu bezahlen und Mischa mit einer winzigen Gratifikation zu beruhigen.

Doktor Marcus nickt verständnisvoll, und Kunz fährt fort: Sie wissen, verehrter Meister, daß ich Ihre vielgestaltige Tätigkeit enthusiastisch verfolge, und da ist es mir nicht entgangen, daß Sie neuerdings, nach dem fabelhaften »Ritter Gluck«, weiteres veröffentlicht haben.

Hoffmann lehnt sich geschmeichelt zurück. Mit einem Lob für seine »Dichtungen« hat er nicht gerechnet.

Ja, ja, und das könnte bald mehr sein. Mehr Zeit müßte mir bleiben. Ich habe vor, über Beethovens Sinfonien zu schreiben und die Erzählung eines Hundes.

Eines Hundes? Die beiden Herren staunen und blicken ihn fragend an.

Hoffmann lächelt. Sie werden es lesen.

Ich hoffe es. Kunz scheint mit Hoffmanns Auskunft zufrieden zu sein. Die Zeit fürs Dichten werden Sie sich nehmen, ich bin sicher, und ich, mein Lieber, melde mich als Ihr Verleger an. Mit dieser Ankündigung möchte er Hoffmann erfreuen, doch der gibt einen Schmerzenslaut von sich, faßt sich in den Rücken, stemmt sich hoch, steht schwankend und keuchend vor den beiden:

Ich danke Ihnen. Das sind vielversprechende Aussichten.

Die beiden erheben sich ebenfalls, Marcus streicht ihm über den Rücken und faßt danach an Hoffmanns Stirn. Sie haben, wenn ich mich nicht täusche, Fieber.

Da führt Mischa bereits den nächsten Besuch herein, einen Verwandten von Doktor Marcus, den Vetter Julias, Herrn Doktor med. Friedrich Speyer, der allerdings nicht aus freien Stücken kommt, sondern von Mischa durch einen Boten gerufen wurde. Hoffmann sinkt zurück auf seinen Stuhl, sieht Speyer entgegen, hört, wie die Gäste sich überrascht begrüßen, mit einem dreistimmigen und mehrfachen Mein Lieber. Marcus und Kunz gehen, Speyer setzt sich neben ihn, greift ihm fest in den Nacken, so daß er vor Schmerz hochschnellt, ordnet an, daß er sich unverzüglich ins Bett begebe, ausruhe, es handle sich nicht nur um einen rheumatischen Anfall, er habe starkes Fieber, und wenn das nicht vergehe, müsse er zur Ader gelassen werden, was er ihm aber lieber ersparen wolle. Also solle er sich seinen Anordnungen fügen und den Kräutertee, den ihm Mischa zubereiten werde, trinken, auch wenn das Zeug gallebitter schmecke.

Und ein Wein, lieber Speyer?

Auf den müssen Sie nicht unbedingt verzichten, aber nur in Maßen, verehrter Herr Hoffmann, nur in Maßen.

Hoffmann scheint es, als ob der dünne kleine Mann in der Wand verschwinde.

Auf alle Fälle steht Mischa schon wieder an der Tür, hat vor, ihn ins Bett zu bringen, sagt aber zugleich einen weiteren Gast an, nämlich Pollux: Das Viech, sagt sie, wartet schon längere Zeit vor der Tür, winselnd, und ich bringe es nicht übers Herz, es fortzuschicken. Nur Futter bekommt es nicht von mir.

Sie hilft ihm, sich zu entkleiden, zieht für einen Moment seinen Kopf an ihre Brust: Wenn es nach mir ginge, könntest du eine Weile krank bleiben, nicht sehr, nur ein bissel.

Er widerspricht ihr nicht, schlüpft unter die Decke, bittet sie, Pollux hereinzulassen. Der schwarze Zottelhund ist wie der Blitz zur Stelle, bettet seinen Kopf auf den Bettrand, atmet mit einem tiefen Seufzer durch, und Hoffmann, den die Müdigkeit schwer macht, sieht ihn schwellen, einen gewaltigen Fellbalg, ein röchelndes Ungetüm, noch ehe er einschläft und seine Hand auf den Kopf des Hundes legt, ermahnt er ihn: Übertreib es nicht, Berganza.

Er wacht auf, als Mischa Pollux überredet, sich zu trollen, nach Hause, zu Nanette, denn zu fressen bekomme er hier nichts. Sei verständig, Hund, bat sie, morgen kannst du wiederkommen. Er hat dich ja erfunden. Im Grunde gibt es dich gar nicht. Wie ich manchmal glaube, daß es Julia nicht gibt. Geh schon, Hund.

Pollux gehorcht ihr.

Hoffmann schläft und wacht im Wechsel, es wird dunkel und wieder hell vorm Fenster. Doktor Speyer schaut nach ihm und beschließt, ihn ungeschoren zu lassen.

Erst glaubt er an eine Einbildung, ein zwischen Traum und Wachsein gleitendes Bild: Mischa tritt mit

Julia an sein Bett. Du hast Besuch, Hoffmann, sagt sie und verschwindet aus dem Wachtraum gleich wieder, nicht ohne polnischen Spott: Es ist wohl besser, ich laß euch beide allein.

Er schaut zu ihr hoch.

Grüß Gott. Meine Mama schickt mich, nach Ihnen zu sehen. Wir hätten doch heute Gesangstunde.

Verlegen drückt sie die gefalteten Hände gegen die Brust, die aus dem Dekolleté zu springen droht.

Ich kann es nicht glauben, sagt er.

Daß ich hier bin?

Ja, daß Sie mich besuchen.

Geht es Ihnen besser, Monsieur Hoffmann?

Er bittet sie, sich einen Stuhl zu holen und sich zu ihm zu setzen.

Ich fühle mich springlebendig, versichert er und übertreibt nicht, denn ihre Anwesenheit erregt ihn unsinnig, erhitzt seinen Körper.

Während sie Platz nimmt, den Stuhl zurechtrückt, wälzt er sich auf den Bauch, um zu unterdrücken, was ihn verraten könnte, legt den Kopf zur Seite und kichert.

Sie treiben schon wieder Ihre Späße.

Er hebt den Kopf in den Nacken: Sie irren sich, Julia, die Späße treiben es mit mir.

Das verstehe ich nicht.

Es reicht, wenn ich es verstehe.

Er zieht den Atem ein. Sie duftet.

Wären Sie auch gekommen, wenn Ihre Frau Mutter Sie nicht geschickt hätte?

Sie wünschte es.

Wünschten Sie es auch?

Vielleicht.

Er denkt: Sie hat, wenn sie nicht singt, die Stimme eines trotzigen Kindes.

Er denkt: Sie hat keine Ahnung.

Er denkt: Selbst wenn ich über Zauberkräfte verfügte, brächte ich sie nicht dazu, zu mir unter die Decke zu schlüpfen.

Er denkt: Wenn ich nicht zur Vernunft komme, reite ich auf dem Bett durchs Zimmer.

Langsam, Schmerz vortäuschend, dreht er sich auf den Rücken, schließt die Augen, versucht, sich zu vergessen und nur an sie zu denken.

Morgen können wir die Stunde nachholen.

Besorgt beugt sie sich über ihn, und er fürchtet, sich gleich wieder auf den Bauch wälzen zu müssen.

Sie müssen aber erst ganz gesund sein.

Es war ein rheumatischer Anfall, nicht mehr. Er spielt sich auf. Reden wir doch über Musik. Was haben Sie vor zu singen, Julia?

Ich weiß es nicht. Überrascht rutscht sie auf dem Stuhl hin und her. Darüber habe ich nicht nachgedacht. Sie sind doch krank, Monsieur Hoffmann.

Er lacht, faßt nach ihrer Hand. Das Kind ist komisch. Das Kind. Nur ist sie eben kein Kind mehr. In seinen Gedanken kann sie sich sogar als Kurtisane aufspielen. Nur jetzt nicht, sagt er, noch immer lachend, und versetzt sie von neuem in Erstaunen:

Was jetzt nicht?

Ja, was? Das eine nicht, das andere wohl. Wie wäre es, um die Szene zu vervollkommnen, doch wieder mit Zerline und ihrer Arie für Masetto. Vedrai, carino, se sei buonino/Che bel rimedio ti voglio dar! Er summt, versenkt den Sopran im Baß. Worauf sie protestierend den Kopf schüttelt und die Hand auf seinen Mund legt, er geistesgegenwärtig genug ist, sie zu küssen. Erschrokken zieht sie sie zurück.

Weil Sie so schrecklich gesungen haben, entschuldigt sie sich.

Falsch, doch nicht schrecklich.

Morgen singe ich's Ihnen vor, und Sie begleiten mich, Monsieur Hoffmann.

Es gelingt ihr, sich so zu entfernen, daß er sich keine Mühe geben muß, von neuem zu träumen. Sie spielt. Sie ist behende. Sie beugt sich über ihn, küßt ihn auf die Stirn, singt »Vedrai, carino« und bewegt mit ihrer Eile die Luft. Adieu.

Pollux meldet sich wieder, für die Nacht. Er wird neben Hoffmanns Bett ruhen oder wachen, jedoch nur weil er krank sei und Hundebeistand benötige, wie Mischa findet, zur Gewohnheit dürfe das auf keinen Fall werden. Das Viech stinke.

Er atmet mit dem schwarzen Tier, das selbstverständlich seinen Traum beherrschen wird, Berganza, der Cervantes-Hund.

Und nicht nur er. Auch Julia und ihre Mama nehmen seinen Traum in Anspruch, werden von Berganza charmiert, und damit die Musik ihre Gestalt bekommt, sieht sich der Träumende als Johannes Kreisler.

Was er träumt, hat er später geschrieben.

Aus dem sechzehnjährigen Fräulein Julia wird Cäcilia, die beide in sich vereint, die Heilige der Musik und das verlorene Kind. Und Cäcilia wiederum will keine andere sein als Julia, die von Berganza dem Kapellmeister Kreisler zugeführt wird. Auch Madame Marc erscheint, durchaus bereit für die erotische Konspiration. Julia wird von Berganza eingeladen, auf ihm zu reiten: »Eine leise Röte überflog Cäciliens Wangen, in dem blauen Auge brannte die Begier nach der kindischen Lust – soll ich – soll ich nicht, schien sie zu fragen, indem sie, den Finger an den Mund gelegt, mich freundlich anblickte. Bald saß sie auf meinem Rücken«, erzählt der redende Hund. »Nun ging ich, stolz auf meine Last, den Paßgang des Zelters, der die Königin zum Turnier trägt, und indem vorwärts, rückwärts, seitwärts sich der versammelte Tross anreihte, ging es wie ein Triumphzug den Flur hinauf, hinab.« Frau Marc tritt auf, und Julia, nein, Cäcilia sitzt ab, und der Hund duckt sich vor der »großen, stattlichen Frau von mittleren Jahren«. Sie weist den Hausknecht an: »Gebt dem Hunde zu fressen, und wenn er sich an das Haus gewöhnt, so mag er hier bleiben und des Nachts Wache halten.«

Berganza nutzt ihre Gunst: »Und die Zuneigung des holden Mädchens, der ich gleich mit ganzer Seele ergeben, als ich sie zum ersten Mal sah, brachte mich endlich in die Zimmer. Das Mädchen sang so vortrefflich, daß ich es wohl merkte, wie der Kapellmeister Johannes Kreisler nur *sie* gemeint hat, wenn er von der geheimnisvollen zauberischen Wirkung des Tons der

Sängerin sprach, deren Gesang in seinen Werken lebe oder sie vielmehr dichte.«

Was Hoffmann schon geschrieben hatte oder was er schreiben wollte, träumte er. Oder: Was er träumte, schrieb er. Herr Kunz, der phantasievolle Kaufmann, wird später »Nachricht von den neuesten Schicksalen des Hundes Berganza« veröffentlichen und somit sein erster Verleger sein. Auch sein erster skrupulöser Lektor. Denn Kunz, der in die Geschichte des Hauses Marc einbezogen war, wußte viel, allzuviel, kürzte und strich, um nicht mit der mächtigen Familie in Streit zu geraten.

Mischa weckte ihn: Du hast geredet, Hoffmann, nicht deutsch und nicht polnisch, nicht einmal italienisch. So wie Tote sich unterhalten, die Leute im Himmel oder in der Hölle, weil es da ja nur noch eine Sprache geben kann, damit sich alle verstehen.

Hoffmann reckt sich, fährt mit der Hand am Bettrand entlang: Hast du Pollux hinausgelassen?

Ich glaub dir kein Wort, Hoffmann.

Erst hast du keines verstanden, nun glaubst du mir keines. Begreifst du, daß ich mich für unverstanden halte?

Beim Kaffee plant er den Tag. Er werde bis zum Mittag im Bett bleiben, da der Schmerz nur verdrängt sei und er sich schlapp fühle. Außerdem müsse er die Lektüre seines neuen Lieblingsbuches zu Ende bringen. Lies es, auch wenn es dir schwerfällt. Da wird dir wie von selbst erklärt, was mir Poesie bedeutet.

Seit Tagen ging er mit Jean Pauls »Katzenberger« um. Erlebte die Badereise eines Zynikers mit seiner die

Liebe erwartenden Tochter und einem Herrn Nieß, der ein Dichter ist, aber auch wieder nicht, der seine Werke unter anderem Namen schreibt, der wiederum der eines jungen Offiziers ist, dessen Erscheinen die Tochter, Theoda, die wahre Liebe verdankt. Lauter Sprünge und Spiegelungen, die Sätze wenden sich unterm Licht in immer neuem Glanz. Das ist nach seinem Geschmack, danach ist er süchtig. So stellt er sich Dichtung vor, am Rande der Musik: »Was sind denn Berge und Lichter und Fluren ohne ein liebendes Herz und ein geliebtes? Nur wir beseelen und entseelen den Leib der Welt.« Bis dahin kommt er, immerhin bis zum 40. Summula; er hat, als abschließenden Genuß, noch ein paar Seiten vor sich.

Mischa hilft ihm beim Ankleiden. Er stehe verdächtig wackelnd auf seinen dünnen Beinen. Es ist noch zu früh für die Stunde bei Fräulein Julia. Geh mir bloß nicht in die »Rose«. Schau, daß du Herrn Holbein triffst, wegen der Oper.

Sie entdeckt den ungeleerten Nachttopf unterm Bett, geht zum Gartenfenster und gießt ihn aus.

Hoffmann schaut ihr dabei amüsiert zu: Ich bewundere dich, Mischa, du verbindest das Geistige mit dem Wirklichen ohne jeglichen Unterschied.

Sobald er vors Haus getreten ist, auf dem Platz steht und tief einatmet, mit dem Stock gegen die Schuhe klopft, erhitzen ihn bereits wieder Erinnerung und Erwartung: Julia hat ihn gestern besucht, heute kann er bei ihr sein.

»Julchen«, trägt er in sein Tagebuch ein.

In der Mitte des Platzes, auf halbem Weg zum Theater, kommt ihm ein Geschmack auf die Zunge, der ihn an Rotwein erinnert, worauf er ein paarmal schluckt und als Ziel das Theater mit der »Rose« austauscht.

Jetzt hat er es eilig.

Weit kommt er nicht.

Dittmayer stellt sich ihm breit und fest in den Weg.

Auch bei Jean Paul schießen die bösen Geister zur falschen Zeit aus den Ritzen, denkt er, grüßt, versucht an dem Dirigenten und Bläser und Geiger vorbeizuschlüpfen, der packt ihn derb am Ärmel. Hoffmann hebt den Stock auf halbe Höhe.

Das will ich Ihnen nicht geraten haben, hört er Dittmayer.

Sie haben mir überhaupt nichts zu raten. Er macht sich los.

Dittmayer entschließt sich, höflich zu sein: Ich bitte Sie, Monsieur Hoffmann, mich zu begleiten. Es braucht nicht viel Zeit. Wir haben die ersten Noten für Herrn Holbeins Oper. Sie sind schwer zu lesen. Wir wären Ihnen für Ihre Hilfe dankbar.

Das Orchester probt?

Ja.

Und Sie sind unterwegs.

Ich war auf dem Weg zu Ihnen. Nun sind Sie mir entgegengekommen.

Mit dem Stöckchen zeichnet Hoffmann einen Kreis um sich. Das kommt auf die Perspektive an. Sie mir. Ich Ihnen. Wie man's will. Entgegen vielleicht nicht.

Dittmayer zeigt, die Arme öffnend, daß er mit solchen Spielereien nichts anfangen kann.

Ein Schatten fällt vor Hoffmanns Füße. Berganza, sagt er, du wirst mich begleiten, du kannst Noten lesen.

Dittmayer starrt ihn ratlos an, und Hoffmann spürt seine aufkommende Wut.

Komm, Pollux, befiehlt er.

Er schließt sich Dittmayer an, der, bevor sie das Theater erreichen, noch eine Frage loswerden muß: Wen meinten Sie mit Berganza?

Der kommt später, antwortet Hoffmann und genießt es, Dittmayer fürs erste so gut gestimmt zu haben, daß der seine Gemeinheiten bleibenlassen wird.

Dittmayer hat ein geübtes Gehör.

Hoffmann nimmt auf der Bühne an einem Tisch Platz. Die Musiker bilden einen engen Ring um ihn, rufen ihm Takte zu, singen an, er bittet, fleht: Einer nach dem andern! Er hat Lust, die Noten erst recht durcheinanderzubringen, wahre Kakophonien zu schreiben, Kammerkoliken, wie das Hitzig nach einem Konzert in Warschau genannt hatte, doch er ruft sich zur Ordnung, gibt sich Mühe, bittet um frisches Notenpapier, schreibt ab, schreibt um. Und wenn er unruhig mit den Füßen scharrt, legt ihm Pollux sein schwarzes Haupt auf die Knie.

Die Franzosen marschieren wieder auf.

Ich fürchte, daß wir unter Mangel werden leiden müssen.

Mit dem geringen Salär, das wir bekommen.

Dem Doktor Marcus fehlt es an nichts.

Die Sätze kreuzen sich über seinem gebeugten Kopf.
Hier müßte nach meinem Verständnis ein Des stehen. Dittmayers feister Zeigefinger klopft rechthaberisch aufs Papier. Da! Des! Womit er recht hat. Hoffmann sieht den Finger anschwellen, ein bitterböser Deuter, und schnellt aus der gebückten Haltung hoch, so daß er den einen mit der Achsel gegen das Kinn, den andern mit dem Hinterkopf an die Brust schlägt und zufrieden sieht, wie der Finger sich krümmt und die Hand sich zurückzieht.

Sie werden, ich bin sicher, jetzt auch ohne meine Hilfe zurechtkommen, meine Herren. Er sucht nach dem Stock. Der wird ihm gereicht. Ich habe noch zu tun.

Dittmayer begleitet ihn zum Ausgang. Pollux läuft ihnen voraus, wartet, knurrt, jetzt könnte er reden, hofft Hoffmann, wenn Dittmayer nicht so harthörig wäre.

Auf dem Gang zum Marcschen Haus wechseln seine Empfindungen. Er wird inwendig schneller, erzählt sich, was passieren wird, passieren könnte. Ich habe einen Geschmack von Weiß auf der Zunge, erklärt er Pollux, der verständnisvoll mit dem Schwanz wedelt. Woher weiß ich, wie Weiß schmeckt?

Für einen Besuch in der »Rose« bleibt ihm keine Zeit mehr. Geh nach Hause zu Nanette, rät er Pollux, Madame Marc wird dich unfreundlich empfangen. Das wiederum kann ich nicht brauchen.

Das Tier gehorcht ihm, setzt sich, schaut ihm nach. Aus dem Fenster kann Mischa, denkt er, ihn wie auf einem Bild sehen: Ein paar Leute auf dem Platz, in seiner Mitte ein schwarzer Höllenhund, der über die Kraft verfügt, sie alle auseinanderzutreiben, ins Feuer hinein oder eben in die Casa Marc.

Esperanza, Hoffnung, schreibt er in dieser Zeit ins Tagebuch, und etwas später malt er eine langläufige Pistole, die nichts anderes bedeutet als den gewünschten Tod.

Das Hausmädchen öffnet: Die gnädige Frau erwarte ihn. Oder sagt sie Madame? Oder sagt sie: Frau Marc? Das fragt er sich, als er in den Salon tritt, und entscheidet sich für Gnädigste und küßt ihr nach polnischer Art die Hand.

Sie erkundigt sich nach seinem Befinden. Julia habe ihr erzählt, wie das Fieber ihn geplagt habe.

Er habe sich rasch erholt.

Julia singt. Er hört sie nebenan singen.

Julchen bereitet sich schon vor. Frau Marc hält ihn nicht länger auf, hat offenbar auch nicht vor, dabeizubleiben.

Julia steht mitten im Zimmer und wartet darauf, bewundert zu werden: Ganz in Weiß, in einem aufwendigen Kleid, unpassend für den Nachmittag. Sie vergißt, ihn zu begrüßen, fragt und erklärt in einem: Am Samstag ist Ball in der Harmonie. Werden Sie auch da sein?

Aber ja. Er hat mit Mischa deswegen gestritten. Sie hat ihm vorgeworfen, sie dort sitzenzulassen unter lauter Fremden, die bambergisch untereinander redeten. Oder sie fragen mich nach dir aus, hat sie gesagt, und am Ende wirst du wieder betrunken sein, Hoffmann.

Aber ja, wiederholt er, geht um Julia herum wie um eine Statue, wehrt sich dieses Mal nicht gegen die Hitze, die in ihm aufsteigt: Das Kleid gefällt mir sehr. Er nickt beifällig, will sich ans Klavier setzen, hebt, als er sieht, daß sie sprechen möchte, abwehrend die Hand: Fragen Sie nicht. Ich sage es Ihnen: Die Dame, die es trägt, gefällt mir natürlich bei weitem mehr.

Sie wendet sich ab, um ihre Verlegenheit zu verbergen. Nicht ohne Genugtuung beobachtet er, wie ein Schauer ihren Rücken zusammenzieht. Er könnte sich jetzt hinter sie stellen, sehr nah, und ausprobieren, ob seine Erregung auf sie überspringe.

Mit einer beißenden Quint verlangt er ihre Aufmerksamkeit: Kommen Sie, wir wollen die Zeit nützen. Sie haben ja schon geübt. Noch einmal die Zerline, und dann versuchen wir's mit Paisiellos »Barbiere«, der Rosina. Sie faltet die Hände, nimmt Aufstellung neben dem Flügel. Er hat ein anderes Bild von ihr. So ist sie wieder das brave Mädchen, das singen lernen soll, weil es sich für ein braves Mädchen so gehört. Er spielt die Arie an, bricht wieder ab: Haben Sie eine Ahnung, wie Weiß schmeckt? Er bringt sie aus der Fassung.

Sie beugt sich über den Flügel, sehr ernst, die Zunge zwischen den Lippen. Weiß? Sie wiegt den Kopf. Eine Farbe kann nicht schmecken.

Oh doch, Fräulein Julia. Wenn ich Sie anschaue, in ihrem festlichen Kleid, komme ich auf den Geschmack. Nach einem Atemzug fügt er erklärend hinzu: Auf den Geschmack von Weiß.

Ihre Augen verdunkeln sich. Es ist ihm klar, daß er eine Spur zu weit gegangen ist, sie nicht weiß, ob er spielt, ob er sie beleidigen will oder ihr einen unanständigen Antrag macht.

Sie richtet sich auf, wehrt sich gegen seine Zumutung: Weiß hat keinen Geschmack. Sie spaßen.

Er setzt mit der Begleitung ein, hebt den Kopf ein wenig an, fordert sie auf zu singen.

Diese Zerline kennt er noch nicht. Sie ist ungehalten, wenigstens in den ersten Takten. Wie kann sie mir nichts, dir nichts aus Liebe trösten, wenn sie eben noch gefoppt und bedrängt wurde – von einem, der nie und nimmer begreifen wird, ein Spieler, der eine unverständliche Sprache redet, aus einer Welt kommt, in der sie eingehen und verkommen würde. Ihre Stimme bündelt sich, gewinnt an Kraft und Helligkeit. Und allmählich auch an Wärme.

Jetzt verblüfft sie ihn nicht nur, sondern überwältigt ihn.

Dem Schluß der Arie, »Sentilo battere, toccami qua«, lauscht er nach, und sie scheint sich über sich selbst zu wundern.

Dieser Raum, der sie beide aufgenommen hat, darf nicht gleich wieder verlorengehen. Die Spannung, aus der sie sang, kann nur Liebe sein, sagt er sich, eine Liebe, die sie noch nicht kennt, aber mit Musik durchdringt.

Ihr Gesicht glüht. Sie hat sich verausgabt. Ihre Brust hebt und senkt sich. Es fehlt nicht viel, daß er aufsteht und sie umarmt.

Da capo, sagt er leise.

Das kann ich nicht.

Sie können es, Sie müssen es, Fräulein Julia. Sie verschenken einen raren Augenblick.

Aber ich habe doch schon recht gut gesungen.

Sehr gut sogar. Nur fehlt etwas Wesentliches. Bilden Sie sich nie ein, eine andere zu sein, sehnen Sie sich nicht danach, in eine Rolle zu schlüpfen, die Ihr Wesen steigert, Ihre Gefühle bereichert, Ihre Erfahrungen vertieft?

Sie hört ihm mit halb geöffnetem Mund zu, hat den Arm vor ihren Busen gelegt, wie um ihn vor seinen Blikken zu schützen. Sie verrät sich nicht. Vielleicht, sagt sie mit einer Kinderstimme, die ihn wütend macht und erregt.

Ein Vielleicht gilt da nicht. Wie oft denke ich mir aus, ein anderer zu sein. Nicht gerade der Herr Doktor Marcus oder Dittmayer, das fiele mir schwer, aber, sagen wir doch Giovanni oder Figaro oder, aus einer ganz anderen Sphäre, in der die Wörter zu Instrumenten werden, Siebenkäs.

Sie runzelt die Stirn und pfeift durch die Zähne: Also ein Siebenkäs möchte ich nun wirklich nicht sein.

Er beginnt auf dem Klavierstuhl zu schaukeln, um seine Begierde zurechtzurütteln und zu beruhigen: Das wäre auch zuviel verlangt. Aber Lenette! Ich werde Ihnen die drei Bändchen von Jean Paul schenken, schleunigst, denn das nicht zu kennen –

Mir reicht es schon, die Noten zu stapeln, die Sie Mama verkaufen. Und zu singen!

Und Zerline? Was ist mit ihr? Wollten Sie Zerline sein, Julia?

Endlich gelingt es ihm, sie einzustimmen, einzufangen.

Sie reagiert, wie er wünscht, tritt vom Flügel weg zum Fenster, summt, singt andeutend: Batti, batti o bel Masetto.

Was für eine Person, wie anmutig, wie selbstbewußt.

Mit dem Rücken zu ihm bleibt sie stehen. Zerline? fragt sie, dreht sich auf dem Absatz um: Oder ich? Womit sie sich selber erschreckt. Sie schlägt sich mit der flachen Hand auf den Mund, macht einen Knicks und kichert.

Nun sind Sie schon Zerline.

Ja?

Spüren Sie nicht ihre Kraft, ihren Übermut?

Vergnügt sieht er zu, wie sie sich die Zerline austreiben und die Abweisende spielen möchte, Julia, so wie es sich gehört, wenn Frau Mama überraschend ins Zimmer tritt.

Das gehört sich nicht.

Wie wollen Sie dann die Zerline con amore singen?

Hab ich das nicht?

Nicht ganz. Sie haben es nicht gewagt, Zerline zu sein.

Trocken lacht sie gegen diesen Wunsch an. Wir sind doch nicht im Theater. Dabei kommt sie Schritt für Schritt zurück zum Klavier.

Da capo? fragt er, macht einen Buckel, berührt mit der Stirn fast die Tasten. Noch spielt er nicht. Sie könnte ihm nicht folgen. Ohne Begleitung singt er: »O Dio, Zerlina, Zerlina mia, soccorso!«, wartet einen Moment, drückt den Schädel gegen das Klavier und sagt im Ausatmen, wobei er nur einer unerhörten Spannung nachgibt: Da capo!

Er spielt. Sie stellt sich nicht in Position, bleibt neben ihm, schaut über seine Schulter gebeugt, auf die Noten: »Vedrai, carino.«

Nein, er kann kein Masetto sein, er bleibt ein Schurke, der eine Arglose verführt, sagt er sich und widerruft sofort, denn ihre Hände umschließen warm seinen Nacken, bewegen sich sanft, wandern über die Schultern und wieder zurück: Zerline tröstet tatsächlich Masetto, nur verliert die Stimme dabei ihren Schmelz, und das Vibrato nimmt überhand. Als sie »eo certo balsam« mehr haucht als singt, kraulen tausend Finger seinen Nacken, und er stemmt sich mit aller Macht gegen eine Lust, die gewalttätig werden will.

Sie wartet.

Er wartet.

Er hört ihren Atem, setzt sich aufrecht. Er stöhnt, krächzt, was Julia irritiert, sie entfernt sich ein wenig von ihm.

Nein, ächzt er, schluckt, schmiert den Gaumen und hat seine Stimme wieder: Jetzt! Seine Hand gleitet über die Tasten. Er schlägt ein A an, den Kammerton fürs ganze große Orchester, für alle Instrumente: Jetzt, immer am Ende dieser Arie, wird Masetto von Zerline geküßt.

Es kann sein, sie hat auf seine Aufforderung gewartet. Rasch legt sie ihre Wange an seine und küßt ihn unters

Auge. Danach eilt sie zur Tür, öffnet sie, ohne daß die Mama erscheint, und erklärt die Stunde für beendet, als sei es ein Leichtes, aus der Zerline in die Julia zurückzufinden.

Er sucht seine Sachen zusammen, den Stock, den Hut, die Pellerine, sie weicht zurück, gibt ihm nicht einmal die Hand, doch ihre Augen schwimmen, stellt er mit Genugtuung fest, und ihre Lippen sind prall.

Vergessen Sie den Ball nicht, morgen abend in der Harmonie, Herr Musikdirektor.

Wie könnte ich.

»Bei Marc.« »Bei Kunz.« »Bei Holbein.«

Er hastet von Station zu Station, wechselt die Reden aus, verspricht und schwadroniert:

Die Ouvertüre für das Quodlibet werde selbstverständlich pünktlich fertig. Die »Aurora« ebenso. Unaufgefordert und heimlich komponiert er jedoch an einem Sextett. Und Ktch. in Gedanken stets dabei, ein Schmetterling, ein Bild auf dem Grund des Weinglases. »In ihr leben«. In seinem Tagebuch hüpft er von einem Gedankenstrich zum andern. Was er zwischen ihnen zum besten gibt, sind rasende Kürzel. Die Vernunft droht ihm abhanden zu kommen.

Mischa hat keine Lust, ihn auf den Ball zu begleiten. An den letzten erinnere sie sich mit Schaudern. Er habe, furchtbar betrunken, sich zum Spott aller gemacht, indem er alleine tanzte, wenn man das noch als Tanz bezeichnen könne, eine widerliche Taumelei, und die Meute, die Spießer hätten geklatscht, ihn angefeuert, ihn, wenn er gegen sie gewankt sei, wieder in die Mitte des Kreises gestoßen.

Willst du mir das noch einmal bieten? Sie steht vor ihm, stößt ihn, wie die Zuschauer in der Harmonie ihn gestoßen haben. Willst du?

Sich und sie beruhigend, schließt er sie in die Arme und weicht ihren Blicken aus. Ich werde weniger trinken.

Das habe ich schon oft gehört, Hoffmann. Du schwörst, du schwindelst, du hältst dich an nichts.

An dich.

Am wenigsten.

Er versucht sie zu ein paar Tanzschritten zu bewegen, verbeugt sich vor ihr, läuft zum Klavier, starrt auf die Tasten, berührt sie nicht: Du weißt, Mischa, die Arbeit, die Stunden, die Verpflichtungen – alles wächst mir über den Kopf.

In den Kopf, Hoffmann. Und dieses Fräulein hat dir den Kopf verdreht. Rede mir bloß nicht von ihrer allerliebsten Stimme.

Aber doch!

Mich kannst du nicht täuschen. Es ist nicht das erste Mal. Denk an die Stimmen, diese schönen körperlichen Stimmen in Warschau, Sirenen möchte ich sie nennen, und ich erinnere dich, lang ist es ja noch nicht her, an die Blonde. Was weiß ich, wozu sie dich benützt hat. Vielleicht als Stimmgabel.

Du beleidigst mich.

Das möchte ich, Hoffmann. Denn du verletzt mich, tust mir weh, Tag für Tag, Nacht für Nacht, falls du überhaupt nach Hause kommst.

Sie setzt sich an den Tisch, schlägt die Hände vors Gesicht, zieht die Schultern hoch und beginnt zu schluchzen, womit sie ihn, was sie weiß, aus dem Zimmer treibt, aus dem Haus, wenn nicht hinüber ins Theater, dann zu Pollux und Nanette in die »Rose«, zu einem Glas Roten, nein, zu mehreren Gläsern, da er die Gedanken an ihre Tränen wegschwemmen möchte.

Hoffmann! ruft sie ihm zaghaft nach. Er hört sie nicht mehr. Sie wird sich seiner Bitte fügen, gleich ihr Ballkleid aus dem Schrank holen, nachsehen, ob keine Naht aufgegangen, keine Applikation lose ist, und er wird sich mit Nanette und Pollux unterhalten, die vielleicht dafür sorgen, daß er nicht betrunken nach Hause kommt und sich in aller Eile umzieht für den Abend.

Wir müssen nicht die ersten sein, Hoffmann, da wir, was ich dir voraussagen kann, als letzte gehen werden.

Er hört sie nicht, nimmt sie nicht wahr. Er fürchtet diesen Ton, dieses polnische Gequengel.

Jetzt trinkt sie einen Schluck, um in Stimmung zu kommen.

Er kann nicht stillhalten, sich der Galvanik seiner Glieder nicht widersetzen. Deshalb tanzt er schon im voraus, macht größere und kleinere Sätze, klatscht die Schuhe in der Luft zusammen, geht in die Knie, richtet sich federnd wieder auf, verzieht sein Gesicht, spürt, wie das Kinn, die Schläfen, die Nase gegen die Haut drängen, und Mischa, in der offenen Tür, schön und üppig, geschmückt für das Fest, beobachtet ihn dabei.

So verrückt hast du's noch nie getrieben, Hoffmann. Deine Liebe muß wirklich eine Krankheit sein.

Wie um ihr das Gegenteil zu beweisen, wird er mit einem Schlag still, steht aufrecht, schwankt ein wenig: Du kränkst mich, Mischa. Immerhin bin ich preußischer Regierungsrat. Nur hat sich mein König vor Napoleon in meiner Vaterstadt Königsberg verschanzt und mich in Bamberg ausgesetzt.

Er geht ans Klavier. Mischa zuliebe wählt er Mozarts c-Moll-Sonate. Mit dem Allegro lädt er sie nicht zum Tanz ein, sondern wiederholt, melancholischer, sein verrücktes Solo von vorher. Den abschließenden Satz spielt er eigentümlich verzerrt, wie aus einer miserablen Erinnerung.

Mischa, die stehengeblieben ist, gegen den Türrahmen gelehnt, um ihr Kleid zu schonen, schüttelt den Kopf: Deine Art zu lieben werde ich nie verstehen.

Er lacht, wiederholt viel zu heftig die letzten Takte: Es heißt, Mozart hat die Sonate einer Schülerin gewidmet. Einer Stimme.

Es ist Zeit. Sie wendet sich so heftig, daß der Rock rauscht, zum Gehen: Komm, Hoffmann, deine Stimme wartet.

Unterwegs hängt sich Mischa bei ihm ein. Du entfernst dich schon, sagt sie leise. Du veränderst dich.

Sie hat recht. Wieder zerrt die Erwartung an ihm. Die Schamlosigkeit rast durch seine Adern, und alle Gedanken schießen zusammen zu einem. Er geht blind, geführt von Mischa, auf Julia zu.

Sie haben ihre Plätze am Tisch der großen Marc-Sippe. Er verbeugt sich. Die Gesichter kommen auf ihn zu, werden größer, verzerren sich und platzen.

Erfreut, sagt er, schreit: Erfreut!

Mischa läßt ihn los.

Die Lichter flackern zu heftig, Herr Dittmayer spielt auf mit der Theaterkapelle.

Er hört sich zu wie ein Bauchredner seiner zweiten Stimme: Wir sind zu spät. Sie müssen entschuldigen. Die Arbeit an der »Aurora«.

Mischa zieht ihn auf seinen Stuhl.

Er springt wieder auf.

Ich bitte dich, bleib erst einmal hier und trink einen Schluck.

Ihre Stimme klingt, als schreie sie hinter einer Wand.

Ja, so, ja, gewiß. Er trinkt rasch, lehnt sich zurück, schaut zu den Tanzenden. Doktor Speyer, der ihm gegenüber sitzt, folgt seinem Blick: Das Julchen tanzt zu meiner Überraschung ausgezeichnet. Die Herren reißen sich nur so um sie. Haben Sie ihr das beigebracht? Was er natürlich ironisch meint und Hoffmann so versteht. Was ihn aber auch herausfordert.

Er schnellt vom Stuhl, winkelt die Arme geziert an, parodiert die Tanzmeisterhaltung, verbeugt sich automatengleich vor allen und vor keinem, hört Mischa, die ihn warnt, sich nicht zu übernehmen, zu erhitzen, vergeblich, denn er drängt schon, seitdem er Julia sieht, in einem lindgrünen, ausschwingenden Kleid mit weißen Bordüren, die Haare streng an den Kopf gekämmt, an das Köpfchen, lachend und außer Atem in den Armen eines Kerls, der es nicht verdient, auch nur in ihrer Nähe zu weilen, aber seine Attacke soll nicht plump ausfallen, er will der Bande nicht gleich Gelegenheit geben, die Mäuler zu wetzen, obwohl sie natürlich ein Recht darauf hat, wenn er, Hoffmann, Kapellmeister, Komponist, Dichter und Maler, sie auf einem Ball beehrt, er wird sie früh genug verprellen, also hüpft er, ein Tanzmeister eigenster Erfindung, wünscht, daß Pollux ihm schwanzwedelnd folgt, Berganza, sein Hund für die Poesie, kreiselt um sich selbst, die Arme noch immer gewinkelt, bis er, auf halbem Weg zu Julia, sich selbst umarmt, »der Dichter und der Musiker gebärden sich wie närrisch, indem sie sich einmal über das andere umarmten und dabei heiße Tränen vergossen. Man hat Cäcilien gebeten, den Abend über in den fantastischen Kleidern der Heiligen zu bleiben. Sie hatte es aber mit feinem Sinn ausgeschlagen, und als sie nun in ihrem gewöhnlichen, einfachen Schmuck in der Gesellschaft erschien, strömte alles mit der größten Lobeserhebung auf sie zu, indem sie mit kindlicher Unbefangenheit nicht begreifen konnte, was man denn so lobe –«, er stockt und stolpert, versteckt sich hinter Paaren, tanzt gewagte Schritte auf sie zu, nur auf sie, auf Cäcilia, auf Julia, und damit Berganza ihm nicht fehle, knurrt er mitunter, womit er wiederum die Tanzenden erheitert oder erschreckt, der verrückte Hoffmann, einer, dem nicht zu trauen ist, ein Genius, ein Säufer, und seine arme polnische Frau, die seinem wüsten Treiben zusehen muß, unterhält sich mit seinem anderen, seinem gedemütigten Ich, das er schleunigst aus dem Saal treiben möchte, jetzt, sagt er laut, strafft sich, er hat sich Julia und ihrem Tänzer auf zehn Schritte genähert, schon muß die Aura seiner Liebe sie einschließen, hofft er, und verbeugt sich: Mein Herr, darf ich Ihnen Ihre Dame entführen, bittet ihn nicht, droht ihm, hält die Arme wieder angewinkelt, nun aber, als widere ihn dieser Bursche an, der Cäcilia beschmutzt, Julia, Julchen, Käthchen, und sie trennt sich von dem jungen Herrn, eher aus Angst, erlaubt es Hoffmann, sie zu führen, die ersten Schritte sehr vorsichtig mit ihr zu tanzen, sie einzuatmen und aus sich herauszutreten, vielleicht als Don Giovanni: Guten Abend, Fräulein Julia, sagt er, und sie wendet sich ein wenig aus seinen Armen: Hätten Sie sich denn nicht gedulden können, bis dieser Tanz zu Ende ist, lieber Herr Hoffmann?, immerhin setzt sie seinem Namen ein samtenes »lieber« voran, und er zieht sie wieder fest an sich, führt ihr seine Ungeduld vor, erklärt ihr, daß sie leuchte: Sie leuchten, Fräulein Julia, Sie sind ein Gestirn an diesem verschmutzten Himmel, worauf sie von neuem sich etwas lösen will, er es aber nicht gestattet, sich schneller und gegen den Takt dreht, sie sich beklagt, es könnte ihr schwindelig werden, und er auf Dittmayer flucht, diesen Banausen, diesen Schnurrpfeifer, der vorgebe, Geige spielen zu können, und sie ihm widerspricht, der habe doch seine Verdienste und sei ein ausgezeichneter Dirigent, womit sie ihn beleidigt, sein Tempo aber drosselt, so daß sie ihn, atemlos, bitten kann, sie nach diesem Tanz zum Tisch zu führen, was er auch tut, sie und sich bei dem Gang durch den Saal gleichsam ausstellt, doch insgeheim verlangt es ihn, sie an sich zu reißen und sich zugleich zurechtzurufen, daß er ein solch engelsgleiches Geschöpf nicht seinen Begierden aussetzen dürfe, sie sitzt ihm gegenüber, mit ihrer Mutter, die Familie, die ganze Marc-Familie setzt rund um die Tafel ein Gespräch fort über Holbein und seine Sängerin, die wiederum am Nachbartisch sich über Marcs unterhalten, über die kleine Sängerin Julia und ihren exaltierten Lehrmeister. Er könnte, wenn es nach ihm ginge, jeden Part übernehmen, nur sinkt er in sich zusammen, trinkt schnell und gierig, was Mischa mit Schrecken verfolgt und nach einer Weile feucht in sein Ohr hineinredet: Ich bitte dich, Hoffmann, es wird wieder einen Skandal geben, du wirst, wie so oft bei solchen Gelegenheiten, die Contenance verlieren, und laß mir, ich bitte dich, das Mädchen in Frieden. Wort für Wort stößt sie, geschmiert, in sein Ohr hinein, eine kitzlige Angelegenheit, die ihn, obwohl er brüllen oder heulen möchte, in ein Gelächter ausbrechen läßt, das sich wie Eselsgeschrei anhört und sofort die Aufmerksamkeit aller fordert, wozu er gleich eine Erklärung gibt, locker und lachend: Meine liebe Mischa hat mir eine winzige Schweinigelei geflüstert, verstehen Sie, nichts weiter, Mischas Verlegenheit nicht in acht nimmt, sondern, trinkend, sich mit den Armen auf dem Tisch aufstützend, Julia mit Blicken verschlingt, die sich nicht anders zu helfen weiß, als ihren Onkel, Doktor Marcus, zum nächsten Tanz aufzufordern, ihn, ihren unausgesprochenen Liebhaber, ihren Anbeter vor den Kopf stößt, was er mit weiterem Roten eben noch erträgt, worauf Mischa ihn energisch unter dem Arm faßt und, durchaus für alle, die es hören wollen, erklärt: Einmal solltest du wenigstens mit deiner polnischen Frau tanzen, Hoffmann, denn sitzengelassen werden möchte ich nicht für diesen Abend. Und überhaupt nicht.

Er gibt ihr nach, setzt ein Spiel fort, das er sich noch nicht ganz ausgedacht hat, in das er aber Julia zurückholen will, mit welchen Listen und Einfällen auch immer, und Dittmayer, der vielleicht Mischa gehört hat, beginnt mit seinen Musikern eine Polonaise, was Mischa bestärkt, ihn aus der Marcschen Runde zu entführen.

Er tanzt hinter sich her. Er verbeugt sich.

Mischa knickt graziös in die Knie und breitet das Kleid um sich aus.

Er sieht ihr und sich zu. Sein Blick vervielfältigt sich, er schaut mit dem ganzen Saal, lüstern und voller Erwartung, daß er, Hoffmann, aus der Rolle fallen werde. Er ordnet sich mit Mischa in die sich rasch bewegende Kolonne der Tanzenden ein.

Meine Polin ist schön, sagt er zu Mischa, sagt es jedoch auch zu Julia, die nicht weit entfernt mit Doktor Marcus tanzt, nur ist es ihm noch nicht gelungen, das Mädchen eifersüchtig zu machen.

Mischa zieht ihn an sich: Red keinen Unsinn, tanze, Hoffmann. Er verkürzt seine Schritte, probiert waghalsige Figuren gegen die Ordnung der andern, skandiert seinen Rhythmus, schließlich weiß er ihn am besten, ein Musiker, dem der Tölpel, der Bratschenzersäger Dittmayer, nicht das Wasser reichen kann.

Wütend schnauft er Mischa ins Dekolleté, sie biegt sich weit zurück: Du kitzelst mich, Hoffmann.

Nun könnte er Julia, die er anstelle Mischas im Arm halten möchte, überreden, könnte sie heiß und fügsam machen mit seiner Erinnerung an Mischas Leib, an ihre Wärme.

Meine Posener Aphrodite, sagt er wieder laut, und Mischa erwidert ihm mit einem allzu lauten Gelächter, worauf er sie mit gestrecktem Arm auf Distanz hält, nicht mehr im Schritt bleibt, vorsätzlich stolpert, taumelt, sich von Mischa auffangen läßt, sie mit der Erklärung überrascht, nicht mehr tanzen zu können, denn wenn es so weitergehe, gerate er durcheinander und beleidige auch sie. Es könnte zu einem Skandal kommen, für den es noch zu früh sei.

Ich bin es. Mit mir tanzt du, Hoffmann.

Mit ihr auch, Mischa.

Sie lassen die Tanzenden an sich vorüber. Mischa hält ihn an beiden Händen fest, noch etwas außer Atem. Er spiegelt sich in ihren großen Augen, ein Spitzkopf, eine Narrenvisage.

So also siehst du mich, stellt er in Gedanken fest.

Sie zieht ihn noch mehr zur Seite, rüttelt seine Arme.

Nicht einmal durch Schütteln wird es mit dir besser, Hoffmann. Wie soll ich dich sehen?

So, wie ich dich sehe.

Das möchte ich um Himmels willen nicht, Hoffmann. Was weißt du.

Ihr Lächeln kann sich auf eine Weise weiten und wärmen, daß er sich zu Hause fühlt. Ich fürchte, du gehst mir verloren, wenn du dich weiter in diese Liebesphantasien hineinsteigerst.

Nicht dir, Mischa, mir!

Das Lächeln erlischt in ihren Zügen; ihr Gesicht verschließt sich. Sie läßt ihn los. Wortlos kehren sie zurück zur Marcschen Tafel.

Nun? hört er fragen, vielleicht Frau Marc mit der Stimme Doktor Speyers oder Stengel mit der Stimme von Madame Renner.

Er lehnt sich zurück, läßt seinen Blick schweifen. Die mit dunklem Holz verschalten Wände, die schweren, samtenen Vorhänge könnten eine Bühne umschließen, die er gebaut hat. Bloß fehlen ihm die Stimmen. Welch wunderbarer Tumult entstünde, brächen Donna Anna und Don Octavio in diese Versammlung von Kleingeistern ein. Die würden die großen Gefühlsausbrüche nicht ertragen, sich kuschen.

Er trinkt in langen Zügen.

Mischas Hand legt sich auf seinen Arm.

Nun? hört er von neuem. Was erwarten sie von ihm? Julia tanzt, abgegeben von Doktor Marcus an einen Unbekannten.

Nachdenklich, aber auch sonderbar gleichgültig hebt er den Pokal, spiegelt sich im Glas, im roten Wein und lauscht einer anderen Musik als der Dittmayers. Es ist nicht die seine, aber es kommt ihm vor, als kenne er sie und sie habe mit ihm zu tun.

Er muß warten, bis Julia wieder an den Tisch zurückkehrt, denn er möchte für sie auf das fragende Nun antworten. Spielerisch findet er den Anfang, ein Kantabile, ein Name und zugleich die Beschwörung einer seiner Sehnsüchte:

Venedig, beginnt er und gewinnt sogleich die Aufmerksamkeit aller, Venedig – und Mischa, die ahnt, daß er ein unmögliches Abenteuer auftischen wird, ein Reisender in der Phantasie, klopft warnend mit dem Schuh gegen seinen Knöchel –, in Venedig, dieser märchenhaften Stadt, in der Liebe und Tod sich in die Arme fallen, wären mein alter Freund Hippel und ich beinahe verlorengegangen.

Sie rücken die Stühle zurecht.

Marcus schenkt rundum ein.

Ihre Gesichter werden flach vor lauter Neugier.

Er konzentriert sich auf Julia, die, nicht besonders beteiligt, ihre Finger in den Falten des Tischtuches laufen läßt. Er wird sie überreden, fesseln, in seine Geschichte hineinziehen.

Es ist, sagt Mischa sehr leise ...

... die Wahrheit, ergänzt er, lehnt sich zurück und sucht Julias Blick:

Wir hatten Quartier in einem unauffälligen Palazzo in der Nähe der Frari-Kirche gefunden, und schon beim ersten Ausgang entzückte uns das Leben im Quartier. Die Fremden waren stets zu erkennen, an ihrer Zurückhaltung, und sie schienen fortwährend erschreckt. Doch von was? fragten wir uns, ebenfalls fremd, bis wir ergriffen wurden von dem Treiben um uns herum, erkannten, was geschah: Die Einheimischen spielten Leben, jede und jeder brillierte in seiner Rolle, die Gondolieri ebenso wie die Bettler, die noblen Damen ebenso wie die Offiziere. Sie spielten. Und als ich meinem Hippel erklärte, daß sie nachts, sie alle, entweder in die steinernen Mauern zurückträten oder ins Wasser tauchten, stimmte er mir selbstverständlich zu, und beim Wein übertrafen wir uns in der Schilderung leerer prächtiger Räume, nie bewohnt, nur belebt, wenn Gäste von auswärts sich ansagten und wenn Feste gefeiert wurden, dies allerdings in solcher Fülle und mit solcher Ausdauer, daß die Venezianer doch oft genug ihre Stein- und Wasserverstecke verlassen konnten. Natürlich ließen wir uns schon in den ersten Tagen von einem Gondoliere die kleinen Wassergassen und den Canal Grande vorführen und verfielen vollends dem venezianischen Delir, als wir den Bildern in den Galerien und in den Kirchen unsere Aufwartung machten und, oft zufällig, die strahlendsten Stimmen aus Sälen und Spelunken hörten, geführt von Monteverdi, Vivaldi, Carissimi. Geh nicht zu weit, mein Freund, warnte mich Hippel immer wieder, denn er kannte nur zu gut meine Bereitschaft, einer Stimme zu verfallen, auf ihre Verkörperung zu bestehen. Noch hatte die venezianische Liebe keine Gestalt gefunden, kein Inbild, doch die Stimmen bereiteten mich vor, bis ich jene eine Stimme vernahm.

Er unterbricht sich, trinkt, fixiert über den Rand des Glases Julia so unverhohlen, daß Speyer aus Verlegenheit sich genötigt sieht, in die Hände zu klatschen und den Erzähler zur Ordnung und in die Gegenwart zurückzurufen: Ihre Sympathie für den Gesang und besonders für Sängerinnen, lieber Meister Hoffmann, ist uns Bambergern nicht entgangen, und ich frage mich, ob eine venezianische Abschweifung als Beispiel noch nötig ist.

Hoffmann läßt sich nicht beirren. Ärgerlich stampft er mit dem Fuß auf, danach legt er den Finger an die Lippen und fährt fort, als wolle er noch einmal das gleiche Lied beginnen, nur mit einer anderen Strophe.

Wir haben, von Padua kommend, Venedig mit dem Schiff erreicht, fuhren die Brenta hinunter, an Villen entlang, deren marmorne Säulen noch nachts ein mildes Licht abgaben, so daß der Mond sich an die Sonne erinnern konnte, und dort hatte jene Stimme ihr Sommerquartier, die wir im Frühjahr hörten, ein paar Tage nach dem Karneval. Noch immer irrten vereinzelt Masken durch die Gassen, selbstverloren, verwildert, und wir sahen zu, wie sie eingefangen wurden von alten Frauen, von Kindern. Aufgeregte Rufe kündigten die Stimme an, eine Schar von Vorboten, die zwar keine Masken trugen, aber wie aus einem Holz geschnitzt schienen, Kerle, denen Hippel und ich schleunigst den Weg frei machten. Sie saß erhöht unter einem Baldachin, der Gondoliere tanzte waghalsig auf der Spitze des Bootes. Sie sang: O vaga notte, notte d'amore, sie summte eher, und dennoch hörte ich die Verse. Aus dem erinnernden Summen entfaltete sich ein dunkel gesäumter Sopran, mächtig und beweglich in einem. Er raubte mir den Atem. Wehrlos starrte ich die Sängerin an. Ihre Stimme verwandelte mich, von ihr angespornt spielte ich mich auf, trat an den Rand des Kanals, winkte ihr, warf ihr Handküsse zu, und mein Hippel zerrte, von Ängsten geplagt, an meinem Gehrock. Die Dame nahm mich, den Fremden, nicht zur Kenntnis. Einige andere Galane rief sie beim Namen, und anzügliche Wortwechsel gingen hoch wie kleine Feuerwerke.

Ihr Bote kam zur Nacht. Ein ganz und gar schwarz gekleideter, langer, ausgemergelter Mann mit einem Totenkopf, die Augen tief in den Höhlen, die Lippen schmal und fleischlos. Er sprach französisch, italienisch und deutsch durcheinander und lud mich ein, unverzüglich bei Signora Giulietta zu erscheinen.

Die Sängerin? fragte ich.

Giulietta? fragt Frau Marc.

Das kann doch kein Zufall sein, meint Doktor Speyer.

Laß es bleiben, bittet Mischa.

Und? fragt Julia. Sind Sie dem schwarzen Mann gefolgt?

Dapertutto – so habe ich ihn für mich genannt, so nenne ich ihn, denn er hat sich mir nicht vorgestellt. Ich fragte ihn, ob jemand mich begleiten dürfe, wogegen er nichts einwandte, und wir verließen, voller Erwartungen, aber auch mit dunklen Ahnungen, unsere Wirtsleute, die sich, als Dapertutto erschien, bekreuzigt hatten. Er mußte allgemein bekannt sein.

Dein Hippel, fällt ihm Mischa ins Wort, säße er neben dir, möchte nicht aufhören können vor Staunen.

Sie kann Hoffmann nicht aus der Geschichte werfen. Er nimmt die verschleierte Rüge auf und münzt sie um:

Du erinnerst dich treffend an unseren Freund. Er kam nie aus dem Staunen heraus. Venedig gab ihm gar keine Gelegenheit dazu. Bis zur letzten Stunde. Wie gesagt, wir folgten Dapertutto und schifften uns gleich hinter unserem Palästchen ein, wenn dies bei einer Gondel möglich ist. Der Gondoliere erwies sich als ein Berserker. Er schoß geradezu den Canal Grande entlang. War es Tag, war es Nacht? Trügt mich die Erinnerung nicht, der ich übrigens nie traue, da sie sich widerstandslos unseren Launen fügt, reisten wir aus dem Tag in die Nacht. Fackeln und Lampen empfingen uns und warfen unsere Schatten ins Wasser. Dapertutto machte uns grinsend darauf aufmerksam. Auf der breiten Treppe, die aus dem Vestibül aufstieg, erwartete uns kein Mensch, nur Dapertutto hastete uns voraus.

Dennoch wurden wir empfangen.

Das Haus war von Stimmen erfüllt, einem lebhaften, gleichwohl monotonen Colloqium, einem Chor, der diese eine Stimme gleichsam verstärkte, diese Stimme, die zu meiner Verblüffung wanderte, die ihre Sängerin verlassen hatte, einmal unter der Kuppel des Saales, ein andermal aus einem der unendlich vielen Zimmer tönte, eine Stimme, die sich in einem Kristall brach. Die ungezählten Gäste machten uns Platz, wir gingen durch eine Gasse auf sie zu. Sie unterhielt sich. Dennoch stieg und sang ihre Stimme, wurde leise, wurde laut. Meinen Freund Hippel erreichte sie allerdings nicht, seine Zweifel machten ihn taub.

Dapertutto stellte mich vor. Er wußte meinen Namen, meinen Beruf, woher ich kam.

Mon Hoffmann, sagte sie.

Sie berührte meine Hand. Eine besondere Elektrizität versetzte mich in eine enorme Spannung und machte mich zugleich hilflos.

Kommen Sie. Sie ließ mich nicht los. Ich sah, wie Hippel von einigen Herren handfest in Beschlag genommen wurde. Er gebärdete sich wie toll, rannte mit rudernden Armen hinter uns her, drängte sogar Dapertutto zur Seite und rief mit sich überschlagender Stimme: Sie ist eine Kurtisane, Hoffmann, hüte dich, sie ist eine Menschenfresserin! Ich winkte ab. Mir erschienen Hippels Befürchtungen lächerlich.

Gespannt hört inzwischen die ganze Runde Hoffmann zu. Julia weicht seinem Blick nicht mehr aus, versteht die Erzählung wohl als eine Anspielung, deren Sinn sich ihr nur noch nicht erschlossen hat.

War sie schön? fragt sie.

Ihre Stimme, ergänzt Mischa anzüglich.

Nein, Giulietta, verbessert Julia.

Schön? Er prüft das erfundene Bild an dem wirklichen, hat Julia vor sich, die kindliche Geliebte, die nichts ahnt von seinen Erwartungen – und er weiß, daß ihm der Faden verlorengeht und Mischa triumphieren wird, wenn er nicht gleich weitererzählt:

Schön? fragt er, nun wieder Erzähler, sich selbst. Was faßt dieses einsilbige Wort? Nicht das Wesen, das Energien versendet, nicht die Aura, die Räume und Menschen verändert, und nicht das Rätsel, das mir diese unfaßbare Person aufgab. Sie nahm mich mit. Genauer kann ich diese Bewegung nicht bezeichnen. Sie nahm mich aus meiner Zeit in die ihre, ohne Minuten und Stunden zu zählen. Bloß Dapertutto war ihr gewachsen, mehr noch, insgeheim schien er zu bestimmen, was sie tat. Fragen Sie mich nicht, nach wie vielen Tagen und

Nächten sie mich entließ oder aussetzte. Sie führte mich in einen Salon, vor dessen Fenstern die Läden geschlossen waren, ein spärlich beleuchteter Raum, dessen Stimmung Hippel ohne Zweifel für vulgär gehalten hätte, nur fehlte er mir, um mich wachzurufen. Dapertutto wies mir einen Platz auf einem Diwan an, und Giulietta begann, im Zimmer umhergehend zu singen. Alle meine Sinne wurden von ihr in Anspruch genommen, sie bewegte die Luft, ihre Stimme nistete sich in meinem Kopf ein, unendlich hell, und drohte den Schädel zu sprengen, eine Kopfstimme anderer Art, Schwaden von Parfüm zogen über mich hin, und ich versuchte entschieden, ja, geradezu wütend, jene beiden Lüste, die gemeinsam erst die Liebe ausmachen, zu trennen, auseinanderzuhalten: die Lust, ein Geschöpf zu erobern, und die Lust, dieses Geschöpf durch seine Stimme für immer zu besitzen. Es gelang mir nicht. Betört und betäubt nahm ich kaum mehr wahr, was geschah. Wie durch Zauber kam ein Glas in meine Hand. Ich trank. Der Pokal füllte sich von selbst wieder. Ich trank. Sie sang und verwandelte sich. Giulietta oder Nausikaa, die zum Strand läuft, erwartungsvoll, oder Aphrodite. Die Bilder gerieten durcheinander. Ich hastete erinnernd durch Galerien und war von einem einzigen Wunsch erfüllt: Giulietta in meine Arme zu schließen und zu vergehen.

Sie sang, nun nicht mehr allein, sondern der Chor der Gäste mischte sich kräftig ein, so nah, als seien wir umgeben von Zuschauern, die mich anfeuerten, und ich glaubte, sogar Hippels Stimme herauszuhören, obwohl der schon als Kind keinen geraden Ton zustande brachte.

Es ist ihm tatsächlich gelungen, Julia in seine Geschichte hineinzuziehen. Er spürt, wie sie Empfindungen mit ihm teilt, die sie bisher nicht kannte. Selbstvergessen stützt sie den Kopf in die Hände, schaut vor sich hin. Hält er zu lange inne, kann der Strom zwischen ihm und ihr abbrechen.

Giulietta forderte, erinnere ich mich, Dapertutto auf, uns allein zu lassen. Der verschwand, ob durch die Tür, ob durch die Tapete, kann ich nicht sagen. Sie drängte sich an mich, sang. Mir erschien es, als besetzte ihre Stimme meinen Körper, als würde ich zum Resonanzraum ihres Gesanges. Mir schwindelte. Ich versuchte mich aufzurichten. Wir küßten uns, und ihre Stimme tönte allein in mir weiter. Ehe ich ihr vollends verfiel, kehrte Dapertutto zurück, lautlos wie stets, nannte Giulietta eine gewissenlose Hure. Sie gehöre ihm, und er allein bestimme, mit wem sie sich abgeben dürfe.

In meinen Armen wurde sie kalt. Was sie nun sang, erschütterte mich: Eine Canzone, vollkommener als alle Arien, Lieder, die ich von ihr gehört hatte, und Dapertutto redete zugleich auf mich ein. Ich verstand nichts von seinem Kauderwelsch. Offenbar wollte er mir etwas zeigen. Er zerrte mich zu einem Vorhang, den er zur Seite riß: Wir sahen uns beide in einem wandhohen Spiegel, beinahe Doppelgänger, schwarz gekleidet, hohlwangig, dürr, Dapertutto dem Tode um einen halben Schritt näher als ich, und im tiefen Hintergrund

Giulietta in flammendem Rot oder als verglühender Akt. Schauen Sie, forderte Dapertutto mich auf. Ich antwortete ihm in den Spiegel: Aber ich sehe doch, mein Herr. Dapertutto wendete sich mir im Spiegel zu. Ich fühlte mich aufgefordert, das gleiche zu tun. Er hielt in seinen Händen einen kinderkopfgroßen Kristall, ein enormes Blend- und Glitzerstück. Schauen Sie hinein, befahl er auf deutsch, schauen Sie hinein, und, als habe sie auf dieses Stichwort gewartet, schickte Giulietta ihre Stimme aus: Sfavilla, diamante, sfavilla. War es die Stimme, die mich hypnotisierte, war es das Funkeln des Steins? Fragen Sie mich nicht. Ich vergaß mich. Das Ergebnis meiner törichten Selbstvergessenheit demonstrierte mir Dapertutto. Behutsam faßte er mich an den Schultern und drehte mich wieder zum Spiegel. Sie werden mir so wenig glauben, wie ich es glaubte, was ich sah: Er stand allein. Ich war aus dem Spiegel verschwunden. Mein Spiegelbild war mir gestohlen worden! Mir blieb das Herz stehen. Mit angehaltenem Atem starrte ich in die Leere, in die, eine irrwitzige Vokalise vorausschickend, Giulietta trat. Wie hatte ich mich in ihr getäuscht. Allein ihre Stimme hatte mich verführt, und ich hielt einen bösen Zauber, eine ausgeklügelte Machenschaft für Liebe. Dapertutto, sagte sie, hat dafür gesorgt, daß Sie mir erhalten bleiben, Ihr anderes Ich, das mir so gefällig war. Gehen Sie! Addio, Sie werden sich fehlen, Liebster, mir nicht. Ich wollte Sie bitten, anflehen. Mein Freund Hippel bewahrte mich vor einer solchen Demütigung. Mit einem gewaltigen Krach flog die Tür auf. Hippel stolperte in den

Salon, verfolgt von Dienern, lief in den Spiegel, erkannte sofort, was mir geschehen war, packte einen Stuhl und zerschlug das Glas. Es zersplitterte in ungezählte Stücke. Verdutzt beugte ich mich und fand mich in einem Scherben wieder. Ich war gerettet. Wir flohen aus dem Haus. Mein Freund trieb mich vor sich her. Wir sprangen in eine Gondel, die gewiß nicht auf uns wartete, ließen uns zu unserem Quartier bringen, packten und verließen noch am selben Abend diese unvergleichliche Stadt.

Bravo! ruft Kunz, der mit seiner Frau ebenfalls zugehört hat.

Wann waren Sie in Venedig? fragt Speyer.

Vor einigen Jahren.

Wenn dein Hippel das wüßte. Mischa legt die Hand vor den Mund, verbietet sich jedes weitere Wort.

Der weiß noch mehr.

Endlich rührt sich Julia. Endlich kann er die Wirkung seiner Erzählung ermessen: Und ist das alles wahr?

So wahr wie jede Erinnerung, antwortet er mit fester Stimme. Mit einem Zug trinkt er sein Glas aus, schließt die Augen, hört, wie die Unterhaltungen sich am Tisch vereinzeln, eine nervöse Tafelmusik, dann windet er sich mühsam hoch, die Glieder schmerzen, Mischa versucht ihn aufrecht zu halten: Bleib, Hoffmann, die Reise hat dich angestrengt. Doch ihm gelingt, worauf er gesetzt hat: Auch Julia erhebt sich, von seinen Gedanken aufgefordert, jetzt eine Traumwandlerin, die seiner Vorstellung folgt.

Du bist schon außer Atem, bevor du tanzt, ruft Mischa ihm nach, begleitet von dem Gelächter der andern.

Er hält Julia, die sich in die vorbeikreiselnde Polonaise einreihen möchte, zurück.

Aber Sie wollen doch mit mir tanzen.

Jaja. Er stellt sich zwischen sie und die Tanzenden: Ich müßte Sie immer wieder abgeben. Theatralisch breitet er die Arme aus, ein lebendes Haltezeichen. Sie läßt sich auf sein Spiel ein, versucht rechts und links an ihm vorbeizukommen, kreuzt die Arme über die Brust. Er atmet heftiger, als hätte er schon getanzt.

Was haben Sie mit mir vor?

Wollen Sie das tatsächlich wissen, Mademoiselle Julia?

Sie schiebt die Unterlippe vor, schaut ihm fragend in die Augen: Lieber nicht. Wir sollten zu unserer Gesellschaft zurückkehren. Sie sehen, Mama beobachtet uns.

Hoffmann folgt ihrer Aufforderung, legt die Hand schirmend über die Augen, als blicke er in die Ferne, und bringt Julia zum Lachen: Ich kann niemanden erkennen, klagt er kunstvoll, keinen Tisch, keine Mama, keinen Marcus, keinen Kunz und keinen Speyer. Nicht einmal Mischa. Ich fürchte, wir sind unsichtbar und sehen keinen Menschen mehr.

Das stimmt doch nicht. Das müßte umgekehrt sein.

Umgekehrt, liebes Fräulein Julia? Sollten wir auch noch auf dem Kopf stehen.

Es gelingt ihm nicht, sie in seine Stimmung zu versetzen.

Wollen Sie denn gar nicht mehr vernünftig werden, Monsieur Hoffmann.

Neinundwiedernein. Er schiebt seinen Arm unter den ihren und drängt sie, obwohl sie widerstrebt und sich von ihm zu lösen versucht, zur Saaltür.

Also ziehen wir uns, gnädiges Fräulein, vor diesem infernalischen Geschrei, dieser abscheulichen Musik zurück ins Treppenhaus, und ich erkläre Ihnen das Spiegelwesen der Vernunft, die Unvernunft, und weshalb ich sie nicht selten vorziehe, nein brauche, um zu bestehen und der Liebe nicht verlorenzugehen.

Sie haben die Tür erreicht. Julia lehnt sich gegen sie. Sie machen mir angst.

Er legt, sehr leicht, eine Hand auf ihre nackte Schulter, was ihn für einen Moment irritiert, spitzt die Lippen und pfeift andeutungsweise eine Arie von Gluck, die Julia wiedererkennt: Wie kommen Sie darauf, jetzt zu pfeifen?

Weil Sie mich dazu gebracht haben.

Ich?

Wie im Spiel öffnet er die Tür, verbeugt sich, läßt ihr den Vortritt. Ich denke nicht daran, Ihnen zu erläutern, weshalb ich aus besonderem Anlaß pfeife, bitte Sie jedoch, sich auf diese marmorne Stufe zu setzen, neben mich, und ich werde ihnen klarmachen, weshalb ich der Unvernunft diene und deshalb auch der Liebe.

Er zieht sie neben sich. Ihr Kleid breitet sich wie ein Halbmond aus. Er wirft ihr von der Seite einen prüfenden Blick zu und pfeift noch einmal den Anfang der Arie des Orpheus. Worauf Julia seufzend einatmet:

Diese Musik, Monsieur Hoffmann, macht mich traurig.

Ich wüßte nicht weshalb. Pfeife ich falsch?

Sie legt beschwichtigend ihre Hand auf seinen Arm. Sie? Ein falscher Ton würde Sie beleidigen. Nein, ich denke an Orpheus.

Ich auch, Julia. Ich wollte also nur den Ton angeben. Und von der Liebe sprechen.

Worauf sie die Hand zurückzieht und etwas von ihm abrückt. Warum an diesem Abend? Ich bitte Sie.

Warum nicht an diesem Abend. Denken Sie an Orpheus. Wie wünschte er sich eine Wiederholung solcher Augenblicke. Nur einmal noch, nur einmal noch.

Erzählen Sie lieber von Venedig.

Das habe ich schon vergessen.

Sie will aufspringen. Er hält sie fest.

Sie lügen.

Ich habe gelogen.

In ihrer Ratlosigkeit rückt sie wieder näher. Was soll das bedeuten?

Habe ich nicht über die Unvernunft nachdenken wollen? Und über die Liebe? Vielleicht erzählen wir uns die Welt nur um der Liebe willen, Fräulein Julia. Erkläre ich die Geliebte zum Stern, beginnt sie bereits am Himmel zu leuchten: Eurydike.

Diesen Stern gibt es nicht.

Wie können Sie das mit derartiger Sicherheit behaupten?

Weil ich es weiß.

Sie sind klug, das habe ich nie bestritten.

Sie überrascht ihn, indem sie aufspringt und sich ans Geländer klammert. Sie sind verrückt, Monsieur Hoffmann. Mein Onkel findet das auch. Ich habe ihm widersprochen. Denn ich mag Sie. –

Er fällt ihr ins Wort: Sie mögen mich?

Ja. Sie sind ein Künstler, und Sie trauen sich vieles zu, wovor die Leute hier Angst haben.

Die Liebe, meinen Sie die Liebe?

Nein, die meine ich nicht.

Aber ich liebe Sie, Julia.

Er überrascht sich selber mit diesem Bekenntnis, und sie reagiert anders, als er erwartet. Sie starrt ihn mit offenem Mund an. Dann verzieht sie ihr Kindergesicht, als hätte sie etwas Gallebitteres geschluckt, etwas Abscheuliches gehört. Sie läuft zur Tür. Er schafft es nicht mehr, sie festzuhalten, setzt ihr nach, doch sie ist schon im Saal und läuft, gegen Tanzende stoßend, hinüber zum Tisch der Marcs, als wisse sie keine andere Rettung, wirft sich auf ihren Stuhl, zieht die erstaunten Blicke aller auf sich, Fragen kreisen sie ein: Was ist geschehen? Was hast du, Kind? Hat er dir etwas angetan?

Hoffmann stellt sich hinter seinen Stuhl.

Ich bitte um Pardon, sagt er leise, deutet eine Verbeugung an, knickt automatisch in der Mitte ein, ich bitte um Pardon, flüstert er und setzt, etwas lauter, hinzu: Fragen Sie mich nicht, wofür, ich weiß es nicht.

Mischa, die sich inzwischen erhoben und von ihrem Tischnachbarn Speyer verabschiedet hat, faßt ihn an der Hand: Es wird besser sein, ich bringe dich nach Hause, Hoffmann.

Er läßt es sich nicht nehmen, den Tisch zu umkreisen, vor Madame Marc anzuhalten, sich erneut zu verbeugen: Ich bitte mir zu glauben, Madame, ich habe Ihrem Fräulein Tochter nur den Unterschied, den feinen, zwischen Vernunft und Unvernunft zu erklären versucht.

Und er hört Julias Stimme, freundlich und sanft wie die eines Engels, ihn bestätigen: Das stimmt, Mama.

Auf dem Weg über den Platz trennt er sich von Mischa, womit sie gerechnet hat. Du hast, fiel mir auf, kaum etwas getrunken, Hoffmann, also hol dir den Rest bei Nanette. Ich warte auf dich.

Warte lieber nicht.

Was redest du. Geh schon und besauf dich. Und bleib bei Vernunft.

Er betrinkt sich, von Nanette in Ruhe gelassen, und Pollux begleitet ihn nach Hause. Bei ihm spricht er aus, was er bei der Rosenwirtin nicht gewagt hätte. Allerdings beginnt er so laut, daß Pollux, der für die Dauer des nächtlichen Spazierganges wieder Berganza sein muß, vor Schreck alle viere von sich streckt.

Wovor ängstigt sie sich, brüllt er, vor mir als Person oder als Erscheinung? Ängstigt sie sich vor meiner Phantasie, die zu besetzen ich sie ständig einlade? Fürchtet sie meine Sprunghaftigkeit, mein Trinken, ist ihr meine Mischa ein Dorn im Auge? – Nein, Berganza, das alles geht sie nichts an, beschäftigt sie nicht, es genügt, daß ich ihr das Singen beibringe, und sie kümmert sich sogar um ein ordentliches Salär, was wiederum der überall vorhandene, alles wissende Onkel,

Herr Doktor Friedrich Marcus, veranlaßt hat. Sie sorgt sich um den armen ehemaligen Regierungsrat aus Warschau, aus dem geschlagenen Preußen, diesen begabten Hungerkünstler. Oder findet sie mich genialisch, Berganza? Sagen wir also, ein genialischer Hungerkünstler, dessen Gaben die Stadt sich zunutze machen sollte, und nicht nur Julia. Fürchtet sie womöglich meine Liebe, dieses Käthchen, dieses Julchen, eine Liebe, die sie erhöht, erleuchtet, die, wie könnte es anders sein, besitzen möchte, mit allen Sinnen, aber zugleich nichts als das Ideal wünscht, die Schönheit an und für sich, unzerstörbar und unerreichbar? Die Verheißung, die sich die Erfüllung erspart. Eine Liebe, die allein der Unvernunft sich erschließt, die nichts sucht als ein erfahrenes Weib in einem leuchtenden Kind.

Er kauert sich neben Berganza, der hechelnd lauscht: Ich bin ihr verfallen, du weißt es, wie ich leide, wie ich mich an der Grenze bewege, manchmal mit der Pistole spiele, denn eine Kugel genügt, diesem Elend, das ich für Glück halte, ein Ende zu bereiten, aber dann ziehe ich doch, unvernünftig und nicht verrückt, den roten Ungarn vor, den Rausch und diesen Rest von Hoffnung, Julia zu gewinnen, ihre Liebe zu wecken. Aber frage mich nicht, Berganza, für welche Zukunft, auf welche Dauer, und wie unser Leben aussehen sollte, da ich mir solche Fragen verbiete, gehören sie auch nicht in deinen Hundekopf. Den er umarmt, streichelt, bevor er sich wieder aufrichtet und von da an schweigt, umkreist von Gedanken wie von schwirrenden Geistern.

Seine Unrast wirft ein bizarres Muster über die Stadt. Ich haste ihm, sein Tagebuch lesend, nach und bin mir nicht immer sicher, ob er notiert, was er erlebt hat oder was er zu erleben vorhat. Wahrscheinlich mischt sich das. Er eilt sich voraus, ungeduldig, und wird mitunter zurückgeworfen. Mischa liest natürlich mit. Das weiß er. Seine Verschlüsselungen und Verkürzungen sind albern. Sie kennt ihn nur allzu gut. Geht er in Gedanken zu weit, nimmt er sich in seiner Liebe zu Julia zu viel heraus, sperrt er Mischa durch griechische Buchstaben aus. Was sie sich, derart provoziert, dann ausmalt, vorstellt, attackiert wiederum seine Phantasie. Wissentlich macht er Mischa zur Komplizin. Sie ist stark und unabhängig genug, sich gegen seinen Wahn zu widersetzen und ihre Wirklichkeit als Fluchtpunkt für ihn zu bewahren. Sie hält ihn nicht auf. Das würde ihr nicht gelingen. Aber sie gibt nicht auf, ihn nach seinen Bekannten zu fragen, nach den Sängerinnen, seiner Arbeit im Theater. Und er hat es längst aufgegeben, sich an ihrer sonderbar sachlichen Neugier zu stören.

Wohin gehst du, Hoffmann?

Zu Doktor Marcus. Er bat mich, ein Porträt von ihm zu malen. Ich habe gedacht, eine Gouache.

Er sucht seine Malutensilien zusammen, während Mischa, ohne daß er es merkt, Pollux aus der Wohnung scheucht.

Er steht, als sie ins Zimmer zurückkehrt, über den Tisch gebeugt und kichert: Er wird sich wundern, der sanfte Intrigant, der Beschützer unseres Theaters.

Beleidige ihn nicht, Hoffmann. Wir brauchen seine Hilfe.

Im Gegenteil. Er streicht mit beiden Händen über den Tisch, als glätte er ein ausgebreitetes Papier. Ich werde ihn unsterblich machen, vorausgesetzt das Bild bleibt über seinen Tod hinaus erhalten.

Ach, Hoffmann. Sie lehnt sich gegen seinen krummen Rücken. Es ist noch nicht einmal gemalt, das Bild.

Gemalt noch nicht, Mischa. Aber fertig. So ist es mit der Kunst.

Ohne Gruß geht er fort; sie schaut hinunter auf den Platz, seine Bühne: Da schlägt ein dünner Mann ständig Haken, den Hut zum Gruß lüpfend, läuft in eine weitere Tagebuchnotiz hinein, ein paar Wörter zwischen Gedankenstrichen, was sie anregt, das schwarz eingebundene Heft aus seinem Schreibtisch zu holen, die letzten Tage nachzulesen, sie stößt auch gleich auf einen Satz, den er Wort für Wort wie eine Mauer aufgerichtet hat und den sie nicht lesen kann, ohne daß ihr die Tränen kommen: »Ich habe Ursache, mit mir zufrieden zu sein, indem ich planmäßig mit der Überlegung gegen eine Stimme ankämpfe, die nichts als Verderbliches herbeiführen kann.«

Malen genießt er, vor allem porträtieren. Er bewegt sich zwischen zwei Polen, dem Modell und der Staffelei, setzt Schritte schnell und knapp hintereinander. Er weicht zwischen beiden zurück bis an eine Grenze, die ihn auffängt, wieder zurückschleudert. Er beschwört mit großen Gesten und wiegt den Körper vor dem Blatt hin und her, in einem Takt, der ihn Musik spüren und das Bild wachsen läßt. Wenn es ihm zu viel wird, kann er in sich zusammensinken, die Hände um den Pinselschaft schließen, nichts denken, mit geschlossenen Augen ausruhen, doch für das Modell besonders gedankenvoll aussehen.

Von Marcus verlangt er zu stehen, nicht zu sitzen. Ich möchte Sie in Ihrer ganzen Größe. Er bittet ihn, einen Zylinder zu holen, als habe er vor auszugehen, und sich, die linke Hand unter die Weste geschoben, wie Buonaparte, vor die blanke Wand zu stellen.

Was soll daraus werden, Monsieur Hoffmann?

Haben Sie ein wenig Geduld.

Ich komme mir, so postiert, lächerlich vor.

Er malt ihn so, riesig, ungefüg, sich aus blankem Machtgefühl dehnend: Herrn Doktor Adalbert Friedrich Marcus.

Perspektiven prüfend hastet er hin und her.

Bleiben Sie ruhig, Doktor Marcus.

Ich muß Sie warnen, Monsieur Hoffmann.

Hoffmann neigt den Kopf, mustert die Gouache, die in ihren Umrissen deutlich wird, wendet sich dann sehr ruhig Doktor Marcus zu: Male ich mir aus, Herr Doktor, wovor allem Sie mich warnen könnten, dann fände die Sitzung kein Ende.

Marcus räuspert sich und schiebt den Arm unter der Weste etwas höher: Sie wissen, was ich meine. Meine Nichte. Julia.

Hoffmann tritt nah an die Staffelei. Sein Pinsel drückt ein Stück Bläue oben ins Bild.

Ich habe gehört, Sie hätten sich gestern auf dem Ball ihr unsittlich genähert.

Der Pinsel bleibt im Blau stecken. Hoffmann tritt so nah ans Bild, als wolle er in ihm verschwinden. Aber er kommt sich als Grieche, als Römer verkleidet schon entgegen.

Mit gepreßter Stimme, Wort für Wort betonend, fragt er: Schenken Sie diesem Gerücht Glauben?

Mit gekrümmtem Rücken wartet er auf eine Antwort. Marcus läßt sich Zeit.

Hoffmann beginnt wieder zu malen, tritt zurück, tritt zur Seite, ohne auf Marcus zu achten. Der steht ihm mittlerweile auch schon auf dem Blatt gegenüber, und es vergnügt Hoffmann, daß er der Macht ein Quantum Torheit beimischen konnte.

Wie weit? fragt Marcus.

Wie weit? antwortet Hoffmann.

Sie sollten sich zurückhalten. Sie sind verheiratet, Hoffmann, und eine bekannte Persönlichkeit.

Und Ihre Nichte?

Ich werde dafür sorgen, daß sie angemessen verheiratet wird.

Hoffmann malt mit Genuß und Akribie an den Falten seiner römischen, griechischen Toga.

Weiß Ihr Fräulein Nichte davon?

Sie wird es zur rechten Zeit erfahren.

Hoffmann macht einen kleinen Satz, schaut über die Staffelei, geht danach in die Hocke, malt mit rostigem Grün ein paar Blätter ins untere Eck.

Ach, verehrter Herr Doktor, wie schätze ich die

»rechte Zeit«, die uns gehorcht, die wir uns ins Gewissen schieben, die uns schlägt, wenn wir's wollen, wenn wir müssen, diese rechte Zeit, die nichts mit links und nichts mit gerecht zu tun hat, ein rechter Unsinn mit eben mal angesetzten Zeigern.

Marcus hat seine Position verlassen und betrachtet über Hoffmanns Schulter das Bild. Da sind wir ja beide, ruft er verblüfft.

Jaja. Hoffmann tritt zur Seite. Ich wollte Sie nicht allein lassen. Und Ihre Bedeutung verstärkt sich durch meine Existenz. Neben dem pompösen, düster statuarischen Marcus steht in einem Park à la Watteau Hoffmann als Römer, als Grieche verkleidet und weist einladend über den Bildrand hinaus.

Und was stellen Sie dar? Dieses Häubchen, das Sie sich aufgesetzt haben, wirkt etwas deplaziert. Oder hat es eine Bedeutung?

Keine, wie das meiste, das wir für bedeutend halten. Hoffmann tritt zwei Schritte zurück, mustert sich und Marcus aus der Distanz: Zugegeben, ich bin mir nicht ganz gelungen, habe etwas von einer Großmutter, die in die Laube lädt, aber ich wünsche mir, daß Sie auch an Sokrates erinnert werden.

Womit er Marcus aus der Fassung bringt. Den Riesen durchwandert ein Beben vom Bauch bis unter die Schulter, bis aus seinem offenen Mund ein knallendes Lachen tönt. Er stützt sich mit den Armen auf den Knien ab, ächzt, richtet sich wieder auf, legt eine Hand auf Hoffmanns Schulter, dem es nicht gelingt, ihm auszuweichen: Mir scheint, der Wahn in jeglicher Gestalt hält

Sie gefangen, Meister Hoffmann. Der Größenwahn, der Liebeswahn, nichts scheint Ihnen zu hoch gegriffen. Sie werden doch nicht von sich behaupten wollen, weise zu sein? Und im Gegensatz zu Sokrates, der sich den Knaben pädagogisch widmete, ziehen Sie es vor, Jungfern den Schöngesang beizubringen. Weiß der Himmel, was noch! Er faßt Hoffmann fest an der Schulter, der behend in die Knie geht und sich dem Zugriff entwindet. Ich bitte Sie, Hoffmann, verwirren Sie Julia nicht. Nein, ich will genauer sein: Verletzen Sie meine Nichte nicht mit Ihren fatalen Wünschen und obszönen Phantasien. Sie sind bereits zu weit gegangen.

Hoffmann schweigt, verbeugt sich, läuft um Marcus herum wie um einen Turm, bleibt kurz vor der Gouache stehen, nickt sich zu, fragt sich selbst und den auf dem Bild: Sokrates?, verbeugt sich vor dem gemalten Marcus und, nach einer halben Drehung, vor dem realen und sagt: Das Bildchen muß ich noch zu Ende bringen – und verläßt das Zimmer.

Pollux ist ihm gefolgt, wartet vor dem Haus. Berganza! Die Anwesenheit des Hundes, der schon tief in einer noch nicht geschriebenen Geschichte steckt, bestärkt Hoffmann, unverzüglich Madame Marc aufzusuchen und ihre Stimmung zu erkunden, die er, als er ihr bei einem Kaffee gegenübersitzt, für ungetrübt hält. Madame bleibt auch, als die Rede auf den Ball kommt, weiter freundlich, weist ihn sogar auf die nächste Gesangstunde hin, und er bekommt nebenbei heraus, daß Julchen eben das Theater besucht, auf Einladung Dittmayers. Da hält es ihn nicht mehr länger: Madame,

Sie haben mir das Stichwort gegeben, Theater, und mich an unerledigte Arbeit erinnert: Die Musik für ein neues Singspiel, eine Kulisse und eine Ankündigung, die mir Holbein aufgeschwätzt hat.

Aber Monsieur, fleht sie.

Er ist schnell. Er flattert, küßt ihr die Hand. Adieu Madame. Läßt sie nicht zu Wort kommen. Adieu. Und mit einem letzten Adieu huscht er an dem Hausmädchen vorbei, die Treppe hinunter. Wieder liegt Pollux vor dem Haus, springt erwartungsvoll auf: Zum Theater, Berganza, Julchen von Dittmayer befreien.

Während er über den Platz läuft, plagen ihn Verdächte. Hat sich der Kerl in jüngster Zeit nicht unauffällig um Julia bemüht, sie mit Aufmerksamkeiten bedacht, ihr auf Bällen die Cour gemacht, wie auch, fällt ihm zusätzlich ein, Kunz, der Schwadroneur, beide verheiratete, alte Esel, Hasardeure. Hörst du mir zu? fragt er Berganza, sicher, daß das Tier seine innere Stimme verstehe, bleib mir auf den Fersen, beobachte und vergiß nichts, du bist mein Zeuge.

Die Szene, die ihn erwartet, ist abscheulich und lächerlich zugleich.

Auf der Bühne, in der Kulisse, die er für Kleists »Käthchen« entworfen hat, sitzt Dittmayer, die Beine breit, einen widerwärtigen Glanz im Gesicht, spielt Laute, und, eine Hand auf der Lehne, steht Julia, sein Käthchen, und singt eine der Canzonen, die sie miteinander geübt haben. Ihre Stimme erregt ihn wie immer, ein Instrument, das unmittelbar seine Seele rührt.

Jetzt nicht.

Er hält dieses alberne Plagiat nicht aus.

Die Eifersucht packt ihn vom Scheitel bis zur Sohle.

Er hebt den Stock: Halt! brüllt er.

Pollux bellt ein kräftiges Echo.

Dittmayer hält erschrocken inne, glotzt, lauscht dem Schrei nach.

Julia rückt ihrem Begleiter noch näher, sucht Schutz, was die Wut Hoffmanns aufreizt.

Sie! schreit er. Los! ruft er Pollux zu, der mit einem Sprung die Bühne besetzt und Dittmayer in Schach hält.

Hoffmann nimmt sich Zeit, ihm zu folgen.

Er verbeugt sich vor Julia, redet gegen die rasende Stimme in seinem Kopf, ruhig und höflich: Sie erstaunen mich, Julia, ich hatte keine Ahnung, daß Sie neben mir noch einen anderen Lehrer haben.

Julia weicht zurück, breitet die Hände aus, versucht ein Lächeln, wartet, aber Hoffmann widmet sich bereits Dittmayer, dem er den Stock auf die Brust gesetzt hat: Was für eine elende Ausgabe von Gesangspädagogen, dieser Dirigent, in dessen Ohren das Schmalz brummt. Eine Karikatur. Was fällt Ihnen ein, Dittmayer? Julia ist meine Schülerin.

Dittmayer packt den Stock, drückt ihn zur Seite: Schülerin? Ich möchte nicht ausfällig werden, Sie dahergelaufener Klavierdiktator. Ich möchte nicht wissen, was Sie ihr, wenn Sie könnten, beibringen wollten!

Sie! Hoffmann, dem das Blut in den Kopf geschossen ist, versucht den Stock in seine ursprüngliche Position zu bringen.

Dittmayer hält ihn fest und grinst triumphierend. Was für ein Männel.

Ich werde Sie zum Duell fordern. Hoffmann gelingt es, Dittmayer mit einem überraschenden Zug den Stock zu entwinden. Zum Duell!

Dittmayer winkt ab: Das ist bei uns verboten.

Verboten oder nicht.

Wir werden Sie einsperren, Hoffmann.

Wir? Das Theater? Die Stadt?

Ja, wir haben genug von Ihrer Afterkunst, Ihren üblen Einfällen.

Das sagen Sie? Ein Provinzknatterer, ein Dissonanzenbläser, ein Dirigent ohne Taktgefühl.

Dittmayer lehnt sich zurück und ruft in die Kulisse, in die sich Julia während der Auseinandersetzung geflüchtet hat: Hören Sie's, Fräulein Julia, wie er mich, wie er uns beleidigt, dieser stellungslose Herr Regierungsrat?

Hoffmann hält es nicht mehr. Er weiß, Dittmayer ist ihm bei weitem überlegen. Dennoch stürzt er sich auf ihn, trommelt auf den breiten Brustkorb, und nebenbei gelingt ihm sogar eine Ohrfeige.

Dann aber stemmt ihn Dittmayer ohne größere Mühe über den Kopf, erhebt sich vom Stuhl und läßt ihn auf die Bühne fallen, packt ihn ebenso schnell und stellt ihn wie eine Marionette wieder auf. Lecken Sie mich am Arsch, Herr Musikdirektor.

Hoffmann wischt sich mit der flachen Hand den Staub vom Anzug, knickt ein, wippt ein paarmal verlegen und hebt den Stock auf.

In den Kulissen überrascht ihn Julia. Das wollte ich nicht, sagt sie.
Nein, nein.
Sie ist seinetwegen geblieben.
Sie haben sehr schön gesungen.
Stimmt das denn?
Sie können gar nicht anders.
Aber – sie tritt auf ihn zu. Ihr Atem wärmt sein Gesicht.
Er kichert. Der Aber hat mich in die Luft geworfen und auf den Boden fallen lassen und ist gegangen.

Sie fällt ihm um den Hals, küßt ihn, den Verlierer, er spürt ihre Brüste, ihren Leib, drückt sie an sich, und schon geht sie ihm wieder verloren, bedankt sich, wofür auch immer, und er greift in die Luft und schickt ihr lauter Fragen nach, die Liebe betreffend, und weiß genau, daß er, wenn schon, sich selber die Antworten wird geben müssen.

Verrate mich nicht, Berganza. Der Hund schleppt sich hinter ihm her, als habe ihn der wild gewordene Dittmayer traktiert.

Nanette und die Gäste der »Rose« erwarten sie schadenfreudig, eingestimmt von Dittmayer. Berganza verkriecht sich unterm Stammtisch, Hoffmann verschanzt sich dahinter und beschließt, nach einem Roten und einem knappen Wortwechsel mit Nanette, die Zeit anzuschieben und wieder einmal »Esperanza« ins Tagebuch zu schreiben. Hoffnung. Hat er womöglich die zerlinische Anwandlung Julias falsch verstanden?

Die Stadt schnurrt noch mehr zusammen. Die Wege werden noch kürzer. Vom Theater in den Zinkenwörth, zum Haus der Madame Marc, zu Kunz' Wohnung, zur Residenz des Doktor Marcus, von der »Rose« zu den Gesangschülerinnen, zu Rosa Rothenhan, Elvira Peidel, Franziska Bieber, und immer wieder zurück zu Mischa, die im voraus weiß und im nachhinein klagt oder flucht: Wie konntest du dich vor diesem Mädelchen so eitel aufführen, Hoffmann? Auf Zweikämpfe solltest du dich weiß Gott nicht einlassen. Schau dir Dittmayer, diesen Kloben, an, du hast ihn in deiner gekränkten Ehre nicht ernst genommen, du hast dich in die Luft werfen lassen, ein Männel, wie die Bamberger sagen, mein Männel, wie ich jetzt sage.

Hoffmann liegt auf dem Diwan, fleht sie an, ihn in Ruhe zu lassen, seine rheumatischen Schmerzen genügten.

Halte es einmal einen Abend lang bei mir aus.

Was er nicht einmal an seinem sechsunddreißigsten Geburtstag schafft. Mischa hat einen Sandkuchen gebacken, nach polnischer Art, mit Zibeben und Schnaps, hat, was ihr nicht leicht fiel, seinen Lieblingswein bei Nanette erbettelt. Er gibt vor, ins Theater zu müssen, doch ohne Umweg heimzukommen, was er auch einhält, um Mischa in Geburtstagslaune zu umarmen und sich zu verabschieden. Den Kuchen solle sie mit Schnaps beträufeln, damit er frisch bleibe, am Abend jedoch nicht auf ihn warten, denn er werde den Geburtstag bei Marcs feiern, worin er sich täuscht, von feiern kann keine Rede sein, dennoch hat sich Frau Marc auf seinen Besuch vorbereitet, hat Julia ins Theater geschickt, da gibt es »Die beiden Grenadiere« von Cords, und Hoffmann sitzt Madame gegenüber, den

Hut auf den Knien, und trinkt in sorgsam aufgeteilten Schlucken den kredenzten Roten, sucht nach Sätzen, erzählt, daß er nun das Theaterkasino ausmale, zum Pläsier der Gäste, wartet, daß sich ein weiterer Gast einstelle und ihn aus dieser harschen Zweisamkeit erlöse, doch Madame Marc hält unerbittlich aus und ihn fest, fragt nach Mischa, Holbein, wagt es sogar, Dittmayer ins Gespräch zu bringen: Sie hatten, fragt sie, einen ärgerlichen Zusammenstoß mit Dittmayer? Und sie fragt weiter, damit er eine haltbare Antwort finde: Julchen mußte dem Spektakel zusehen? Worauf er sich strafft, darauf achtet, daß ihm der Hut nicht vom Knie rutscht: Ich habe Dittmayer zurechtweisen müssen. Er hat Ihr Fräulein Tochter belästigt.

Belästigt? Er hat sie auf der Laute begleitet.

Das auch.

Und was hatten Sie daran auszusetzen?

Den Mann und sein Spiel.

Lieber Monsieur Hoffmann, ich kenne Dittmayer seit vielen Jahren. Wir schätzen ihn als Musiker, als Dirigenten unseres Theaterorchesters. Mein Schwager hat ihn tatkräftig gefördert. Er ist Vater zweier Töchter, die älter sind als Julia.

Das ändert nichts an meinem Urteil.

Das, wie wir wissen, oft streng und eigensinnig ausfällt.

Vielleicht, Madame, er atmet hörbar ein, gehe ich manchmal zu weit. Aber die Kunst –

Er lehnt sich zurück, schließt die Augen, läßt Madame Marc einfach sitzen. Was diese wiederum genießt. Sie steht auf, geht im Salon hin und her, blickt eine Weile zum Fenster hinaus und sagt dann: Sie haben heute Geburtstag, ich weiß es von Julia. Ich habe es versäumt, Ihnen zu gratulieren. So sehr hat mich unser Gespräch gefangengenommen.

Er reißt die Augen auf, erhebt sich, klemmt den Zylinder unter den Arm, verbeugt sich, doch Frau Marc bittet ihn, wieder Platz zu nehmen, was er nicht mehr will, wozu sie ihn aber mit der Aussicht, Julia noch zu treffen, überredet.

Jetzt blättert er sich, angeleitet von Frau Marc, durch ein Bilderbuch, das er mittlerweile Seite für Seite kennt und mehr und mehr verabscheut und sich damit hilft, daß er die wichtigsten Personen verwechselt, die Namen vertauscht, die Taten und Untaten falsch zuordnet. Das bringt Madame auf, empört sie. Nein, nein. Welcher Unsinn! Wie kapriziös. Sie geht so weit, sich neben ihn auf den Diwan zu setzen und ihn gelegentlich mit dem Ellbogen in die Seite zu stoßen. Derart vertraut trifft Julia die beiden an.

Sie kommt in den Salon gestürmt, legt den Mantel über eine Lehne, schlägt erstaunt die Hände zusammen und lacht. Madame springt auf, stützt sich verlegen auf Hoffmanns Schulter, der sich deswegen nicht erheben kann und grimassiert.

Sie haben Geburtstag. Meine Glückwünsche, Herr Hoffmann.

Meinen Dank. Er deutet eine Verbeugung an, wird von Madame jedoch noch niedergehalten. Sie faßt sich endlich, läßt ihn frei, er steht auf, klemmt wieder den

Hut unter den Arm, küßt Frau Marc die Hand und wird von einem Versprechen überrumpelt: Falls es Ihnen die Zeit erlaubt, Monsieur, können Sie morgen Julia ins Theater begleiten, in Kleists »Käthchen«. Verstehen Sie es als ein verspätetes Geburtstagsgeschenk.

Julia hält sich zurück, deutet ihre Freude nur an.

Er geht. Er kommt.

Mischa kann wieder einmal nicht verstehen, weshalb er sich zum Narren macht, und wieder einmal zieht er Mischa ins Vertrauen, sucht nach einem Vergleich für die Liebe, die sie beide auf so verschiedene Weise plagt, kommt auf ein Buch, das sie eben liest, den Don Quichotte von Cervantes, und fragt sie, was sie von der Liebe des traurigen Ritters zu Dulcinea halte. Mischa drückt ihre runde Kinderstirn gegen seine: Das ist doch keine Liebe, Hoffmann, das ist ein Wahn. Dulcinea bleibt für Quichotte immer ein unerreichbares Ziel. Sehr rein. Was unsere Liebe gar nicht sein kann. Ich könnte es nicht aushalten als Dulcinea. Nein Hoffmann. Aber du kommst mir vor wie Don Quichotte, den es nach Bamberg verschlagen hat, und das ist kein Ort, sondern eine Zumutung. Hoffmann nimmt Mischas Gesicht zwischen die Hände: Alle Orte, alle Personen hält Don Quichotte für eine Zumutung. Manchmal sogar nur für eine Vermutung.

Schon wieder gehst du zu weit.

Ich wollte dir nur meine Liebe zu Julia erklären. Deine Eifersucht, Mischa, ist unnötig wie ein Kropf.

Den ich noch bekommen werde, wenn du es so weitertreibst.

Er macht sich von ihr los: Ist mein Anzug in Ordnung?

Hab ich dich je aus dem Haus gelassen wie einen Lumpen?

Ach, Mischa.

Schaut euch miteinander das »Käthchen« an. Ich kenne es ja schon. Ich habe es mit dir gesehen. Sie lacht ihm hinterher, bis er sie schluchzen hört.

Julia wartet hinter der Haustür. Sie könne es nicht leiden, von der Mutter auf den Weg geschickt zu werden.

Sie hakt sich ein, sehr leicht.

Es wird mal wieder viel geschwätzt, sagt sie.

Dieser Satz ist, denkt er, tausend Jahre alt und fault in vielen Mündern. In Gedanken malt er Ktch. ins Tagebuch. Daß ihre Hüfte ihn streift, attackiert ihn. Ihm kommt es vor, als dränge sie sich mutwillig an ihn.

Käthchen, sagt er.

Sie habe das Stück gelesen, und es habe sie so beeindruckt, daß sie davon träumte.

Können Sie sich denn vorstellen, Käthchen zu sein?

Sie verlangsamt ihren Schritt, lehnt ihre Schulter gegen seine und sagt nachdenklich: So eine bin ich nicht.

Kennen Sie sich so genau?

Aber ja. Sie lacht ihm ins Gesicht, entfernt davon, seine Gedanken zu haben.

Holbein spielt den Wetter vom Strahl, die kleine Neuherr das Käthchen. Sie hat ihm vor ein paar Tagen in den Kulissen die Hand auf die Lippen gelegt. Wer weiß warum.

Im zweiten Akt faßt Julia nach seiner Hand und läßt sie nicht mehr los. Manchmal drückt sie, manchmal streichelt sie. Das Blut staut sich in seinen Adern, er sitzt stocksteif. Nur mit Mühe unterdrückt er ein Seufzen. Nach der Vorstellung führt er sie durchs Theater, aus einem schmalen Gang treten sie auf die Bühne und sehen einem kleinen Mann zu, wie er ein Licht nach dem andern löscht.

Auf einmal hat es Hoffmann eilig. Ich weiß etwas Besseres, als hier die verbrauchten schönen Sätze zu wiederholen.

Das Publikum hat sich verlaufen, der Platz weitet sich mit den Lichtern am Rand. Nun faßt er sie, ein Tanzmeister, der einer überlegten Choreografie folgt, am Arm, führt sie mit kurzen ungeduldigen Schritten in die Mitte, läßt sie für einen Moment los, läuft, den Hut schwenkend, um sie herum, sammelt die unsichtbaren Zuschauer hinter den Fenstern, diese lüsterne Meute, weiß, daß Mischa erwartungsvoll aus ihrer Loge auf den Platz blickt, ihn beobachtet wie immer, und empfängt mit großer Geste Pollux, der gelassen von der »Rose« auf die Bühne trottet, die Hoffmann für eine einzige Szene würdig hält: Er kniet vor Julia hin, nimmt ihre Hand, küßt sie, läßt sie nicht mehr los, beginnt seinen ritterlichen Monolog, wagt eine Liebeserklärung und ergötzt sich daran, daß die entfernten Beobachter nichts verstehen können, daß jede Madame, jeder Monsieur und auch Mischa sich ihre eigene Version ausdenken müssen, ein geiler Chor. Doch bevor er beginnt, fordert Julia ihn auf, wieder aufzustehen: Ach bitte, Monsieur Hoffmann, knien sie nicht vor mir.

Ich muß es, für kurze Zeit, und jede Hast schadet der Liebe. Haben Sie deswegen ein bißchen Geduld, mein Fräulein. Sie erfuhren eben in Kleists Stück, was die Liebe anrichten kann. Sie beschwert das Gemüt, verdreht den Verstand und ringt oft blöde nach Wörtern. Ich liebe Sie, Julia, das ist wahr, und dieses Bekenntnis erweitert unsere Endlichkeit, nur kennt meine Liebe keinen Zwang, sie läßt Ihnen alle Freiheit, versucht, ich gebe es zu, Ihre Phantasie zu betören, Ihre Sinne zu erregen, und das alles, um Sie in meiner Phantasie anzusiedeln und, das ist mein romantischer Wunsch, nicht als die eine, einzige Julia, sondern in der Vielfalt ihres Wesens in immer anderer, immer verändert zu liebender Gestalt.

Das Knie schmerzt ihn, und ein Krampf breitet sich in dem stützenden Bein aus.

Sie müssen mich nicht verstehen, Julia, vielleicht werden Sie es, später.

Er küßt noch einmal ihre Hand, richtet sich taumelnd auf. Worüber er sich ärgert, denn auch diese Schwäche wird von dem unsichtbaren Publikum zur Kenntnis genommen.

Pollux, Teil der Szene, springt, sichtlich befreit und erleichtert, an Hoffmann hoch, der ihm fest über den Kopf streichelt: Du mußt dir alles merken, Berganza, du, mein Bamberger Gedächtnis.

Julia, beeindruckt, aber auch unsicher, hakt sich wieder bei ihm ein. Bringen Sie mich jetzt nach Hause?

Selbstverständlich.
Warum haben Sie das getan?
Fragen Sie nicht mich.
Wen denn sonst?
Sich.
Meine Mama sagt, Sie seien von einem Dämon besessen. Nach einer Pause setzt sie tröstend hinzu: Aber nicht für immer.

Ich will Ihrer Frau Mutter nicht widersprechen. Es kommt drauf an, was sie unter Dämon versteht.

Julia bleibt stehen, drückt seinen Arm an sich, sieht ihm ins Gesicht, so daß er sie küssen könnte, doch sie kommt ihm mit einem Satz zuvor: Daß Sie vielleicht etwas verrückt sind.

Sie gehen schweigend weiter.

Und was meinen Sie, Fräulein Julia?

Das denke ich eigentlich auch. Aber ich mag Sie.

Er drängt sie, rascher zu gehen. Sehen Sie, der Irrwitz schließt die Liebe nicht aus – oder umgekehrt.

Er zieht die Glocke, küßt Julia hastig auf die Wange, bedankt sich für ihre Geduld und tritt zurück ins Dunkel. Dort wartet er, bis die Tür geöffnet wird.

Der Julia-Wahn hält ihn nicht davon ab, ohne und mit Auftrag zu schuften. Fünf Jahre ergänzt, korrigiert, schreibt er Libretti, komponiert Opern, Singspiele, Schauspielmusik, Canzonen, Kammermusik und malt Kulissen. Beinahe jeden Tag besucht er Bekannte, unterrichtet keineswegs nur Julia, sondern eine ganze Schar junger Damen, nimmt an Bällen und anderen Abendunterhaltungen teil, versammelt, wenn auch nicht sonderlich ausdauernd, die Serapionsrunde, läßt sein Stammlokal, die »Rose«, so gut wie keinen Tag aus, führt gelegentlich die Theatergeschäfte, wirbt, angehalten von Doktor Marcus, Abonnenten, läßt sich von einer Gesellschaft, die sich für aufgeschlossen hält und zugleich mit ihrer Engstirnigkeit kokettiert, zum Narren halten, überrascht sie aber damit, tatsächlich ein Narr zu sein, ungreifbar und im Grunde auch unangreifbar. Er malt einige aus der Runde, Doktor Marcus, die Familie Kunz, Wilhelmine Kunz, vor allem und immer wieder sich selbst. Und ist fast schon dort, wohin er sich vor und mit Julia rettet, bei der Poesie. Der »Ritter Gluck« ist geschrieben, die Kreislerstücke, und Pollux hat er, nun endgültig, in Berganza verwandelt, ins Marcsche Haus geschmuggelt, damit er ihn in Haß und Demut vertrete und erzähle, erzähle.

Die Liebe erfindet den Dichter, sagt er Mischa, nachdem der Dichter die Liebe erfunden hat.

Undine kann kommen.

»In Gedanken komponiere ich jetzt nichts wie die Undine«, schreibt er am 15. Juli 1812 an Hitzig nach Berlin. Jetzt kann der banale, der dumme, von Madame Marc herbeizitierte Liebestöter erscheinen, der Hamburger Kaufmann Johann Gerhard Gräpel, den Hoffmann in seinem Tagebuch auf seine Weise zur Kenntnis nimmt: »Gröpel ist angekommen«.

Doch die Austreibung Hoffmanns aus Bamberg eröffnet nicht Gräpel, ausdrücklich dazu berufen, sondern ein

Herr von Eckardt, der sich bisher noch nicht hervorgetan hat. Hoffmann ist zu einer Hochzeit geladen. Einer der Bläser des Orchesters heiratet die Tochter eines Cellisten. Mischa hat es abgelehnt, sich unter das mißgünstige Theatervolk zu mischen, und ihm mangelnden Stolz vorgeworfen: Er nehme Dittmayers Anwesenheit in Kauf, unterhalte sich wahrscheinlich auch noch mit ihm. Als wäre nichts gewesen, Hoffmann, als hätte er dich nicht in einem Duell, das du angezettelt hast, in der Luft zappeln lassen.

Einen solchen Stolz pflege ich nicht. Charakter wird auf dem Theater nur verlangt, wenn du ihn spielst, Mischa.

Er tanzt unbeschwert wie seit langem nicht mehr. Die Damen reißen sich um ihn.

Die Herren bewundern, wie souverän er dem ungarischen Roten zuspricht.

Pollux weicht ihm nicht von der Seite.

Holbein führt Zauberkunststücke vor, schluckt bunte Tücher, die er sich in anderen Farben aus den Ohren zieht. Kinder hängen und reißen an ihm, weil sie herausbekommen wollen, wo er die Tücher versteckt.

Die Braut bekommt ein Ständchen.

Doktor Marcus überreicht ein Geschenk der Theaterleitung und kümmert sich danach um eine junge Tänzerin.

Wie geht es Mademoiselle Julia? fragt Nanette boshaft Pollux, der die Ohren spitzt, und an seiner Stelle antwortet Hoffmann: Sie sind ein Biest, Nanette, sie empfangen mich abends mit meiner Melancholie, füllen mich mit Rotem auf und schwören mir Verschwiegenheit, wenn ich mich bei Ihnen ausheule. Ein guter Vorrat für feine, böse Sticheleien. Aber Pollux ist Partei. Er frißt bei Ihnen, und mir hängt er an. Ich werde ihn unsterblich machen, nicht Sie, Madame.

Auf einmal fällt der nicht weiter bekannte Herr von Eckardt um. Er ist so höflich, seine Partnerin noch freizugeben, greift in die Luft und stürzt wie ein Brett zu Boden.

Der ist tot, sagt einer.

Der kann doch nicht einfach tot sein, sagt ein anderer.

Wer so stürzt, lebt nicht mehr, stellt eine dritte fest.

Hoffmann zwängt sich durch den Kreis, der sich sofort gebildet hat, geht in die Knie, bläst dem mächtigen Mann Luft in Nase, Ohren und Mund, hebt und senkt seine Arme, kniet auf seine Brust und wird rundum gewarnt und beschimpft, er sei von allen guten Geistern verlassen, er zertrümmere dem Mann den Brustkorb, und Luft dürfe nie umgekehrt in den Kopf gepustet werden, da werde sie zu reinem Gift, und wie er dazu komme, einen Toten zum Leben wecken zu wollen, der Mann sei anständig gestorben und glücklich auch.

Er richtet sich langsam auf, geht nach vorn gebeugt im Kreis herum, hört sie reden. Er drückt das Kinn nach vorn, bläst erst durch die Lippen, pfeift, womit er Pollux an seine Seite ruft, steht neben dem Toten, dreht sich sehr langsam um die eigene Achse: Ihr Windgeiger, ihr Bamberger Hofmusiker. Ja, so stellt ihr euch einen glücklichen und gemütlichen Tod vor. Der Herr hat's gegeben, ein Weinchen, ein molliges Beinchen, und der

Herr hat's auch genommen, zum Glück, zum Glück. Krach, bumm, das Männel fällt um, ohne Schmerz und Schmonzes und reinlich, wenn auch die Hose im letzten Schreck vollgeschissen. Ein Totentanz für die Empfindsamen, rasch und nicht übermäßig aufregend.

Er verbeugt sich, verläßt den Kreis, tritt vor Doktor Marcus: Das ist nun Ihre Aufgabe, Herr Doktor, den Toten für tot zu erklären. Danach wendet er sich an Nanette: Und dich bitte ich innigst, mich, solange ich noch Gast der »Rose« bin, zu Hochzeiten nicht mehr einzuladen. Komm, Berganza.

An einem anderen Abend – Herr Gräpel hat sich bei Marcs schon fest eingenistet, und es könnte sein, Julia hält ihn bereits für eine akzeptable Partie – trifft er Julia allein auf dem Weg von Doktor Speyer nach Hause, versucht, sie in die Arme zu nehmen, preßt sie an sich. Sie wehrt sich, schlägt um sich, schlägt ihn.

Sie haben mich getroffen, Mademoiselle, in aller und jeder Hinsicht. Sie sehen, ich bin außer mir. Was soll ich von Ihnen halten. Sie machen mir Hoffnungen, Sie setzen mich aus, Sie übersehen, Sie beleidigen mich. Sie treiben, Liebste, ein böses Spiel mit mir. Der Teufel ist los, habe ich eben zu mir gesagt, und da kamen Sie den Weg herunter. Es ist der Teufel in mir. Einen Augenblick haben Sie in meine Hölle sehen dürfen. Sie brodelt von einer unerfüllten Liebe. Aber, ich versichere Ihnen, deren Ausbrüche werden wunderbar sein.

Bitte, Herr Hoffmann, reden Sie nicht so gräßlich daher. Sie können mich ja heimbegleiten, wenn Ihnen danach ist.

Ist mir danach? Ist mir davor?

Nun stellt sie sich ihm in den Weg und legt, sehr zärtlich, ihre Hand auf seine Brust: Ich verstehe Sie nicht. Wie oft habe ich Ihnen das schon gesagt. Wissen Sie, daß ich ständig über Sie nachdenke?

Er unterbricht sie, legt seine Hand auf die ihre: Sie denken über mich nach, aber Sie denken nicht an mich.

Ist das denn ein Unterschied?

Sie zieht ihre Hand fort und fordert ihn mit einer knappen Bewegung der Schulter auf, sie zu begleiten.

Ein Unterschied, liebste Julia, an dem ich einzugehen drohe.

Auch das verstehe ich nicht.

Er lacht. Ich könnte mich jetzt in einer philosophischen Erläuterung gewissermaßen auflösen zu einem Phänomen, das Ihnen gleichgültig sein kann, weil es ein Phänomen ist. Das werde ich bleibenlassen. Wir werden, ohne noch ein Wort zu wechseln, zu Ihrem Haus spazieren. Sie unbeschwert, ich höflich.

So geschieht es.

Du bist verdreht wie seit langem nicht mehr. Mischa schenkt sich zuerst ein, was sie sonst nie tut.

Er setzt sich ans Fenster, blickt hinüber zum Theater: Ich habe schon lange nicht mehr Klavier gespielt. Er könnte ihr antworten: Du hast recht, Mischa, ich bin noch immer süchtig nach dem Schmetterling. Meine Stimmungen wechseln heftig. Ich wünsche mir ein Ende und befürchte den Wahnsinn.

»Und in so fern wäre Ktch. nur als Maske anzusehn« – Zum Verdruß einiger Mütter und Schülerinnen vernachlässigt er den Unterricht und konzentriert sich auf die Arbeit im Theater. Er malt an einer riesigen Dekoration für »Die Entdeckung von Amerika«, läßt im Wachtraum Indianer durch die Savanne pirschen und setzt den jüngsten Matrosen von Columbus in den Mastkorb, damit er als erster, noch am Horizont, Amerika entdecke: Land in Sicht!

Pausiert er, spielt er mit den »Theater-Mädchen« haschen. Er jagt ihnen nach, zwischen den Kulissen, durch finstere Korridore, ihr atemloses Kichern wird zum Gezwitscher, in ihren Verstecken trauen sie sich Frechheiten zu. Komm, komm, Amadeus! lockt die eine. Fang mich, Herr Musikdirektor! die andere. Er muß nur drohen, das Spiel abzubrechen, wieder an die Arbeit zu gehen, dann huschen sie von allen Seiten heran, umdrängen ihn, küssen ihn flüchtig auf Hals und Stirn und Mund, machen ihn mit flinken Fingern heiß. Allzu lang hält er das nicht aus, schüttelt die Vögelchen ab, kreuzt die Arme vor der Brust und murmelt die Schlußformel: Contenance, Demoiselles, contenance.

Holbein versucht in dunklen Andeutungen Hoffmanns Aufmerksamkeit auf Gräpel zu lenken. Er könnte eine Mission haben.

Der Herr Gröpel, daß ich nicht lache.

Gräpel, der Kaufmann aus Hamburg.

Jaja, der Gröpel.

Er nimmt auch am nächsten Ball teil, plustert sich auf, hält das Julchen in Beschlag, übersieht Hoffmann, bis der ihn zwingt, sich auf ihn einzulassen, indem er rigoros Julia aus dem Tanz reißt, sie blind vor Wut zur Rede stellt: Wie können Sie, meine Liebe, mich so erniedrigen. Was haben Sie sich da für einen Hohlkopf ausgesucht. Nein, aussuchen lassen.

Entsetzt läßt sie ihn stehen.

Er läuft ihr nach, an den Marcschen Tisch, erklärt in einer einzigen Suada den Doktor Marcus zum perfiden Onkel, Franziska Marc zur berechnenden Kupplerin, Speyer zum blöden Claqueur und wünscht der ganzen Sippschaft, daß es Jauche auf sie regne – bis Speyer ihn hinauszerrt, ins Treppenhaus: Wenn ich nicht Arzt wäre, Hoffmann, und um die Gesundheit eines jeden besorgt sein müßte, würde ich Sie die Treppe hinunterschmeißen. Gehen Sie, vorsichtig, Sie sind betrunken.

Speyer meldet sich am nächsten Vormittag, überrascht Mischa mit einem Schälchen Konfekt, läßt nicht von der Förmlichkeit ab, erkundigt sich, ob Hoffmann den rheumatischen Anfall vom gestrigen Abend überwunden habe, beschwichtigt Mischa, die sofort besorgt reagiert, fragt, wann denn in Buch sich wieder die Runde träfe, und endlich rückt er mit der für Hoffmann noch immer unvorstellbaren, für Mischa seit längeren bekannten Morgennachricht heraus: Ich bin von meiner Familie beauftragt, Sie über ein freudiges Ereignis in Kenntnis zu setzen. Herr Gräpel aus Hamburg und Julia verloben sich demnächst und werden auch bald die Ehe schließen.

Die Ehe schließen? Hoffmann gelingt ein Echo, das in seiner bodenlosen Schwermut sogar Mischa schmerzt.

Er wird, als wäre nichts geschehen, wieder zu den Marcs geladen.

»Julchen singt herrlich.«

Singend entfernt sie sich von ihm.

Dennoch amüsiert er sich gut. Gräpel und er gehen sich aus dem Weg, und ins Tagebuch schreibt er beruhigt und sich beruhigend: »senza exaltatione«.

Die Verlobung wird auf einer Landpartie nach Pommersfelden gefeiert.

Hoffmann wird von Mischa geweckt, die ihn, sie habe ihre Gründe, nicht begleitet, den Kaffee kocht und kopfschüttelnd seinem Kriegsgesang lauscht: Der Gröpel, der Gröpel ist von größtem Pöbel.

Wie oft, wenn sie ihn beruhigen will, schmiegt sie sich für einen Augenblick an seinen Rücken: Halte dich zurück, Hoffmann, denke an Julia.

Sie spürt, wie er den Rücken spannt: Das rätst du mir auch noch?

Stell dich nicht dumm. Das fällt dir zu schwer, Lieber.

Schon vor der Tür hört er sie mit sich selber polnisch sprechen. Das tut sie nur, wenn sie Ängste beschwört.

In drei Kutschen brechen sie auf.

Doktor Marcus, den Madame Marc offenbar zum Maître de plaisir bestimmt hat, ordnet ihn dem Herrenwagen zu. Er zwängt sich zwischen Kunz und Dittmayer, schweigt und läßt sich nicht ansprechen. Die Begleiter respektieren seine Laune. So kann er in aller Ruhe die Akte Julia Marc entwerfen, mit den eingeschränkten Personalien aller und in einer Hierarchie der Ignoranz. Der Dümmste darf der erste Gefolgsmann Julias sein. Womit Gräpels Rolle schon festliegt. Ihm folgen alle

Stützen der Gesellschaft und deren Frauen, versehen mit Injurien, die Hoffmann mühelos einfallen.

Die Szene, die sie erwartet, leuchtet grün und ist von Adel: das allzu steinerne fürstbischöfliche Schloß und der Park, der sich bis zum Gasthaus ausdehnt. Dort werden die Pferde untergestellt, und an einem nahen Teich läßt sich die Gesellschaft nieder.

Es wird getrunken.

Dittmayer spielt auf der Laute.

Hoffmann stiehlt sich in die Nähe Julias, den Weinpokal in der Hand, und macht sie in Gedanken zum Modell, bettet sie im Rasen, zieht sie aus, versetzt die Sonne, damit sie einen günstigeren Schatten werfe und die Haut noch mehr an Glanz gewinne, berührt sie und das Bild, das er sich macht, den Busen, den Bauch, den Schoß, die Schenkel.

Sie singt tatsächlich, begleitet von Dittmayers Laute. Sie wagt es, ihn an Zerline zu erinnern, sie ertappt ihn, stellt sich ihm und singt ihm zugleich ein Abschiedslied: Ich geh, Giovanni, ich geh.

Er tanzt, sehr vorsichtig, Schritt für Schritt, trinkt sich zu, dankt Franziska Marc für ihre Güte, schaut durch Gräpel hindurch, streichelt der Braut die Wange, kommt aber auf keinen weiter reichenden Wunsch, angelt sich eine Flasche aus dem Korb und sucht unter einer alten Ulme einen Platz: Ein Narr mit gekreuzten Beinen, noch im Wartestand, noch nicht aufgerufen, die Gesellschaft mores zu lehren. Euch werden die Ärsche brennen. Mit großer Geste prostet er Doktor Marcus zu. Kunz möchte ihn an seine Seite rufen: Leisten Sie mir doch Gesellschaft, Meister.

Ich bin mir selbst genug. Fortwährend muß ich mich über mich aufregen.

Doktor Marcus, der Onkel, hält beschwingt eine Ansprache auf Julia, das schönste Fräulein Bambergs, die beseelte Sängerin, und Hoffmann übersetzt sie synchron in eine Gegenrede, in eine obszöne Huldigung an den ins schattige Grün gelagerten Akt.

Danke, Herr Doktor, ruft er und steht im Mittelpunkt. Den muß er redend halten. Er rühmt die singenden Kinderseelen, die teufelsnahen, die engelsgleichen. Und wenn ein Pferdchen fällt, dann muß man es lieben. Er mäandert zwischen Bäumen, trinkt und trinkt.

Kunz fragt ihn nach dem Sinn seiner Rede.

Er macht ein paar Bocksprünge auf seinen Verleger zu: Sie kluger Herr Kunz, Sie edler Schlaumeier, was haben Sie für eine Ahnung vom Sinn. Er geht uns und den Dingen sprichwörtlich verloren. Er besetzt, wenn wir nichts Besseres wissen, das Nichts. Womit er sich als Unsinn zu erkennen gibt. Jaja, diese Herrschaften hier – mit ausgebreiteten Armen dreht er sich im Kreis, gerät ins Stolpern, fängt sich wieder –, diese hochmögenden Damen und Herren geben ihrem Leben natürlich einen Sinn. Nur frage ich Sie, will ihn das Leben, will ihn ihr Leben? Um wievieles einfacher verginge es uns in der Sinnlosigkeit. Die Automaten, die uns nachäffen, sind uns da voraus. Er wendet sich dieser und jenem zu, reißt einen Zweig vom Haselstrauch, den er wie eine Blume hält, und schafft es, ohne daß Gräpel sich noch unauffällig zurückziehen kann, sich vor dem aufzubauen: Hier, werte Festgesellschaft, haben wir ein Produkt nicht des Unsinns, nein, der Sinnlosigkeit. Für nichts und wieder nichts reckt sich diese Kreatur gegen das Licht und beansprucht sogar die Liebe. Ein Ponem, ein Affengesicht, ein konvertierter Hintern.

Die Runde steht auf, mahnende Rufe werden laut, Doktor Marcus rückt in die Nähe des Geschmähten. Der ist außer sich. Er will aufstehen, strauchelt, hebt instinktiv den Arm mit dem Weinglas, begießt sich, tauft sich rot und stürzt in eine Pfütze.

Da seht ihr ihn, den Gröpel, den ehrenwerten Bräutigam. Er ist, anstatt seiner Braut eine Stütze zu sein, sturzbetrunken, suhlt sich im Wein, stinkt und dampft, der Griepel, der Gröpel.

Auf die Attacke Speyers ist Hoffmann nicht gefaßt. Der, sein Arzt, haut ihm eine herunter, so daß auch er stürzt, neben seinem Rivalen, und der Hohn der ohnehin verstörten Runde über ihm zusammenschlägt: Der kann einem alles verderben. Diese Schweinekerle. Sie rülpsen und grunzen im Dreck.

Die Braut weint.

Hoffmann stützt sich auf, hält mit der anderen Hand Gräpel nieder, betrachtet die weinende Julia, nickt beifällig: Das gehört sich so.

Womit er sich eine weitere Backpfeife einholt, diesmal von Madame Marc, die, über sich selbst erstaunt, sofort in Entschuldigungen ausbricht, die ihn erst recht verletzen.

Gräpel und er werden in eine Kutsche verfrachtet, verdreckt und benommen.

Die Luft um sie herum brummt. Die Stimmen drehen einen Strick.

Unmöglich.

Das kannst du nicht weiter dulden.

Ein entsetzlicher Anfall von Eifersucht.

Aber das muß er doch nicht sein. Das ist Julias Stimme.

Speyer lädt ihn, assistiert von Kunz, vom Wagen. Sie zerren ihn die Treppe hoch. Mischa wartet in der Tür, ein runder Schatten.

O Jesus, jammert sie.

Es war grauenvoll, sagt Speyer.

Ein Rasender, ergänzt Kunz, mir unbegreiflich.

Mischa übernimmt ihn, nimmt ihn ab. Er stinkt nach Erbrochenem.

Wollten Sie denn nicht Julias Verlobung feiern? fragt sie noch, bevor die Tür ins Schloß fällt und die beiden Helfer gar nicht dazu kommen, sich zu verabschieden.

Ja, sagt Kunz vor der Tür. Es ist auch eine gewesen. Die uns allen unvergeßliche Pommersfelder Verlobung.

Vor dem Bett sinkt er zusammen. Mischa fängt an, ihn auszuziehen, wälzt ihn hin und her, bittet ihn, ihr zu helfen: Hilf mir, du besoffenes Untier, stell dich nicht so an. Er fällt aus einer Bewußtlosigkeit in die andere, sie schlägt immer wieder auf ihn ein, wütend und zärtlich zugleich: Nun hast du selber deine Liebe besudelt, Hoffmann, dein Bild von Liebe, dieses Wesen und diese Stimme, wie du immer sagst, hast es dir selber ausgetrieben, dein Geistlein, und nichts bleibt dir als die polnische Mischa, die es aushält, wenn zwei feine Bamberger Herren dich vor der Schwelle abladen, meinen Schmerzensmann, meinen Teufelsfinger, meinen preußischen Regierungsrat, den ich jetzt, wenn er mir beisteht, sich noch etwas leichter macht als er ist, ein schwarzes Federlein, den ich jetzt in sein Bett hebe und dem ich noch das Gesicht säubere.

Es gelingt ihr, ihn ins Bett zu stemmen, wobei sie aufatmend feststellt, daß er mit einem Bein nachhilft.

Dann zieht sie sich aus, legt sich neben ihn, lauscht auf seinen Atem. Er röchelt und schnarcht. In ihr steigt Angst auf, sie fragt sich, in die Finsternis starrend, was nun aus ihm werde. Sie werden uns ächten und aus der Stadt jagen, Hoffmann. Alles wegen deiner Liebe, die deine Geliebte nicht versteht und deine Frau auch nicht. Dir ist nicht zu helfen, Hoffmann, sagt sie plötzlich sehr laut. Er zuckt zusammen und schnarcht weiter.

Nichts will er am Morgen hören, kein Wort. Untersteh dich, Mischa, mich mit meinen Untaten zu beleidigen. Sein Kopf dröhne, die rheumatischen Schmerzen seien kaum auszuhalten. Ich werde zu Hause bleiben, komponieren, niemanden empfangen.

Dich wird auch niemand empfangen wollen.

Ich habe dich gewarnt, Mischa.

Die Scham wächst in ihm hoch wie ein Innenpelz.

Er schleppt sich zwischen Bett und Schreibpult hin und her. Unterwegs wird er von Mischa mit Brot und Tee versorgt.

Nicht ein einziges Mal schaut er aus dem Fenster, auf den Platz.

Gegen Abend meldet sich Pollux, er heult vor der Tür. Mischa läßt ihn wortlos herein.

Berganza, sagt er, als der Hund an ihm hochspringt, nun hast du deinen Roman. Ich könnte ihn nicht schreiben.

Später, Mischa hat die Lichter angezündet, verlangt er nach einem Glas Wein.

Nur eines, Hoffmann, kein Schlückchen mehr.

Zum ersten Mal, seit sie ihn abgeliefert haben, schaut er sie an, schaut er ihr in die Augen und nimmt sie vorsichtig in die Arme.

Ich mute dir zu viel zu, Mischa.

Ich kann es aushalten. Sie streichelt ihm den Rücken und sagt ihm ins Ohr: Das ist mein polnisches Gemüt, das du mir immer vorwirfst. Jetzt hast du etwas davon.

Ich muß ihr schreiben, mich entschuldigen.

Bei Julia?

Nicht bei ihr. Bei ihr reicht keine Entschuldigung aus. Bei Madame Marc.

Er hat diesen Brief geschrieben. Einen Tag nach seinem Pommersfelder Auftritt. Ihn zu lesen quält. Er windet sich, macht sich klein und schlecht. Es geht ihm nicht um seine Reputation. Er möchte aber Julia, solange sie in Bamberg bleibt, weiter besuchen, weiter unterrichten können. Er schreibt an die Konsulin Marc:

»Auf eine mir selbst unbegreifliche Weise bin ich gestern mit *einem* gewaltsamen Ruck nicht berauscht worden – nein in einen völlig wahnsinnigen Zustand geraten, so daß die letzte halbe Stunde in Pommersfelden wie ein böser schwerer Traum hinter mir liegt! – Nur der Gedanke, daß man Wahnsinnige in ihren wütendsten Ausbrüchen nur bemitleiden, ihnen das Böse, was sie in diesem Zustande tun aber nicht zurechnen kann, läßt mich hoffen, daß Sie mir alles wahrhaft impertinente, was ich geradebrecht habe (denn reden konnte ich nicht sonderlich) nach Ihrer mir so oft bewiesenen Güte mit Bonhomie verzeihen werden! – Sie haben gewiß keinen Begriff von dem tiefen innigen Schmerz, den ich über meine gestrige Tollheit empfinde – ich büße dafür dadurch, daß ich mich des Vergnügens Sie und Ihre Familie zu sehen so lange beraube bis ich Ihrer gütigen Verzeihung gewiß bin.«

Speyer überbringt ihm die Antwort: Die Stunden sollen für einige Zeit ausgesetzt werden.

Die Männer treffen sich wieder, als wäre nichts geschehen. Sie trinken übers Maß, in Buch, in der »Rose«, auf kleinen Landpartien.

Ab und zu erkundigt er sich nach Julia.

Gräpel und Julia würden noch in diesem Jahr heiraten und nach Hamburg ziehen.

Madame Kunz nutzt die Gelegenheit, die vielen verheißungsvollen Blickwechsel mit Hoffmann zu einem Ende zu bringen, lädt ihn in den Pavillon hinterm Kunzschen Haus, entläßt ihn nicht, ohne daß er sie besteigt und sie seine Teufelskünste rühmen kann.

Ich weiß, sagt er, während sie ihre Kleider in Ordnung bringt, ich zapple, und fährt nach einer kleinen tückischen Pause fort: Sagen Sie meinem Verleger einen herzlichen Gruß.

Kürzlich hat er mit Kunz einen Vertrag über seine künftigen literarischen Werke geschlossen. Seine neue Existenz als Poet, als Literat ist verbrieft.

Als Madame Marc ihm wieder die Besuche und Stunden erlaubt, hat er sich bereits von Julia entfernt und sie in seine Phantasie aufgenommen. Sie nimmt Gestalten an, verwandelt sich, bekommt Namen.

Ihre Aufmerksamkeit überrascht ihn. Wenn sie singt – und sie singt besser denn je –, gehört ihre Stimme seiner Erinnerung an, rein und schwebend, zerlinisch.

Gräpel geht er aus dem Weg.

Was hast du vor? fragt Mischa. Gehen wir fort?

Holbein läßt das Theater im Stich, und Hoffmann hat keine Arbeit mehr. Die Honorare, die er für den Mädchenunterricht bekommt, reichen bei weitem nicht.

Nachdem Hitzig vermittelt, er selber brieflich antichambriert hat, bekommt er von Joseph Seconda, dem Direktor des Leipziger Theaters, einen Vertrag als Kapellmeister. Schwarz auf weiß wird ihm bescheinigt, ein Orchester leiten zu können.

Julia verabschiedet sich.

Die Runde in Buch singt ihm lauthals ein Adieu.

Madame Kunz schenkt ihm eine Locke.

Als sie abreisen, folgt Pollux der Kutsche bis vor die Stadt, der schwarze Hund, der seinen Meister verstand.

Der winkt ihm zu, Tränen in den Augen, doch schon mit einer Melodie, einer Arie im Kopf, die ihm die Zukunft verheißt und eine wunderbare Inkarnation Julias. Undine singt: »Wer traut des laun'gen Glückes Flügeln/bei Spiel und Fest? Ach wer.«

Sie reisen. Marcus hat sie vor Unbill gewarnt. Sie reisen in den Krieg. Zwischen Leipzig und Dresden haben die Preußen und Russen die Truppen Napoleons gestellt, heißt es.

Er singt.

Mischa lehnt sich an ihn: Die Franzosen kennen wir schon, Hoffmann. Sie haben dich aus dem preußischen Dienst entlassen. Jetzt bist du frei. In ihren Dienst nehmen werden sie dich nicht.

Er schweigt. Bamberg liegt hinter ihm. Mischa soll das letzte Wort haben.

CODA FÜR JULIA

Sie geht beinahe ein, »sie pipelt ein wenig«, stellt die neue Hamburger Verwandtschaft fest, und Gräpel säuft und hurt, schlägt sie, wenn ihm die Worte fehlen, und die gehen ihm schnell aus, verfolgt sie, so daß sie sich notgedrungen in den Schutz ihres Schwiegervaters begeben muß, der dafür sorgt, daß die Scheidung eingeleitet wird, ein ungewöhnlicher Akt, der die Hamburger Gesellschaft beunruhigt, obwohl die Gräpelschen Ausfälle und Schweinereien stadtbekannt sind. Der Scheidung bedarf es nicht mehr, ein Nerven- und Schleimfieber bringt den Gräpel um, den Gröpel, den Bankier und Kaufmann, Inhaber mehrerer Ehrenämter und überdies eine gute Partie, was die Familien Marc und Mark bestach, die nun betrübt und selbstverständlich die verkaufte Braut, Madame Julia Gräpel, wieder heimholen und für eine neue, überaus sichere Verbindung sorgen, natürlich nach einem gemessenen Zeitabstand, ein halbes Jahr lang darf Julchen in Arolsen, der Stadt, aus der die Marcs stammen, sich von Gräpel erholen, sich sammeln und mit immer größerer Aufmerksamkeit Hoffmanns Erzählungen lesen. Sie ist vom Meister genügend vorbereitet, sich in vielfältiger Gestalt wiederzufinden, zuallererst in Cäcilie, die in dieser Hundegeschichte, dem Berganza-Solo, so leuchtend vorkommt. Julia versteht es als Huldigung, um so mehr ärgert sie sich über das Bildnis der Mutter, das sie für »abgeschmackt« hält, aber sie wird sich ja noch vielfältig spiegeln können, nicht sicher, ob ihre Vermutung zutrifft, ob zum Beispiel Olympia oder Clara im »Sandmann« (wobei sie sich für die Clara entscheidet, denn ein Automat, selbst wenn er unvergleichlich singt und tanzt, möchte sie nicht sein); den Schluß von »Ombra adorata« liest sie wie ein Billet Hoffmanns, das er noch in Bamberg schrieb, aber verspätet übergibt, und sie kann es bald auswendig, als Erinnerung an ihren eigenen Gesang, den sie kaum mehr pflegt, den Gräpel ihr ausgetrieben hat: »... alle Töne, die in der wunden Brust im Blute des Schmerzes erstarren, leben auf und bewegen und regen sich und sprühen wie funkelnde Salamander blitzend empor; und ich vermag sie zu fassen, zu binden, daß sie wie in einer Feuergarbe zusammenhaltend zum flammenden Bilde werden, das deinen Gesang – dich – verklärt und verherrlicht.« Das sagt sie sich auf, Hoffmann verfallen, und heiratet im September 1821, ein Jahr vor dem Tod Hoffmanns, einen ihrer Vettern, Doktor med. Ludwig Marc. Sie richtet sich endgültig ein, die angesehene Frau eines fürstlich waldeckschen Finanzrats, liest viel, spielt Klavier, erschrickt wohl, als sie vom Tod Hoffmanns erfährt, ermißt mehr und mehr, was sie nicht begreifen konnte, als der Dichter um sie warb, um ihr Wesen warb, um ihre Stimme. Nach mehr als dreißig Jahren, nach dem Tod ihres Mannes zieht sie nach München, fängt an, sich schreibend zu erinnern, besonders an Bamberg, an Hoffmann, an alle die unheimlichen Aufregungen, die für sie doch nichts mit Liebe zu tun hatten, und sie widerspricht sich, wenn sie Zuneigung und Schrecken zu ermessen versucht, aber sie wehrt sich auch gegen die alt gewordenen Neider und Gegenredner, ein Kind, das mit Mühe in die Jahre gekommen ist, eine würdige Madame, die Kaulbach in München zeichnete: nicht sonderlich verhärmt, mit dem der Ferne verhafteten Blick Undines. Sie erfindet ihre Wahrheit und schreibt: »... erst die Stunde, die uns trennte, gab mir seine Liebe in Worten kund: sie erschreckte mich nicht, ich hatte sie, mir selbst kaum bewußt, längst empfunden, sie erschwerte mir auch das Scheiden nicht – ich war stolz, und verschloss, was ich erlebt hatte, in tiefster Seele.«

Drei Tage vor ihrem siebzigsten Geburtstag starb Julia, die Stimme, die Inkarnation der Liebe, Julia, deren Seele, dank Hoffmann, schon vor ihrem Tod zu wandern begann.

SÄCHSISCHES NACHSPIEL

Bleib, Undine, bleib.

Sie reisen durch den Krieg wie auf einer Geisterbahn. Die Landschaften brechen auseinander in Brandstätten, unvermittelt friedliche Oasen, Totenfelder, Wüsteneien und Ruinengassen. Tagsüber bescheinigt er sich einen gewissen Mut, nachts in einem Quartier in Reichenbach gerät er in die »infamste Stimmung«, die Angst packt ihn, und aus schierem Mutwillen besetzt er seine Träume mit Kosaken, Kalmücken, Franzosen.

Mischa setzt ihn, wie er klagt, unnötig Hoffnungen aus: Du wirst sehen, Hoffmann, Herr Seconda erwartet uns in Dresden, und das Leipziger Theater wird dir gehören, und deine »Undine« wirst du zu Ende bringen.

Bete mich nicht gesund, Mischa. Wir stecken im Krieg, und die Liebe geht auf dünnen Beinchen.

Seconda, mit dem Hoffmann sich in Dresden verabredet hat, verfehlt er, trifft er nicht. Vor der Poststation springt er zwischen dem Gepäck hin und her, Mischa kann ihn nicht halten: Wir müssen etwas unternehmen, sagt sie, hascht nach ihm, der sich die Angst auszutreiben sucht.

Du wirst keinen Taler dir aus der Tasche schütteln, sagt sie und verrät ihm, in Bamberg ein wenig zurückgelegt zu haben, für alle Fälle, wofür er ihr stürmisch dankt, aus allen Fällen den einen macht, den äußersten, den übelsten, aus dem sie die polnische Vorsicht rettete, Michalinas göttlicher Geiz.

Sie quartieren sich in der »Stadt Naumburg« ein. Hoffmann schreibt sofort an Härtel in Leipzig, schildert seine Lage und bittet um Vorschuß für seine Rezension der Beethovenschen Messe, hört aber jetzt schon auf Undines Stimme, nur auf sie, und Mischa erinnert sich einen Abend lang, immerhin bei einem Roten, an die Bamberger Jahre, wie er überraschend ein Dichter wurde, weil ein gewisser Dittmayer ihn aus dem Theater ekelte und natürlich auch wegen der Liebe, was sie aber ohne jeden Zorn sagt, leise und nachdenklich. Was haben sie dir angetan. Sie schiebt ihren Arm über die rissige Tischplatte, um seine Hand zu fassen.

Was schon, Mischa. Und fragst du dich überhaupt nicht?

Sie schaut ihn erstaunt an: Das muß ich nicht, Hoffmann. Mit großem Ernst setzt sie hinzu: Ich wurde respektiert.

Nur einmal in der Woche erlauben sie sich ein Mittagessen an der table d'hôte, zwischen Kriegsgewinnlern, Hasardeuren und französischen Offizieren, die auftrumpfend das Gespräch beherrschen.

Er streunt durch die Stadt.

Paß auf dich auf, fleht Mischa ihn an.

Der Krieg gleicht einem Aussatz, von dem die Stadt furchtbar befallen ist, ein widerwärtiges Gemisch aus Elend, Protz, Schmutz und Hilflosigkeit.

Im Linkschen Bad trifft er unerwartet Hippel, kann ihn gar nicht aus den Armen lassen. Sie verabreden sich für den nächsten Abend im »Engel«, um eine Zukunft zu bereden, die noch wenig Aussichten hat. Aus Leipzig kommt Geld. Härtel ist ein verläßlicher Partner, wenigstens dieses Mal.

Die Nachrichten vom Krieg widersprechen sich, aber die allgemeine Hysterie ergreift auch ihn. Die gefährlichen, martialischen Bilder ziehen ihn an, er beobachtet, sieht den Kaiser, den Empereur, vorüberreiten, einen kleinen gedrungenen Mann auf einem falben Pferd, und er wird ihm noch zweimal begegnen, dreimal im ganzen, wie einem Helden aus einem Märchen, rechnet sich Siege aus und wünscht sich Niederlagen, sieht zu, wie die Russen und Preußen sich zurückziehen, hört von Hippel, daß Kanzler Hardenberg und der Stadtkommandant sich davongemacht hätten, besucht dennoch eine Probe im Theater, während die Brücken brennen und brennende Kähne die Elbe herabtreiben, duckt sich unterm Kanonendonner, schlupft zu Mischa ins Bett, nach Brand und Wein stinkend, und schreibt später ins Tagebuch: »gemütliche Stimmung trotz des Miseres«.

Die Franzosen besetzen Dresden. Der Kaiser reitet rastlos durch die Stadt. Vom andern Ufer, aus der Neustadt, schießen die Russen. Sie ziehen um in eine kleine Wohnung am Altmarkt.

Singend schleppt Mischa ihre Reisetasche: Der Mai ist gekommen, die Hoffmanns ziehen aus.

Seconda, der wieder in Dresden sein soll, läßt sich nicht blicken. Brot und Fleisch werden zur Mangelware.

Ein einziges Mal zieht er die Partitur der »Undine« aus dem Gepäck, wiederholt, folgt Echos. Mischa, die ihn auf keinen Fall stören will, zieht die Bettdecke über den Kopf und macht sich unsichtbar. Von sehr entfernt, aus einer vergangenen Zeit, dringt ihre Stimme zu ihm, Julias Stimme, Undines Stimme, nur gelingt es ihm nicht, sie zu halten. Resigniert gibt er auf.

Er muß nach Leipzig, seine Stelle antreten, selbst wenn Seconda sich anders besonnen hat. Auf der Gendarmerie sucht er um einen Paß nach. Ein preußischer Regierungsrat, getarnt als Musikdirektor.

Welchem Beruf gehen Sie nun tatsächlich nach?
Keinem.
Sie sollten uns ernst nehmen, mein Herr,
Sagen wir, Komponist und Dichter.
Sie trauen, sie glauben ihm nicht: Beides?
Ja, ich hab mich daran gewöhnt.

Auf diese Weise, begreift er, kann er sich nicht um Papiere bewerben. Er trifft sich mit alten und neuen Bekannten und endlich auch mit Seconda, den der Krieg so zermürbt hat, daß er nicht mehr entscheiden kann. Warten wir, Hoffmann. Es wird, es muß sich alles ändern.

Diese Kinderbeschwörung hört er jeden Tag.

Er schreibt. Aus dem verheerten Dresden, aus glänzendem Ruinenwerk baut er sich eine nächtliche, mondlichtübergossene Szene und schickt seine Phantasien hinein, Stimmen, Gestalten, den Archivarius Lindhorst, den Studenten Anselmus. Nie wieder wird er sich einer Form, eines wörtlichen Traums so sicher sein. Mit der Arbeit am »Goldenen Topf« hält er dem Chaos stand.

Auf dem Weg zu einer »Figaro«-Probe überkommen ihn, der die Verbindung von Moral und Parteiischkeit für eine Mesalliance hält, patriotische Regungen. »Auf widerrechtliche Weise« von den Franzosen gefangengenommene preußische Offiziere vom Lützowschen Freikorps, viele von ihnen schwer verwundet, werden durch die Stadt getrieben und ausgestellt. Die Szene wühlt ihn auf, erzürnt ihn.

Ohne weiteres werden ihm nun Papiere für Leipzig ausgestellt, aber vorher, ungeachtet, daß ihnen das Geld wieder ausgegangen ist und die Kämpfe, trotz eines erklärten Waffenstillstands, an den Rändern weitergehen, aber vorher gelingt es ihm, sich energisch zur Ruhe zu rufen. »In diesen Tagen abwechselnder Stimmung stark und mit Glück an der ›Undine‹ gearbeitet.«

Die Liebe hat ihn nicht verlassen. Sie folgt ihm, und sie stellt sich ihm in den Weg. Verunglückt und mit einem zerschnittenen Gesicht.

Mischa ist froh, endlich ans Ziel zu gelangen. In Dresden hat sie sich kaum auf die Straße gewagt, sich in engen Zimmern, fremden Wohnungen aufhalten müssen und auf böse Nachrichten gewartet.

Jetzt geht es nach Leipzig. Schon vor der Poststation fürchtet Hoffmann, die Kutsche werde überbesetzt sein, was zutrifft, der Kutscher beugt der Unruhe vor, sorgt dafür, daß die Passagiere sich vorstellen, und weist auch die Plätze an, woran sich, bis auf einen französischen Offizier, alle halten. Der besteht darauf, an der Tür zu sitzen, um rasch aus dem Wagen zu kommen, falls die Situation brenzlig wird. Die anderen Mitreisenden sind vor allem Kaufleute, die witternd den Spuren des Kriegs folgen, zwei ältere Damen, die unbedingt nach Hause wollen, und ein junger, zurückhaltender Mann, Graf Fritsche, mit seiner bildschönen Frau, die Hoffmann, kaum ist die Kutsche unterwegs, nach ihrer Stimme fragt, ob sie singe, und von dem Graf die Antwort bekommt, daß seine Frau es vorziehe, Klavier zu spielen, obwohl sie auch, wenn ihr danach sei, singe. Hoffmann ist drauf und dran, sich als Lehrer anzubieten, aber Mischa bremst ihn, zwickt ihn mit aller Kraft in den Schenkel und mischt sich so ruhig wie möglich ins Gespräch: Ich bitte dich, Hoffmann, du wirst dich erst einmal um das Theater und das Orchester kümmern müssen. Womit sie der jungen Gräfin aus der Bredouille hilft und die Reisegesellschaft mit einem Thema versorgt. Über das Theater wagt jeder und jede zu reden.

Sie fahren an der Elbe entlang. Das Tal weitet sich grün und voller Leben. Auf den Feldern, vor den Häusern wird gearbeitet, und auf fast jedem Weg, fern oder nah, bewegen sich kleine Trupps von Soldaten. Es ist nicht mehr weit bis Meißen. Ab und zu bricht der Krieg in die Idylle, hat Spuren hinterlassen mit einem zerstörten Haus, einer zerschossenen Weinbergmauer oder einem von Pferden und schwerem Geschütz aufgewühlten Fahrweg.

Über der Elbe weht Dunst, wie ein feiner Schal. Sehen Sie nur, ruft die Gräfin, ein großes Schiff.

Dann bleibt nichts und niemand mehr an seinem Ort. Einen Augenblick lang rollt die Kutsche schräg auf zwei Rädern, die Pferde wiehern angstvoll, der Kutscher, anscheinend schon vom Bock, ruft und feuert die Rösser an, es kracht, und ein vielstimmiger Schrei wird laut, auf den sich die Solostimme des Kutschers setzt: Brr! Haltet an, mein Gott.

Die Chaise ist nicht mehr zu halten.

Hoffmann hört zu, geduckt, glaubt Mischa an seiner Seite, aber als er nach ihr tastet, erwischt er den Säbel des Franzosen, der den Gott des Kutschers in seinen verwandelt: Mon Dieu.

Hoffmann kriecht zwischen Beinen, Armen und Rümpfen, wird gedreht und gewendet, wie die andern, einmal, zweimal, die Kutsche knirscht furchtbar in ihren Fugen, scheint zu brechen, stürzt einen Hang hinunter, die Pferde haben sich losgerissen und der Postillon hinter einem Gebüsch Deckung genommen.

Hoffmann wird, als der Wagen gegen Bäume prallt und zerbricht, auf die Wiese geschleudert, fällt auf den Rücken, sinkt förmlich in Schmerzen ein, hört Seufzen und Hilferufe, versucht sich aufzurichten, bricht immer wieder in die Knie, bis ihn eine große Hand unter der Achsel packt und hochzieht.

Ihre Frau, hört er den Kutscher aus großer Nähe, als säße er im Apfelbaum. Helfen Sie ihr. Sie wurde verletzt.

Und eine andere, unendlich mutlose Stimme, stellt fest: Sie ist tot, die Gräfin ist tot.

Nicht Mischa! antwortet er für sich, springt hin und her, verliert den Kopf, bittet eine der beiden alten Damen, die mit gefalteten Händen und abwesend auf dem abgerissenen Kofferkasten sitzt, ihm doch den Ort zu zeigen, den Ort, wird von dem französischen Offizier, dem der Uniformrock in Fetzen von der Brust hängt, an der Hand genommen und zum Wegrain auf der anderen Seite geführt, zu einer Gruppe von Bauern, die sich um einen Verletzten bemühen, um Mischa, die aus der Stirn blutet, aus einer tiefen Wunde, und mit weit aufgerissenen Augen durch die blutige Maske stiert. Er drängt sich zwischen die Leute, kniet neben sie hin, spürt einen winzigen kleinen Mann in sich verzweifelt zappeln: Mischa, Mischa, murmelt er. Er hat sie noch nie so geliebt, so außer sich, so verzweifelt und hilflos, hat noch nie um das Leben der Geliebten gefleht, noch nie sich den Tod gewünscht, falls sie sterben müsse. Mischa. Sehr vorsichtig legt er seinen Kopf auf ihre Brust, hört ihr Herz schlagen, heftig und hastig. Sie lebt, sagt er, hebt den Kopf, sieht lauter Beine und Bäuche, fragt, ob denn jemand Hilfe holen könne, einen Arzt.

Vorerst bekommt er ein Tuch gereicht, mit dem er ihr behutsam das Blut, das in Stößen aus dem Riß auf der Stirn quillt, einem tiefen Schnitt, von den Augenlidern tupft, von Schläfen und Wange.

Gleich, beruhigt er sie, gleich wird dir geholfen. Sie folgt jeder seiner Bewegungen und sagt mit fester Stimme: Nun mußt du bei mir bleiben, Hoffmann.

Der Satz folgt ihm und erst in Leipzig, mitten in einer Probe zum »Oberon« kommt er bei ihm an, dieses Muß, das ihn einfängt, dieser Imperativ der polnischen Liebe, und er nickt, und die Musiker haben keine Ahnung, weshalb gerade dieser Takt ihn zufriedenstellt.

Es kamen Retter. Er hat es im Tagebuch erzählt. Ein Senator Goldberg nahm Mischa und ihn nach Meißen mit, stärkte beide mit Wein und ließ sie in einer Chaise in den »Gasthof zur Sonne« transportieren, »wo sie den ersten chirurgischen Verband erhielt«.

Hoffmann findet an seinem Leib zwar keine Verwundung, nicht einmal einen Kratzer, aber als notorischer Hypochonder steigert er die Schmerzen, fühlt sich am ganzen Körper zerschlagen und kann sich kaum rühren. Der Chefchirurg versichert, Mischa sei außer Gefahr, sie fiebert ein wenig und reagiert matt. Nachdem Arzt und Chirurg die Weiterreise erlaubten, nehmen sie die Extrapost nach Wermersdorf. Mischa befindet sich seiner Ansicht nach wohl, er leidet unerhört. Von Wermersdorf geht es weiter nach Leipzig, einen halben Tag lang, sie steigen ab im »Hotel de France«, einem ziemlichen Loch, und er besucht sogleich Seconda.

Am Abend »pokuliert« er ordentlich Wein, am nächsten Vormittag probiert er zum ersten Mal – vom Flügel aus, was das Leipziger Orchester akzeptiert.

Mischa bleibt gegenwärtig, die polnische Mischa, die er in der Erzählung des Unfalls zum ersten Mal »meine Frau« nennt.

Leipzig beschenkt ihn, vor der großen Schlacht.

Er hat Glück und Erfolg.
Die Musiker und das Publikum schätzen ihn.
Er dirigiert den »Oberon«, den »Figaro«.
»Immer mehr schicke ich mich in mein neues Amt.«
Der Krieg drängt wieder in die Stadt. Die Franzosen ziehen sich zurück. Es geht das Gerücht um, Napoleon sei verwundet. Seconda kürzt notgedrungen die Gehälter.

Hoffmann bleibt noch Zeit genug, die bekannteren Lokale heimzusuchen, die Nächte zu verlängern und über wütende Kopfschmerzen zu klagen. Von »Treibers Keller« in die »Grüne Linde«, von »Boses Garten« in »Reichardts Kaffeehaus«.

Seconda beschließt, Leipzig, in dem sich nun wieder wechselnde Truppen sammeln, zu verlassen und wieder in Dresden, das an den Rand des Kriegs geraten ist, Theater zu spielen.

Mischa weigert sich, in eine Kutsche zu steigen und von neuem die lange Fahrt auf sich zu nehmen.

Über mir, vielleicht über uns, steht kein guter Stern, Hoffmann.

Willst du hier von einem Russen, einem Württemberger, einem Franzosen oder womöglich von einem Preußen erschossen werden?

Auf eine Polin schießen sie nicht.

Ich möchte dir nicht widersprechen, Mischa, aber der König von Polen, der gar kein Pole ist, zeichnet sich durch Abwesenheit aus. Du hast keinen Schutz, mein Engel.

Keinen Schutzengel, meinst du.

Das auch. Er streicht ihr über die breite Binde an der Stirn.

Ich kann dich nicht alleine lassen.

Könnten wir nicht zu Fuß gehen, Hoffmann?

Gesetzt den Fall, wir könnten uns sausend überholen – dann ja.

Sie läßt sich überreden. Die Reise zurück wartet mit anderen Überraschungen und Widrigkeiten auf.

Seconda, der immer breiter wird und in den Boden zu wachsen scheint, dessen Augen vor Anstrengung aus den Höhlen quellen, beschließt, in einer Wagenkolonne das Ensemble, wenigstens dessen Kern, mit nach Dresden zu nehmen. Es sind die Erprobten, die Kulissenschieber. Er treibt ein halbes Dutzend Leiterwagen auf, schiefe, brüchige Gefährte, darunter einen Hamburger Stuhlwagen, an dem Hoffmann, erschrocken über den Troß, sich nicht satt sehen kann: Auf den befestigten Stühlchen drängt sich doppelärschig eine exotische Gesellschaft; er hat die Besatzung in einem Brief an Speyer im Detail geschildert: »1 Theater-Friseur, 2 Theater-Gehilfen, fünf Mägde, neun Kinder; einen Papagoy, der unaufhörlich und sehr passend schimpfte, fünf Hunde, worunter drei abgelebte Möpse, die Meerschweinchen und ein Eichhorn.«

Mischa und Hoffmann haben einen Wagen allein, nicht zuletzt aus Rücksicht auf Mischas Zustand.

In einer Art Triumphzug ziehen sie in Dresden ein. Der Stuhlwagen steht natürlich im Mittelpunkt, und Seconda ist als Römer kostümiert – es wird ein großer Erfolg, eine kuriose Werbung fürs Hoftheater. Ihr Wagen rollt am Ende der Kolonne, der Kutscher hat einen übergroßen Hut auf dem Kopf, der ihm ständig in die Stirn rutscht. Hoffmann hält Mischa im Arm und lauscht auf Undines Stimme.

Woran denkst du? fragt Mischa und winkt zaghaft den staunenden Passanten zu.

Der Wagen rüttelt mir jeden Gedanken aus dem Kopf. Undine? Julia?

Wenn du es so willst, Mischa.

Sie reckt sich, vorsichtig, denn die Wunde schmerzt noch sehr, und schaut ihn von der Seite vorwurfsvoll an. Die weiße Binde, die ihr Haar bändigt, macht sie fremd und schön. Er legt den Finger an die Stelle, an der er den Schnitt vermutet: Du hast mich eingeholt, Mischa.

Sie werfen Kußhände ins Publikum.

Es ist ein Bild, ein Rollbild, das ich vor mir ausbreite, und, unbeholfen gezeichnet, reich an schnurrigen Kleinigkeiten. Unter einigen wenigen Personen stehen Namen, Seconda natürlich, der römisch kostümiert auf dem ersten Wagen steht, den Papagei auf der Schulter, und am Ende Hr. Hoffmann und Frau. Stecknadelgroß bewegen sie sich zwischen meiner und ihrer Zeit. Es ist nicht mehr der Bamberger Hoffmann, dessen Tempo die Wörter wie Tanzschritte setzt. Da jagt keiner mehr Stimmen nach, als realisierten sie sich zu Schmetterlingen. Julia steht nicht mehr bevor. Sie begleitet in wechselnder Gestalt den würdig gekleideten Herrn auf dem Leiterwagen. Das Tempo, das er mir angibt, ist ein schleppendes Andante. Er redet sich Zuversicht ein und wird wüst durchgeschüttelt.

Er wird dirigieren, wird weiter unter Geldnot leiden.

Mischa wird weiter heimlich, wie sie annimmt, sein Tagebuch lesen, ihm in Gedanken folgen und keine Pokale, keine Schmetterlinge mehr entdecken.

Julia hat längst ihre ersten Verwandlungen hinter sich. Bei Kunz werden die ersten drei Bände der »Fantasiestücke in Callot's Manier«, »Berganza« enthaltend und auch den »Goldenen Topf«, erscheinen, und er wird berühmt, was ihm kaum Geld einbringt, doch Standfestigkeit, die ihm die neue alte Zeit und die Bürokratie abverlangen.

Als er Julias Stimme zum ersten Mal hörte, war sie dreizehn und er vierunddreißig. Seine Liebe, die ihre wie ein Echo hervorrief, hat noch kein Ende gefunden. Sie wendet und verwandelt auch ihn.

Von neuem dirigiert er in Dresden, spielt die Rolle des Theatermanns, sammelt weiter Stimmen, doch keine, nicht eine einzige, die der einen gleicht. Er nimmt Mischas Klage ernst, in Dresden nur mit halber Kraft atmen und leben zu können, traut sich, den alten Freund Hippel über seine Not zu unterrichten, denn der preußische König regiert wieder aus Berlin, und Napoleon ist bei Leipzig geschlagen worden, womit sich die Zeiten zur Epoche mausern, und Hippel vermittelt ihm, genau zu dem Zeitpunkt, in dem sich Hoffmann mit Seconda endgültig überwirft, ihn eine Kulissenkröte schimpft, eine Anstellung im Berliner Justizministerium.

Ich habe sein Tempo wiedergefunden, ein Andante, und lasse das Wägelchen samt dem Personal über die Bildrolle hinauswandern, dort, wo die Bilder erlöschen.

Am 5. August 1814 komponiert er den letzten Takt seiner »Undine«. Sie hallt nach, sie verläßt ihn nicht. Kurz darauf trägt er ins Tagebuch ein: »Der innere Poet arbeitet ... romantische Stimmung Rücksichts des *Kätchens*, die aufwacht, lebendig wird und ihr altes Recht behauptet mich mit Fantasmatis zu befangen.« Was kann diese Fantasmatis anderes bedeuten als die Sinnlichkeit der Erinnerung und ihr realer Eingang in die Phantasie, die Poesie.
Komm, Undine, komm.

Mischa kann es nicht erwarten, ihn wieder als Regierungsrat zu sehen. Wann reisen wir ab, Hoffmann?
Bald, Mischa.
Nicht bald, bälder.
Ich muß noch meine Honorare und Gagen eintreiben.
Dir geht es übler als einem Viehhändler.
Denen geht es, soweit ich Bescheid weiß, ungleich besser als mir.
Wann reisen wir?
Allerbaldestens.
Das höre ich gern. Das ist ein verrücktes Reisewort. Und du wirst wieder Regierungsrat sein?
Dazu muß ich erst eine Position finden.
Hippel weiß doch eine.

Die erlaubt mich nur als Expedienten.

Sie klatscht in die Hände, fällt ihm nach einem raschen Anlauf um den Hals und stellt fest, daß auch das sich nicht schlecht anhöre.

Lauf, Undine, lauf.

BERLINER NACHSPIEL

Undine singt. Sie wird ihm angekündigt und vorgestellt, Johanna Eunicke, eine ausgezeichnete Sängerin. Hören will er sie noch nicht.

Mit Elan beginnen sie in Berlin. Mischa richtet sich in der Wohnung am Gendarmenmarkt ein, als lege sie mit jedem Möbel einen Anker aus. Nie wieder fort.

Die Arbeit im Ministerium läßt ihm Zeit; bringt ihm keinen Groschen. So treibt er sich den Musiker aus, was ihm nicht mehr schwerfällt, und setzt sich in der Poesie fest. Er schreibt in der Nacht und träumt bei Tag, er trinkt, beobachtet, läßt sich von Mischa verzärteln, gewinnt Freunde, wie Ludwig Devrient, den großen Schauspieler, der ihm in Wesen und Gemüt gleicht, ein Verwandter, ein ingeniöser Säufer, und selbstverständlich findet er die Stationen für den Kneipenweg, der im allgemeinen bei »Lutter und Wegener« endet.

Mit Kunz, seinem Bamberger Verleger, dem Pfennigfuchser, bekommt er Krach. Voller Wut über dessen poröse Abrechnung stellt er sich ans Fenster und informiert halb Berlin über die Ruchlosigkeit der Verleger im allgemeinen und dieses Bamberger Geizkragens im besonderen. Worin ihn sogar Mischa unterstützt.

Hippel, der besorgt verfolgt, wie Hoffmann sich aus seinen Phantasien kaum mehr lösen kann, aus einer Geschichte in die andere stürzt, ein Rasender der Feder, und selbst in schäbigsten Blättern veröffentlicht, um finanziell über die Runden zu kommen, Hippel verwendet sich für den Freund bei Hardenberg, und der bekommt tatsächlich seinen alten Rang als Gerichtsrat zurück, samt einer großzügigen Entschädigung, und er kann endlich jenen meditativen Elegant spielen, den er in seinen Geschichten in dämmrige Ecken setzt, den Erzähler, der zugleich Zuhörer ist: Im türkischen Schlafrock, die lange Pfeife rauchend und einen Pokal mit Rotem neben sich.

Er wird besucht, kann sich mit Namen schmücken: Brentano, Heine, Fouqué, Eichendorff.

Mischa ist stolz auf ihn, obwohl sie noch weniger von ihm hat als in Bamberg und in Dresden.

Möchtest du nicht doch einen Unterschied machen zwischen Wohnstube und Weinstube? wirft sie ihm einmal vor.

Es gelingt ihm, Brühl, den Intendanten des Königlichen Schauspielhauses, zu bewegen, die »Undine« aufzuführen. Die Premiere soll zum Geburtstag von König Friedrich Wilhelm III. stattfinden. Eine Auszeichnung für Dichter und Komponist.

Die Rolle der Undine übernimmt Johanna Eunicke.
Ich kenne Mademoiselle.
Und was halten Sie von ihrer Stimme?

Die kenne ich nicht.

Nun singt Undine. Genauso, mondschimmernd, Tiefen und Höhen spielerisch wechselnd, hat er es in den letzten Jahren gehört, in den Bamberger Verirrungen und Aufbrüchen, unterwegs mit Mischa, während der Kämpfe in Dresden und Leipzig, in schäbigen Zimmern und an Wirtshaustischen.

Verwandelt in Undine finden Julia und Käthchen zu ihm zurück.

Er hat sich in das Halbdunkel des Saals zurückgezogen. Er liebt den Blick auf die entfernte Bühne, die kleine Götterperspektive, wie er ihn zu nennen pflegt. Die Dekorationen von Oberbaurat Schinkel sind in Teilen schon aufgestellt, Romberg, der Kapellmeister, überquert, keineswegs musikalische Laute ausstoßend, die Bühne, bis er sie Undine überläßt und dem aus wuchtigem Leib tönenden Ritter Kühleborn.

Das Mädchen ist zart, und ihre durchscheinende Haut bekommt im Bühnenlicht einen merkwürdig künstlichen Glanz.

Sie muß gar kein Zauberwesen spielen, sie ist schon eines. Fouqué hat sich hinter Hoffmann gesetzt und flüstert voller Anerkennung.

Immer muß er seine Bewunderung teilen. Die Dittmayers sind unabwendbar.

Verzeihung, sagt er.

Wofür? Fouqué schiebt seinen Kopf über Hoffmanns Schulter.

Für alles, womit ich Sie verdrießen könnte, Herr Baron.

Da haben Sie schon jetzt meine Absolution.

Undine kommt von allein. Sie spürt ihn auf. Er hat, nach der Probe, sich neugierig hinter der Bühne umgesehen, in den Gängen, sich mit einigen Musikern unterhalten, vergeblich nach Schinkel gefragt, da taucht sie vor ihm auf, stellt, keineswegs verlegen, die übliche Sängerfrage: Wie bin ich gewesen? Und er lobt sie in Portionen, um sie festzuhalten. Sie denkt aber gar nicht daran, ihn stehenzulassen, sie fragt, wann er mit der Arbeit an der »Undine« begonnen habe, fragt ihn nach der ursprünglichen Stimme, nach Julia, und er erzählt von den Briefen, die er und Fouqué wechselten, von den beiden sehr unterschiedlichen Vorstellungen, die sie von der Undine haben, worauf sie ihn zu einem Spaziergang einlädt, er sich auch darüber nicht wundert und sich ohne Mühe einstimmt auf einen vertrauten Austausch von Gefühlen, ein Hin und Her von gedämpfter Erregung.

Den Wahnsinn, den er in Bamberg befürchtete, lebt er nicht mehr aus. Er schreibt ihn. Die Abenteuer und Anstrengungen der vergangenen Jahre haben ihn altern lassen. Die Melancholien weichen manchmal einfach der Müdigkeit.

Johanna schlüpft nun nicht nur lebenshungrig in eine Rolle, die in seiner Erinnerung bisher eine andere besetzt hielt, sie antwortet gleichsam mit der Kunst dem Leben.

Er nimmt sich Zeit, das Inbild seiner Liebe unter anderen Bedingungen zu erneuern. Noch immer gerät er außer sich, flüchtet sich in die Echoräume seiner Phantasie – doch längst als gewitzter Hexenmeister, der weiß, was er anrichtet. Wenn er sie, wenn sie ihn berührt, muß er nicht mehr gegen seine konvulsivische Gier ankämpfen, gegen wüste und besitzergreifende Einbildungen. Er spielt und genießt. Johanna ist ihm gewachsen.

Sie singt die Undine ohne sein Gedächtnis.

Noch vor der Premiere verabreden sie sich häufiger.

Sie reden so gut wie nie von sich und fragen sich nicht gegenseitig aus.

Mozart liebe sie natürlich.

Die Susanne.

Ja, und die Zerline.

Da kehrt Julia wieder, aber er würde es nicht wagen, Johanna um ihren Trost zu bitten.

Darauf kommt sie allein.

Als sie im Tiergarten spazieren, Johanna mit den Schatten spielt, von einem Sonnenfleck zum andern hüpft, ihn an der Hand nimmt und auffordert, es ihr nachzutun, weigert er sich, gerät in Verlegenheit, schützt seine Storchenbeinigkeit vor und seinen verflixten Rheumatismus und küßt mit einer Zärtlichkeit, die ihn selbst überrascht, ihre Hand.

Worauf sie ihn umarmt, küßt und sich mit einem Knicks zur Ordnung ruft.

Am Abend nimmt er sie mit zu »Lutter und Wegener«, seine Undine. Sie fügt sich, Gast für einen Abend, wie Devrient betont, lachend und mit gescheiten Einwürfen in die Runde.

Mischa verfolgt die Affäre ohne jede Eifersucht, fragt Hoffmann mitunter nach der kleinen Eunicke, die ihn so gut unterhalte und auch so mild stimme.

Er läßt die Schultern sinken, wird noch kleiner, ein alternder Kobold: Jetzt erst offenbart sich mir dein polnisches Herz.

Was sie ihm zeigt. Sie hebt den linken Busen aus dem Dekolleté. Schau, wie es schlägt, für dich, mein Liebster.

Soll ich dir den Puls fühlen?

Da wehrt sie sich, steckt das schöne Polster zurück und fragt, welches Kleid sie zur Premiere anziehen solle.

Geh zur Schneiderin. Er kann jetzt großzügig sein, der Kammergerichtsrat Hoffmann, und seine polnische Frau läßt sich das nicht zweimal raten.

Ich liebe sie. Er steht vorm Spiegel, schaut auf seine Lippen, findet, daß diese drei Wörter sie abscheulich formen. Er murmelt. Er spricht laut. Leise. Mit gepreßter Stimme. Singend.

Mischa überrascht ihn dabei, schüttet sich vor Lachen aus: Ein Jingling! Ein Jingling! Sie kann sich nicht beruhigen.

Jüngling, verbessert er trocken und erklärt ihr, daß ein abgebrauchtes Geständnis den Mund entstelle.

Sie weiß einen Rat: Sag's mir, Hoffmann.

Nach einer Kostümprobe liest er Johanna auf einer Bank im Tiergarten »Die Fermate« vor: »Gewiß ist es, daß alle Melodien, die aus dem Innern hervorgehen, uns nur *der* Sängerin zu gehören scheinen, die den ersten Funken in uns warf. Wir hören sie und schreiben es nur auf, was *sie* gesungen ... Glücklich ist der Komponist zu preisen, der niemals mehr im irdischen Leben *die* wiederschaut, die mit geheimnisvoller Kraft seine innere Musik zu entzünden wußte.«

Johanna hebt lauschend den Kopf, als höre sie genau diese Musik. Sie legt ihre Hand auf die seine: Glücklich sind Sie zu preisen. Sie wartet das Ende der Geschichte nicht ab und geht. Er sieht ihr nach. Am Ende der Allee scheint sie in ihrem weißen Kleid in der Sommersonne zu schweben.

Undine singt.

Sie singt für den König, für ihn.

Die Aufführung wird ein großer Erfolg, die »Vossische Zeitung« rühmt »die geniale Phantasie des Komponisten«.

Mischa besucht mehr Aufführungen als er und schwärmt von Schinkels Kulisse.

Devrient herzt ihn bei der Premierenfeier, hebt ihn mühelos auf den Tisch und läßt ihn nicht hinunter, bis er – das mußt du können, Hoffmann, sonst glauben wir dir deine sonderbaren Einfälle nicht – die große Arie des Kühleborn gesungen habe. Wauer, der Kühleborn auf der Bühne, setzt sich ans Klavier. Den Chor der Wassergeister, bestimmt Devrient, solle der ganze Laden singen.

Wauer spielt an, gibt ihm Zeit.

Noch bevor er singt, hat er das Gefühl, sich auszudehnen, zu wachsen. Er späht aus seiner Höhe in die schummrige Trinkerhöhle, und sehr entfernt, wie Mädchen auf einer Kirchenbank, entdeckt er Undine neben

Mischa. Er hebt die Hand. Wauer unterbricht sein Vorspiel. Die Gesellschaft schaut auf ihn. Mit Genuß dehnt er die Stille. Mehr zu sich sagt er schließlich: Ich habe eben etwas Neues und Unerwartetes erfahren, Freunde. Mir stellt das Glück nach. Mir! Er dirigiert den Einsatz. Wauer spielt, er singt Kühleborns Arie, in der von Glück keine Rede ist, sondern von Rache: »Ihr Freund' aus Seen und Quellen, verbrüdertes Geschlecht...«

Der Chor hält mit. Hoffmanns Stimme beginnt zu brechen, und im zweiten Teil der Arie sinkt er resigniert in sich zusammen.

Fouqué rettet ihn vor allzuviel beifälligem Spott, führt Johanna ans Klavier, und sie singt, umwölkt von Knasterrauch, ihre Arie vollkommener, inständiger als vor ein paar Stunden auf der Bühne des Königlichen Schauspielhauses. Sie singt allein für den Erfinder ihrer Melodie, ihrer Existenz, und verwandelt sich für ein paar Takte in Julia und kommt wieder zu sich, Johanna, Undine: »Wer traut des laun'gen Glückes Flügel/bei Spiel und Fest? Ach wer?«

Vierzehnmal wurde »Undine« aufgeführt.

Undine singt, bis das Wasser brennt, das Schauspielhaus in Flammen steht.

Diese Szene ist für ihn bestellt. Er rast in sie hinein, weinend und lachend. Seine Wohnung wird zur Loge. Er steht und starrt, schlägt die Hände vors Gesicht, tritt zurück, läuft Kreise im Zimmer, versetzt Mischa, die ihn vergeblich fragt, was in ihn gefahren sei, welcher Teufel nun, in Schrecken, kniet sich ans Fenster, das Kinn auf dem Fensterbrett, und Mischa, die hinter ihn getreten ist, kann endlich das Schauspiel sehen, wie ein Schauspielhaus brennt. Was für ein Theater. Alle Bäche und Seen Kühleborns reichen nicht, das Feuer zu löschen. Die Flammen springen. Springen über auf das Dach ihres Hauses. Mischa drängt, die Wohnung zu verlassen. Er besteht darauf, zu bleiben, zu schauen. Er könne sich nicht satt sehen an diesem Untergang, wie das Requisitenmagazin explodiert und brennende Perücken in den Himmel jagt.

Schau dir das an. Unverkennbar Unzelmanns Perücke, die er im »Dorfbarbier« trug. Nun erfährt das Ding seine Erfüllung als Himmelskörper, und der Unzelmann muß bloßköpfig auf Erden bleiben.

Ruß schwärzt sein Gesicht. Er lacht, wischt mit Tränen Spuren, und Mischa, die sich an ihn klammert, wenn schon, mit ihm in den Flammen aufgehen möchte, kann von neuem seinen Dämon verfluchen: Ach, Hoffmann, was wird nun aus deiner »Undine«?

Undine bleibt. Aber sie hat ihr Lied verloren.

Erschöpft und leer legt er sich ins Bett und schläft einen Tag und eine Nacht. In einem der ungezählten Träume, die nichts zu Ende erzählen, ständig wechseln, überrascht und erschreckt ihn die Berliner Frau Rätin von ehedem, wächst über ihn hinaus, verliert in der Höhe ihr Gesicht, zieht die Röcke hoch und die Hosen aus und fällt über ihn her, so daß er um Atem ringen muß.

Zerschlagen wacht er auf. Mischa bringt ihm Tee: Denk dir, wir haben die Dachdecker auf dem Haus.

Johanna holt ihn zum Spaziergang ab. Sie ahnt, was sie mit dem Feuer verlor. Undine ist fort. Ich bin geblieben.

Mit kleinen Schritten geht er neben ihr her. Die Schmerzen im Rücken breiten sich aus. Undine brauche ich nicht mehr. Nein. Sie aber, Liebste, sehr.

Er liest ihr aus dem »Kater Murr« vor und schenkt ihr ein Sonett:

»Ein liebes Kind, gewiegt in duft'gen Rosen,
Kann, Himmelskeim entstrahlt, der Welt gebieten,
Kann Blitz entzünden in dem kirr'gen Herzen.«

Seine Arbeit wird im Ministerium mehr und mehr respektiert, man ernennt ihn zum Mitglied der »Immediat-Commission zur Ermittlung hochverräterischer Verbindungen und anderer gefährlicher Umtriebe«. Es ist eine Falle für sein Rechtsempfinden, seinen Freisinn. Er streitet. Heftig und dennoch genau begründet wendet er sich gegen politische Verhaftungen. Seine Gegner intrigieren nach bewährtem Muster, verdächtigen nicht nur den Mann, auch seine Schriften. Im »Meister Floh« habe er Aktenstücke aus der Commission eingearbeitet. Die Frankfurter Polizei beschlagnahmt beim Verleger Wilmans, auf Druck aus Berlin, das Manuskript. Metternichs Geist hat auch die Preußen ergriffen.

Hoffmann, nun doch sehr in die Enge gedrängt, schreibt an den Staatskanzler Hardenberg und wünscht, das Manuskript »wenigstens dem hiesigen Oberzensur-Collegio vorlegen lassen zu wollen, damit diese Behörde über die Zulässigkeit des Drucks entscheide«. Was nicht geschieht.

Er bittet um seine Entlassung aus der Commission. Es wird ein Disziplinarverfahren gegen ihn angestrengt.

Zum Kämpfen fehlt ihm die Kraft. Die Lähmungen nehmen zu. Mischa kümmert sich mehr denn je um ihn und versorgt ihn, weil ihm der nicht schaden kann, mit rotem Ungarn. Johanna besucht ihn. Mischa läßt sie stets beide allein.

Er scherzt über sein Aussehen, das Kinn springe wie ein Schiffsbug aus seinem Gesicht, und die Kreisler-Ohren wüchsen ihm über die Locken.

Im Gespräch nennt er sie Julia.

Julia? fragt sie.

Sie auch, die ganze Liebe, sagt er.

Und Undine?

Sie ist gegangen. Er hat die Augen geschlossen und atmet ihren Duft ein. Er horcht. Sie bewegt sich im Zimmer, die Schranktür knarrt. Wie viele Geschichten könnte er so anfangen.

Er öffnet die Augen und sieht in den Schrankspiegel. Er gibt einen Ausschnitt des Zimmers wider. Johanna summt. Es ist Zerlines Arie. Als würde sie getragen, als schwebe sie, erscheint sie im Spiegel, eine nackte Botin, die Verkörperung der Liebe, das Wesen der Stimme.

Er streckt den Arm aus. Sie dreht sich aus dem Spiegel, unendlich langsam, als übertrete sie den Rand des Traums. Als er nach ihr ruft, ist sie fort.

Nun schaut der Doktor jeden Tag nach ihm.

Mischa spricht häufiger polnisch. Verzeih, Hoffmann.

Johanna schickt er den endlich erschienenen, von der Zensur gekürzten »Meister Floh«. Den Begleitbrief diktiert er der Köchin. Mischa ist aus dem Haus, und sie wacht an ihrer Stelle.

Schreiben Sie!

Sie gibt sich große Mühe:

»Johanna! Ich sehe Ihren freundlichen Blick, ich höre ihre süße liebliche Stimme ... Gelämt an Händen und Füßen bin ich außer Stande Ihnen beikommenden (sollte wohl eigentlich heißen: beispringenden) Meister Floh selbst zu überreichen. Hier ist er, aber mittelst Übersendung. Lesen Sie Lachen Sie Denken Sie alles dabey, was Ihr fröhlicher Sinn Ihr feiner Takt Ihnen eingibt, und wogegen .–. kein Minister etwas einwenden kann. Gott mit Ihnen, ich hoffe Sie bald wiederzusehen.«

Er bittet einen seiner Verleger noch einmal um einen Vorschuß, »die unerwartete Verlängerung meiner Krankheit macht ihn mir wünschenswert«.

Mischa wäscht ihn, flößt ihm Wein ein.

Er friert und bittet sie, sich neben ihn zu legen.

Sie zieht ihn an sich.

Er lacht: Kein Zappler mehr.

Sie schläft mit ihm ein und wacht ohne ihn auf. Jetzt kann sie polnisch klagen.

Peter Härtling
Hölderlin
Ein Roman

KiWi 541

»Dieses Buch ist ein Novum in der kaum noch überblickbaren Hölderlin-Literatur, ein originelles Gebilde von Rang: substanzreich, kritisch gesichtet, dichterisch atmend.«
Robert Minder

Peter Härtling
Schubert

Roman
KiWi 589

»Peter Härtling findet in seiner Schubert-Biographie zu einer erstaunlich geglückten Balance zwischen den niederdrückenden Fakten dieses tragisch mißglückten Komponistenlebens und den Zutaten seiner eigenen Phantasie und Sprache, die in ihrer spröden Musikalität Schubert sehr nahe kommt.« *Paul Kersten, Norddeutscher Rundfunk*

Als Grundlage diente mir: E.T.A. Hoffmann, Dichtungen und Schriften sowie Briefe und Tagebücher. Gesamtausgabe in fünfzehn Bänden. Herausgegeben von Walther Harich. Weimar 1924.

Hinweisen möchte ich noch auf eine Gesamtaufnahme der »Undine«, Koch/Schwann 3-1092-2.